木島日記

もどき開口上

大塚英志

presented by Eiji Otsuka

星海社

目次

主な登場人物

木島平八郎　仮面の古書店主。瀬条機関の仕分け屋。
折口信夫　鼻梁に青痣のある民俗学者。歌人としての名は釈迢空。
柳田國男　民俗学者。折口の師。
藤井春洋　折口信夫の弟子。
土玉　瀬条機関研究員。
安江仙弘　陸軍大佐。辻褄師。
清水少尉　二・二六事件に決起しなかった男。
根津　八坂堂店番。

藤沢親雄　ドイツ文学者。
大杉栄　アナキスト。
甘粕正彦　満州映画協会理事。
岡田建文　世間師。
藤無染　新仏教家。
月　木島の元恋人。
美蘭　跛行の少女。
魔子　大杉の愛人。
人魚売り　人魚を売る男。
兵藤北神　柳田國男の弟子。

木島日記　もどき開口　上

もどきの開口ということばがございます。

そもそも私がこうやってただの肉の欠片でありながら分不相応に語り始めてしまったのがもどきの開口ということの意味でございます。

もとより私には物語するための智慧も記憶もございません。それどころか今の私は掌ほどの大きさしかない皮膚とその裏にこびりついた塊、肉の切れでございますからそもそも口さえ無いのです。ただ私は無いはずの口を慎んではおれないのです。

私はただのもどきですから、私は私の内に語るべきものなど持ち合わせませぬ。実を言えば私の夫たる人も同じで、仮面の下にあるのは未だ口を開かぬもどきの態のはずでございます。

私はただ感じるだけです。私に語り始めさせようとする強い強い力を。私はその仮初めの容れ物にすぎません。

一体、もどきは神の所作を猿真似し、からかい、揶揄しながら、しかしやることは神のことばの鸚鵡返し、神の所作より一つ遅れて物語ることしかできぬのです。ですから物語っているのはもどきとしての私ではなく、私に憑いた神の力が私の内で暴れ出し、私はヒステリー患者のように全身が痙攣し、とうとう耐えきれず呪詛（じゅそ）のように、時には躁（そう）病者のように、私のものでない物語を誰かに代わって物語るのです。

　これから私が物語るのもそれゆえ私の所作ではないのです。

むろん私の宿主の仮面の男もまたワキであり、一体誰をもどいているのか憑いた神が自らの名を名乗らねばそれさえ定かではありません。

それにしても、ほれ、見えませぬか聞こえませぬか。

あちらこちらで、もどき役がうごめき四肢をひきつらせ痙攣する様、地団駄を踏むように無作法に舞う足の音。

うごめき、のたうち、そして皆、我がことでない誰かの物語を何事かへのあてこすりのように語り始めるのでございます。

　ほれ、口が開きます。

もどきの面の口が。

私であるところの朱色の肉の中に、唇が現われたのが御覧になれますか。

それでは、お聞かせしましょう。あってはならない物語をば。

をし。

をし。

をし。

をし。

（一）還俗

折口信夫博士が髪を伸ばそうと思ったのは、死者であることを止めようと決めたからだ。釈迢空と戯れを装い名乗ってきた号は、釈という名の戒名をつける生家近くの真宗の寺の習わしを模して昔、愛してくれた人が十三歳の少年だった信夫に生きたままに与えた諱だった。法名だった。それは出家者の名であるとともに死者の名、いわゆる戒名であった。愛してくれた人は男だったが、信夫の方には拘泥はなくその人だけがこだわった。衆道の手ほどきを信夫にしておきながらそんな関係は十年もたてば跡形もない、何一つ後に残らぬただの性愛だと自らあざけり、勝手に妻を娶り勝手に逝った。

信夫はそんな男の訃報を聞き、男の墓のある寺で一人髪を落とし、得度した。

それから髪を伸ばすことはなかった。

坊主頭のままで、二つの大学の教師となった。どちらとも決め兼ねたのは生者でありながら死者を装う曖昧さと同じであった。大学では折口信夫と俗名を名乗る心の内は出家者であり、同時に死者であった。

信夫は信夫と弟子たちが烏の群れと揶揄されていることを知らないではない。坊主頭の信夫が黒袈裟の如き詰め襟を一様にまとった弟子たちを引き連れて歩く姿は、出身校である渋谷の國學院はともかく、西欧風を気取る学生の多い三田の慶應では忌み嫌われた。葬儀の列に出会った時の道切りの縁起担ぎを密かにする教員さえいたが、実際、それはまさしく信夫にとっては葬列だった。

そして、何より自分を残し逝った男への当てつけでもあった。

死者を装うことは殉死のつもりでさえあった。

だが、ある日からその葬列に、一輪の花に喩えたとしてもそれは可憐さや華やかさの比喩ではなく、むしろ行列の奇矯さを際だたせるかのように跛行の美少女が、万国博覧会の国旗の如くその時々で色とりどりの服装で交じるようになっていた。

折口博士が衆道、男色家であるのは公然の秘密であり、子弟の結びつきにおいて一線を越えることを求められた者も少なからずはいた。一方で街中などで何かの折、女性の肌が掌に触れようものなら嫌悪し、鞄の中に常備しているアルミ缶にぎっしり詰めた、消毒用のアルコールをたっぷりと染み込ませた脱脂綿で、肌が赤くなるまで拭き取らずにはおれないという折口の奇行を知る者たちにとって、杖をつき、スカートの裾からは革の拘束具が覗く、西洋の仮装パーティから抜け出してきたかの如き、その目鼻立ちだけは誰もがほうと溜息をつく美少女の手を引き学内を歩く様は、その一点で葬列ではなく、もはやカーニヴァルのパレードに近かった。

しかも時にはこれに仮面の男が、その最後尾に加わるのである。

仮面といってもそれは、顔と口許を覆う拘束具にも似た印象であった。

その一行は詰め襟を無理に着込んだ学生も含め、皆が自分を罰するようにその身を何かで縛りつけている行列なのであった。

口さがない者は葬列や烏の群れを転じて、笛吹き男が鼠を集めるが如しと揶揄もした。

ならば行く先はウェザー川ならぬ渋谷川での溺死か。

そうまで囁かれ始めたことが、折口博士の気分を変えなかったのかと言えば嘘になる。

髪を伸ばしてみたところでそのなりは毛坊主、俗を生きて妻帯も肉食もする乞食坊主の類にただ近づくことはわかっていたが、それでも髪を伸ばすと決めたのは、またも杳として消息が知れないままの夫である春洋が夢に出たからだ。その夢で予感した不幸に畏れ慄き、折口は意地をはり死者の列に加わることを止めようと思ったのである。

生への希望も執着も、生まれてこの方微塵も抱いたことはなかったが、初めて生きようと思ってみると、それは奇妙だが愉快でもあった。

藤井春洋とは折口と同棲する高弟の名である。弟子というより妻同然というのは、文字通り家計を預かり出納を細かくメモし身の回りをあれこれと世話したからだ。ぼくは先生の学問の犠牲です、というのが口癖であった男弟子が時に見せる癇癪に、折口は妻の機嫌を損ねた夫のようにおろおろとするのが常であったが、また今度も、些細なことで出て行ったのである。些細なこと、というのがそもそも何であったのかさえ折口博士には思い当たらず、ただ、ぼそりといつものように投げ出す呪詛の如き台詞がその口にのぼってしまえば、もうどうしようもなかった。

折口はただ戻ってくるのを待つしかない。

だが、春洋が出て行ってもう半年になる。

今度の不在は随分と長かった。

入れ替わりに美蘭（メイファン）が例によって出石（いずるいし）の折口の借家に当然のように居ついた。美蘭とは葬列をパレードに変えた、跛行の美少女の名である。

春洋が消えると、どこで知ったのか仮面の男が現われて、あれやこれやと理由をつけて美蘭を押しつけていくのが常である。その仮面の男は、偽書専門の古書店主・木島平八郎（きじまへいはちろう）と名乗っている。つまりは自称である。正しい素性は知れぬ。妖（あや）し気な結社の一員らしいが単にペテン師かもしれぬ。

だが、この木島がまるでシテにつきまとうワキの如くにしつこいのだ。

才蔵が太夫を執拗にもどくように、折口の名を騙（かた）った偽書を捏造（ねつぞう）する。折口が出すつもりで頭の中に用意していた本の名を勝手に先回りして愚にもつかぬ物語に仕立て上げては、それを自分の古書店で売るのだ。それを見つけて腹を立て、結局は折口が買うという堂々巡りが続いている。

折口博士はその偽書に書かれた偽の物語にいらだちながら、しかし木島が時に自分よりはるかに真実を語っている気もするのである。

何の話であったか。

髪を伸ばすことにした、という話であった。

春洋のことを夢に見たからだ、というところまで話した気がする。

最初、折口は夢の中で醒（さ）めたのである。

しずくが肌ではなく剝（む）き出しになった骨の髄にしみたおぞましさにまず身震いした。

次に、こう、と声を聞いた。

脳は溶けて頭蓋（ずがい）は空洞となっていたが、そのうつぼに響いた。

こう。

こう。

こう。

こう、は、乞う、と書く。

ああ、あれは魂呼びだ、俺の魂を呼んでいるのだと折口は彼の人の骸の中で思い、そして、呼ぶ人の声こそが自分の声だと気づいた。

しわがれて、哀願する、老いさらばえ、しわぶいた、元は甲高い声。

なんと醜い声だと折口は己の声のおぞましさに、もはや芥となってしまって、ないはずの肌を鳥肌立てた。そして、では己が魂を乞う相手は誰か、一人しかおらぬと愕然として目が覚めて、まぶたを開いた。

開いた先に美蘭の長い睫があって「お義父さま、人魚が死にました」と悲しみをたたえた目で言って、した、と折口の唇にその涙が滴り落ちたのである。そして夢の中の骸をもう一度、思った。

衣が糸くずとなり、肉が溶けて骨さえ崩れているが、顔だけは春洋その人のデスマスクだった。自分がその内に居た骸をまるで見てきたようにそう思ったのである。

人魚はといえば去年の夏の暮れ、美蘭が八坂堂の前で金魚売りから金魚鉢ごと買ったものである。

それは奇妙な金魚鉢で筒のように長く、コルクでしっかりと栓がしてあって、しかも蜜蠟で固めてある。

金魚売りはその硝子（ガラス）の筒をトランクに入れて、人魚、人魚と、詠（うた）うように叫びながら陽炎（かげろう）の中をあのだらだら坂を歩いて上っていたのである。

注意して聞かねば、にんぎょはきんぎょと聞こえる。それは当然で人魚売りなぞ、この世にはあってはならぬものだ。

しかし耳ざとい美蘭がそれを聞き逃すはずもなく、八坂堂へと向かうその坂を不自由な足を跳ねるように追いかけていったのである。

果たして人魚売りは八坂堂を目当ての客としていたようだ。行く度に模様の変わるステンドグラスの扉に本日休業と書かれた札の下で、その人魚売りの大男は所在な気に革紐（かわひも）で縛ったトランクに腰を下ろしていたのである。

「人魚をひとつくださいな」

美蘭の声に人魚売りは怪訝（けげん）そうな顔をした。

「ほう、私の声が聞こえるのか」

折口は追いついて、人魚売りが黒い嘴（くちばし）のようなマスクで口を隠していることに気づいた。

「もちろん」

「おかしいな。私の口は声を出せぬようになっているのだよ」

そう言って外したマスクの下の口は、凧糸（たこいと）のような糸で縫い合わされていたのである。

「舌だって切られてしまって、この下にはないんだ」

男は言ったがその声は折口にも聞こえた。男は美蘭の後ろの折口にも気づき、凧糸でかがり縫いにされて歪(ゆが)んだ口許でもごもごと笑った。

その時、折口は、ああ、こいつはもどきの類だと不吉にも思ったのであった。

もどきは神の連れ、同行者であり、神の所作を真似る道化であり、何よりも依(よ)り代なのである。依り代であるが故に神に憑かれて、初めて口を開く。

開口するのである。

何故、もどきが人魚を売っているのか、不思議ではあったが、だらだら坂の上の八坂堂前では何が起きても不思議ではないと折口は、投げやりな気持ちで自分を納得させたのだった。

「これが人魚」

美蘭が無邪気に鼻の前に掲げた硝子の筒の中には、翡翠(ひすい)に似た色の小石と貝殻と水藻、そしてめだかほどの小さな魚が一匹いた。目を凝らしてみると、その小魚の顔は人に見えなくもない。

一体、人魚というものが上半身は裸体の美女であるというのは、アンデルセンなりの童話が西欧より持ち込んだ様式であって、人に見えなくもない顔の奇態な魚の絵が江戸の妖怪草子の類にはいくつも描かれている。そちらを人魚と定めればそう言えなくもなかった。

胡散臭い、と思ったが、そんな分別を美蘭が聞き分けるはずもない。

「ね」

近頃の口癖で美蘭は同意を求める。

「エサは一体どこから入れるのだね」

折口は懐から紙入れを出しながら、どうせ世話は自分が押しつけられるものと腹をくくって聞いてみた。

「世話はいらないよ。日当たりのいいところに置いてくれれば藻が酸素をつくり、育った藻を人魚が食べる。この瓶の中がバランスのとれた一つの宇宙のようなものだ」

「まあ、宇宙」

「でも、一つ気をつけなくっちゃいけない。こいつは世の中の摂理を小さくして瓶の中に閉じ込めたようなものだ。ってことは世の中の摂理や法則がわずかにでも狂うと、たちまち中の平衡が崩れ人魚は死ぬ」

その、人魚が死んだというのである。摂理が崩れた、ということなのか。

美蘭が泣きはらした目で硝子の瓶を差し出した。

瓶の中の藻で首を括（くく）るようにして、いつの間にか上半身だけはわずかに人の形になっていたあの人魚が死んでいた。

その死んだ人魚の顔に折口は身震いした。

春洋の顔に見えたのである。

それが理由で、この時、折口はもどきの男の言った予兆を見落としたのである。

人魚の墓をつくると言って聞かぬ美蘭に求められるまま折口は、庭先で瓶の口を無理にこじ開けたが、割れて中身が美蘭の腕に散った。その時にはもう中のものは全て溶けて緑色の泥に変わってしまっていた。

骨さえなかった。

その、骨さえない、ということが折口を徒に不吉な気持ちにさせたのである。

そして、つい今し方見た夢と二つ合わせて、春洋が死者になる予兆に折口が心密かに決めたことが、髪を伸ばすことであった。とうに死んだ最初の男をあてつけにも似た気持ちで供養するために、男がくれた法名を名乗り、髪を剃って得度を気取っているから、その自分の中の邪心が生きた春洋まで死者の列に置こうとしたのだ、と折口なりに結論付けたのである。

美蘭は死んだ人魚を残った瓶の中身ごと庭の井戸の中に流した。井戸が墓なのだ、と美蘭は言った。井戸は地下水脈で海に通じていることが、昔起きた事件の時にわかっていた。

流せば戻ってくる。折口はその時、思ったが、咎めなかった。

人魚が春洋にも見えたから、戻ってきた方がいい、と思ってしまったのだ。それが間違いだった。

折口信夫博士は昭和十二年頃、突然に髪を伸ばし始め周囲を驚かせたことを弟子たちの多くが証言している。それは折口の密かなる還俗であった。

折口は再び生者となったのである。


「私の中に何かがいます」

美蘭は人魚が死んだ日から時折、焦点がしかと此岸に定まらぬような瞳で、繰り返しそう呟くようになった。それは猫が何もない宙をまんじりと見つめている仕草に似ているが、あれは隠り世を見ているのだと知ったように話したのは、自分で勝手に僧侶を名乗った男だった。この世とあの世は二重露光の写真のようだというのが口癖だったが、それは男が得度していたはずの浄土真宗の考えではなく国家神道家の物言いだと今は折口も気づいていた。だが、その言の葉があるいは折口にかけられた一つの呪いのようなものであったのかもしれぬ。

男が死んで彼岸の人となった後も傍らに、時には我が身に重なるように居るのではないかという気持ちが、夫を亡くした女人が尼僧になるような生活を折口にこれまで強いていたのかもしれない。だから自分を無理矢理側に置きながら死者と添おうとする心根を、もっと春洋は恨んでいたに違いないとも後悔していた。

美蘭が見ている先も隠り世かもしれぬ、とその定まらぬ視線を見て折口は以前から思っていた。

「私の中に何かがいます」

折口の意識が男の方に転がってしまったのを敏感に感じ取って美蘭がわずかに語気を荒らげ、もう一度言う。

「何が憑いたと言うのだい」

「憑いたのではありません。申し上げたように、身体の中に何か蟲がいるのです」

美蘭はそう言って陶磁器のように蒼い肌を折口に示した。

人魚の瓶の中身が散ったあたりである。

なるほどそこには一筋のみみず腫れのような赤い筋が走っていた。

人魚の壜の中身が散ったところと一致したから、漆のようにかぶれたのだろうと折口は思った。

「この蟲が腹の奥に入ろうとするのです」

美蘭は訴えるように言うと、今度は、下腹を摩った。それは無視して蕁麻疹の類だと、実家が医家で薬屋の折口は勝手に診断して、得意とする素人調合の薬を飲ませてみた。すると病状は幾らかは治まるが、夜中、蒲団の中の折口をゆすって起こして同じように訴えるのである。

それが幾夜も続くようになった。


美蘭が日記のようなものをつけ出したのはその頃からであった。三田の落第生が取りに来なかったノートを國學院の郷土研究室と書かれた折口の研究室で見つけて、美蘭が折口の学生に交じって女人のいない教室でノートをとる所作を始めたのには辟易した。

折口の講義は口述をノートに筆記させるものである。美蘭は左利きではなかったはずだが左手にペンを持ち、どこから手に入れてきたのか、いちいち青インクの壺にペン先をどっぷりつけて書いた。

壇上からでもノートに青い染みが点々とついていくのがわかって、それで折口の胸が小さく痛んだ。

青いインクの染みは折口の鼻梁に若い時からある痣を連想させたのである。

それは折口の心にある染みが、聖痕の如くに皮膚の上に顕われたものであった。

だが美蘭の書いていたのは案の定というべきか、講義ノートなどではなかった。

そこには文字と思えぬ文字が書いてあった。美蘭のことだから自分しか理解できぬ文字を発明しても驚かぬが、よく見ればルイス・キャロルの手紙の如き、左右が逆の鏡文字であった。

キャロルは左利きであったから、鏡文字の方が書き易いのだ。それが美蘭が俄かに左利きを真似た理由かと得心した。

それが日記であることがわかったのは開いたページに日付があったからだが、今日ではなく明後日の日付であった。

明後日の日記とはすなわち予言である。

これから起きることが書かれている。

折口博士がそれを信じざるを得なかったのは、その日その時、折口が美蘭の日記をこっそり盗み見ることが書いてあったからである。文机の上に読めと言わんばかりにノートは置かれていて、その最初の行からたった今、後ろめたさと好奇で美蘭の秘密を覗こうとする折口のさもしい心までもが、鏡文字の批難めいた文章で書いてあったのだから、ぐうの音も出ない。

普通は言の葉は、あったことの後をついてくるものだが、これからあることを日記が先回りしたところで不思議ではなかった。神がもたらす言葉は大抵は当てずっぽうの予言である。しかし、人の発する言葉は、その予言の後をただ無作法に真似をして繰り返す、もどきのようなものである、と折口は思っているからだ。

だから折口は日記の中に自分の今日が書いてあることを見て、なるほど自分の人生もまた誰かのもどきなのかと思うと妙に気が軽くなった。

しかも、その日の日記に書いてあった折口のことはただ日記を盗み見ることだけで、あとは木島の身に起きるはずの出来事であった。なるほどあの男もまた結局はもどきか、と思い少し愉快な気持ちになった。

八坂堂まで迷わず辿りつけたのは、その日、来た男を除けばあの人物しかいなかった。

後でわかることだが、やってきた男はその人物の自称に近いとはいえ弟子でもあった。

扉に嵌め殺したステンドグラスの内側に身を潜めている店番の根津が何の気配も察知できなかったのも、その時まではあの男一人だけであった。だから店番の根津は不意に内側に開いた扉に鼻頭をしたたか打ってみっともなく後ろに転がった。根津は屈辱からなる怒りでなく、イワン・パブロフに条件付けされた犬の反応の如くにただちに仕込みの杖を抜いて、戸口の男に斬りかかったが、男性は半歩、脇に踏み出して少しも恰好を崩さずその動きをも見切ってみせた。西洋の剣術の動きだとまでは木島にはわからなかったが、根津に勝ち目はないとすぐに承知して、ひゅうと口笛を吹いて根津の次の動きを制した。

根津の全身の筋肉はただちにだらしなく弛緩し、タイルの床に糸の切れたマリオネットのように座り込む。そしてうって変わって緩慢な動作で膝を抱える。

八坂堂の主人・木島平八郎は厄介事が迷い込んだことだけは悟って、うんざりした。仕事の時以外は現世と関わる気は失せていたから、この坂の上に居を構えたのだ。人でない者が迷い込むことはないではなかったが、生身の余計な人が来るよりははるかにましであった。

それなのに人が来た。

確かに日本人には珍しい鉤鼻(かぎばな)である。

「あんた、ドイツ映画みたいな顔をしている」

膝の上に頭を乗せて大人しくなった根津が、侵入者である男の顔を叱られた犬のような恨めしげな目で盗み見て言う。

「ああ、フリッツ・ラングの映画に出てくる俳優のようだろう。『メトロポリス』は観たかい」

「観た。五回」

根津はぼそりと言った。

元々、根津は生ける人が人には見えぬ変態心理の持ち主だ。人は麻袋の人形のようにしか見えぬ、だから首を刎ねたところで中から綿が散るだけだと、嘯(うそぶ)くわけでもなく自然主義作家が観察を述べる口調でいつも言っていた。だが、ある時、木島が古書の中から玩具(がんぐ)映画機とフィルムを見つけ出し、戯れに書店の壁に映してみたことがあった。玩具映画機とはブリキ製の手回し映写機で、無声映画のフィルムを数十分ほど切りとったものを上映する高級幻燈(げんとう)機といったところだ。すると最初は何の関心も示さなかった根津が、映画の中の人は人に見えると高揚して話した。フィルムを変えても同じことを言う。映画の中に人の形を見て驚いた根津は、以来、新聞で確かめた封切り館をはしごするために坂を降り、結界の外に出る癖がついた。

しかし、根津にはこの訪問者が映画の中の人に見えるという。ということは意味は裏返って訪問者は人ではない、ということか、と木島は考えて、ならばここに辿りつけたのも仕方がない、と諦(あきら)めた。ステンドグラス越しの光は男に届くと色を失い、ただ陰影のみの際だった男の姿を浮かび上がらせるのは奇妙といえば奇妙だった。あるいはキネマの中から抜け出てきたのかもしれぬ。

そうあるはずもないことを想像し、自分らしくもない、と仮面の下で苦笑いする。

「映画の談義をするために来たわけではあるまい」

木島は厄介事をさっさと片付ける方が手間ではないと考える性分であったから、書庫の陰の番台から身を起こした。

「なるほど噂通りに仮面をつけている」

男は木島と向かい合って感心する。

「だが中身があんたが訪ねた男とは限らぬよ」

「ふん。中身など誰でもよい。神の仮面を被ればその者が神になるのが決まりだろう。仮面を被ってここにいれば君が私が訪ねた木島平八郎ということになる」

「お前の探している本など絶対ないぞ」

負け惜しみの強い根津は口を挟んだ。

「奇矯なことを。ここはないものを売る本屋ではなかったのか」

なるほど、この男の言う方に分がある。八坂堂はこの世にあってはならぬ本しか扱われぬ。あるのは木島が仕分けの仕事の折々で、あってはならぬと定めた本であり、持って帰ってこの書架に並べるのだ。仕分けの仕事とは要するに曖昧な境界の上に一本の線を引くことである。

「探している本がある。ゼムス・チャーチワードの『ザ・ロスト・コンチネント・オブ・ミュー』だ」

男の口にした書名に、くす、と根津が小声で嗤(わら)うのが聞こえた。太平洋の底に失われたミュー大陸があり人類の文明がそこで始まったとする古代史の書である。無論、偽書だ。一応は、あってはならぬものの類だ。この偽書をめぐってこれまでも色々な人間が色々な思惑で蠢(うご)めいてきた。だが荒唐無稽(こうとうむけい)にも程があり、稀(まれ)に四苦八苦しながら迷い込んでくるその筋の客の中でも、この本の名を出すのは根津が鼻で笑うほどの初心者であった。

「あるよ。右の上だ」

木島も男を見限って言う。

男は革装で金箔(きんぱく)の文字の、造本だけは重厚なそれを手に取った。

「著者はオハイオ州の出でアル中の釣り雑誌記者が正体だったな」

そういう蘊蓄(うんちく)こそがまさしく初心者である証(あかし)ではないか。

「安くしておくよ」

「いいや、ここに原書があるなら都合が良い」

男は木島の前に虚仮威(こけおど)しの偽書を差し出す。金箔の光がモノクロームに反射する。すると何だか酷(ひど)くもっともらしいアウラを本が纏(まと)った気がした。映画の小道具がスクリーン越しに見ると大層なものに見えるのと同じ詐術がこの男のかもしだす空気なのかもしれぬ。

「あんたが持つと、そいつももっともらしく見えてお似合いだ」

木島は皮肉のつもりで言った。

「偽書をもっともらしく見せるのは君の仕事でなかったかね」

男は律義に皮肉には皮肉を返し、名刺入れから名刺を出して本の上に置いた。

「これを翻訳していただきたい」

名刺には、独逸哲学博士　藤沢親雄、とあった。

「こんなものを翻訳してどうするのだ」

太平洋の沈降大陸の話になど誰が興味を持つのか。

「これを素にして映画の脚本を作るのです」

藤沢なる男が言うと、「ああ、映画」と根津は思わず感嘆したように応じた。

しかし、映画と聞いて、木島は却って興醒めした。何故ならついこの間できた映画法のおかげで、映画はただの宣伝戦の武器になってしまったからだ。要はゲッベルスもどきの宣伝映画のことだろう。沈降大陸の版図は委任統治領である南洋諸島と重なる。大方、そこを海の底の高天原にでも見立て、古代大陸アトランチスをアーリア人の出自としたナチスドイツのつまらぬ模倣を企てる輩の人かと、頭の中で素早く仕分けた。

誰がそんな依頼に応じるものか。

そして木島はある悪戯を思いついたのである。


「それでは翻訳の件、よろしくお願いします」

目の前に藤沢の言い草が無声映画の字幕として不意に現われて折口は我に返った。

ちらり、と黒マントの背が研究室の扉から掻き消えようとしているのが目にとまった。

その後ろ姿は美蘭の日記で木島が遭遇したはずの鉤鼻の男であるに違いない、と思い、そして、これが現世でないことを願って頭を左右に振った。

だが醒めることはなかった。

木島に嵌められた、と悟った。

机の上には日記にあった、安っぽい金箔の洋書と、それから独逸哲学博士なる名刺が置かれていた。美蘭の日記に木島のこととして書いてありながら結局、折口の身に起きたことにすり替わっている。元々人に憑いて人の心を操るのが美蘭の特技である。だから美蘭の話す昔起きたことの話は、美蘭の身に起きたものかその時に憑いていた誰かのものか、わかりづらいところがあった。私と語り始めながら私のことでなく、彼の人と始めながらそれは美蘭の物語であったりもする。

ならば木島と折口の区別など、美蘭には些細なことに違いない。

「しかし、もどきとはそのようなものです。神の言葉を三人称でなく一人称で語り、人称などというものは口承の文芸にとってさして重要ではないというのが先生の説ではないですか」

もっともらしい台詞に振り返れば、今度は目の前に木島平八郎が坐（すわ）っている。

それもとうに慣れたことなので驚きもしない。

むしろ木島の仮面が机の本を一瞥（いちべつ）したことの方に慌てた。折口は何故か、悪事を見つけられた心地になって偽書を椅子と背中の間に隠した。それは折口の名誉にかけて研究室にはあってはならないものなのである。

その慌てぶりに、仮面の下で木島が冷笑した気がした。

「いつからいるのだ君は」

「今からです」

問うても無駄な答えが返ってくる。

「水死体を見に行きましょう、と木島さんに誘っていただきました」

美蘭がはしゃいだ声で、木島の肩のところから背伸びしてひょっこりと顔を出す。

「水死体だと」

「ええ。今朝方、流れ着いたのだそうです」

それは日記には書いていなかったはずだ、と折口は美蘭の鏡文字を思い出す。

そして、美蘭が人魚の溶けた水を井戸に流した時の不吉な予感を思い出した。

「きっとあの、人魚が戻ってきたのです」

美蘭は折口が言葉にする前に先んじて自ら言って頷（うなず）く。

「それでは参りましょう」

折口は木島に促されて立ち上がる。すると、研究室中の学生たちが「お出かけですか」と一斉に振り向いた。

たった今まで木島も美蘭も居なかったかのようにふるまっていた彼らは、実は揃って耳を欹（そばだ）てて聞いていたのかと思うと忌々しかった。だから、怒りにまかせて木島と美蘭より早く、研究室から廊下に出た時、誰かが、折口の背広の袖口（そでぐち）を引いたのである。

それが誰かは折口にはわかったが、その気配しかない者の手を心の中で振り払った。

折口は本当はその時、行ってはならなかったのである。

「それはそれは見事な光景でしたよ。写真にとりましたから、後で現像したら見せて差し上げましょう」

会う度に曲がっている方向が入れ替わる口許を存分に引きつらせて、オペレッタのような身ぶりで土玉（どたま）は言うと、「うひゃひゃひゃ」と痙攣するように笑った。これがこの人物の微笑に相当するのだと今は折口もわかっている。土玉とは木島がかつて一時身を置いていた研究機関の研究員であった。研究機関というよりは結社であった。政治や軍に複雑な人脈をもつという触れ込みだったが、しかし、こと、この土玉の言動を見ると、それが明治維新以前からも続くと囁かれる秘密結社であることを忘れてしまう。

それは瀬条（せじょう）機関、という名であった。

瀬条機関は人智を超えるというよりは、人の常識をただ嘲笑（ちょうしょう）するかのように奇怪な研究や実験を繰り返し、それに軍や政治家のいくつもの派閥が複雑に群がっている。ドイツではヒトラーの取り巻きが「先祖の遺産」とかいう研究所をつくり、地球の内側が空洞であることを証明しようとしたり、双子の間にあるテレパシーを利用した絶対解読されない暗号の研究に熱心だという。しかもそこに何故か大量の民俗学者が雇われてルーン文字やらシオンの議定書やらの研究を求められていると聞いたことがあるが、瀬条はその組織の分派だともあてにもならぬ噂は言う。

そもそも木島は元はその研究員で、今はこの組織の度を過ぎた研究が生み出した研究成果や発見が彼らから見てもいささか手に余る時、それを仕分けするのが仕事である。この世にあってはならぬ、とされたものをつまりは巧妙に隠蔽をする工作員なのである。

折口はこの一年というもの、ずっとこの木島の奇怪な仕分けにつきあわされているのだが、拒めばいいものを拒めずにいる。それは多分、木島以外、自分を必要としてくれる人物がいないからである。木島が誘い、美蘭が見たいと言う。それで結局は奇態な事件の仕分けにつきあうことになる。

そのような人物にまとわり憑かれると、自分があってはならぬ側のようにも近頃は思えてきた。

その日の仕分けは大森海岸に流れ着いた水死体の一件であった。それが何故、土玉を恍惚とさせるほどに見事であったかといえば、大森海岸一帯が百をゆうに超える水死体で埋まったからである。だが、折口たちがその現場に着いた時には海岸には死体はもうなかった。

しかるべき場所に移されていたのである。

「もっと早く言って下されば見逃さなかったのに」

美蘭が口を尖らせる。

「ほら、鯨とか海豚の群れが浜に迷い込むって話、よく聞くじゃない。あれと同じような現象じゃないかな」

現場であった海岸で白衣の土玉が青い海原を背に解説してみせるが、話の内容が内容だけに少しも爽やかではない。死体はとうに回収されていたが、折口は水平線の方向を見て百の死体が津波のように押し寄せてくる光景を試みに想像してみた。先頭に群れを導く死体がいて、そして、それが水面からぷうと息つぎで頭を上げると春洋の顔に変わって思わず「ばかな」と自分の想像を叱責した。

折口は土玉と美蘭を海岸に残し、堤防の上に続く石段を上っていくことにした。成り行きの同行とはいえ、折口なりに確かめてみたかったのだが、堤防の向こう側には花柳界の屋根が並び、目当てのものはやはりなかった。

「折口先生も恵比須の墓を探しているのですか」

漱石の「夢十夜」で背負った赤子が呟くように、背後から木島の籠もった声がした。その通りだった。民俗学の調査に同行した近頃の学生の勘の悪さに比べれば、木島の着眼点は間違っていない。

「百もの水死体が流れ着いたということは海流の関係か何かで、ここらはそもそもが、漂着物が多い場所ではないかと思って当然だ。漁民たちには水死体を恵比須として祀る習慣があるから、墓か祠があれば確かめる証拠にもなる。土玉氏は水死体を鯨に喩えていたが、彼らは知らぬだろうが漂着した鯨の死体も同じく恵比須として祀る」

折口はまるで論文の梗概のように言う。

「もう少し南に下れば、由比ヶ浜などはそもそもそういう場所だったのではないですか。鎌倉には頼朝の建立したとされる夷堂があります」

「うむ。鎌倉の頃は由比ヶ浜は今よりずっと奥に入り込んでいたはずだし、夷堂は当初は池の中に建てられたというから、恐らく頼朝は旧来の恵比須信仰が念頭にあったのかもしれぬ」

折口が学生相手の癖でつい講釈めいたやりとりを続けると、木島が仮面の向こうでくすりと笑う気配がした。

「何か間違ったことを私は言ったかい？」

「いいえ、不思議だったのです。だって、百もの水死体が流れ着けば、普通それはどこから来たのかと考える。現に今頃警察は帝都中の監察医を総動員して検死の最中だといいます。船の難破か、はたまた、大量殺人の被害者が海に投じられたのか。新聞には当然ですが箝口令がしかれる騒ぎです」

折口はそこまで言われて成程、死者がどこから来たかを全く不問にしていた自分の迂闊さに気づいた。

「それを調べるのが君たちの仕事であろう」

そう居直った。

「ところがそれが厄介なのです。死人たちはどうやら最近、死んだ者たちではないのです」

籠もった声が不吉に言ったので、また美蘭が人魚の死体を井戸に流した光景が折口の頭をよぎった。そして、そのせいかもしれないと理屈でなく思うと、また、誰かが袖をくいと引いた気がした。

しかし、「死人たちを見に行きましょう」と、木島は折口を誘うのであった。


長谷の鎌倉病院は門を堅く閉ざしていて、その講堂には莚の上に置かれた死体が累々と並んでいる。大森海岸からわざわざ離れたところに運んだのは人目を憚ってのことか。

「百七体あります。百八体なら何だか数にも意味ありげでしょうが、そういうわけでもなさそうです。まあ、何でも曰くありげな数に一致するとは限りませんからな」

土玉はそう言って、骸と骸の間を不謹慎にも飛び越えながらその数を数え直し始める。

「まあ、鰐の背中を飛んでいく因幡の白兎のようですわ」

美蘭が言うと土玉はたちまち相好を崩して、両手を頭の上にあてて「ぴょん」と言った。美蘭も真似る。日本の昔話にはいちいち神々の癇に障る行動をとるアマノジャクなる女神が登場するが、折口は近頃、美蘭はその生まれ変わりかと思う時もある。

「それにしてもこの薫りは何だね。香でもたいているのかね」

折口は腹部をはちきれんばかりに膨張させどす黒く変色した死体だらけの講堂に、異臭どころか芳醇な麝香の如き匂いが立ちこめていることを先ほどから奇異に思っていた。

「本当にいい薫りですわ」

美蘭がまるで深山の澄んだ空気を吸うように深呼吸をしたので、折口は思わずその口を両手で塞いだ。どんな匂いであろうが死臭は死臭である。

「僕らも死臭の件は覚悟していたのですが一体、どういう化学変化が起きてしまったのか、このような薫りが立ちこめています。この際、ひとつこれを研究して新しい香料をつくってみようかと思うのです。死体の脂からグリセリンの一種をとり出して石鹸をつくることは可能ですから、それを応用して……」

土玉の本人は悪趣味と少しの自覚もない脱線につきあう義務など折口は微塵もないので無視をして、

「それで、この死体がどこから流れ着いたかわかったのかね」と話を本題に戻さんと、木島を振り返った。

「いやそのことは僕が御報告しましょう」土玉が振り返った折口の目の前に身体ごと回り込んでくる。

「今回の水死体にはいくつかの特徴があります。まず、最大の特徴は、殆ど溺死体ではない、ということです。だから正確には水死体ではないのです。つまり、死後、水の中に投じられたということです。これは水死体の肺から水が検出されなかったことで明らかにされました。息があって水の中で死んだとおぼしき者もいましたが、まるで簀巻きにでもされたかの如く全身に縄の跡が残っていました。次に全身に殴打暴行の跡があり、いうなればリンチで殺されたものと想像されることです」

折口は土玉の説明を聞きながら、喩えようのない不快感が腹の奥底よりゆっくりとこみ上げてくるのを感じた。それは土玉の無神経な口ぶりに対してではない。そうではなく、まるであってはならぬとされた者たちが、その仕分けに対して怒り憤りの余り身悶えているようで、折口の身体はあたかもその身悶えに共振したかのようにぶるると震えたのである。

しかし、そんなものは少しも感じぬ鈍感さが美徳の土玉は話を止めない。

「問題はこれらの死体がどこから来たかであります。死人ですから当然行方不明者の名簿と照会すればいいのですが、失踪者、家出人などと一致するものはありません」

「それに服装がいささか古い。婦人たちに和装が多いのは奇妙だ」そう木島が言いかけた時、折口は口を折った。

「どこから来たかわからぬなら、時計を見ろ」

折口は自分の発したその声の大きさに身震いした。

自身の内で身悶えしているそれが発した声であったことは、折口にだけはわかった。同時に折口はそれが自分の口を使って発した言葉によって何を問おうとしているのかを理解した。

これらはあの時の死体だ、と直感したのである。

「その焼けただれた死体の腕時計は何時をさしている」折口は今度は自分の意志で震える声で言う。

「ええと、この服部時計店のローレルですか」土玉は死体の傍らにしゃがみ込んで左手を摑む。

「一二時七分ですわ」美蘭が飛んできて文字盤を読む。

「ふむ。昼過ぎが死亡推定時刻となりますな」

「ではそちらの青年死体は？」

「この隣がそうですな。一二時三七分で止まっています」

「でも一二時が昼とは限りませんわ」

美蘭が別の何かから身を護るように無数の痣のついた男の腕を持って言う。

「しかし、こっちの鈍器で頭を割られたとおぼしき死人の懐中時計は七時三七分。同じく竹槍(たけやり)にでも刺されたかの如きこちらは三時一五分。あまり時間に規則性は……」

「**あるのだ**。不統一こそが規則なのだ」

叫んだ折口の声は一人ではなかった。

講堂の天井を折口の声ではない声がずんと揺らした。

それは折口の内側で身悶えしていたものたちの声であった。

あれは九月一日午前一一時五八分に始まったのだ。

死者たちは皆、その後に順に死んでいったのだ。

そう思った瞬間、いきなり胃の中にあった空気が喉(のど)から出て、をし、と声になって響いた。

そして、声はたちまち詩となった。

ああ、これは比擬開口(もどきかいこう)だ。

折口は思った。

神に命じられ静寂を破り岩や木や草のように物言わぬ者がその神威にたまらず開口するように、能役者のワキ方、もどきもまた神の言葉を自分の意志ではなく発する。そうか、自分ももどきだったのか。いや、ずっとそう自嘲してきたが、まことにもどきであったか。成程、木島の仮面ももどきの面なら、己れのこの顔もまた同じく、ひょっとこか何かの面に過ぎぬ証しのようなものかも知れぬ、と思ったところで折口の意識はふつと消え、腹の底からごうと木霊する音がした。

それは胃の奥から詩が湧いて出たる音であった。

ああ、もどきの己れの開口である、と折口は思った。

そこにも　ここにも居たっけ――。
水死の女の印象。
黒くちぢかんだ藻の葉
日にすけて　静かな女の髪の毛

折口はあの日のように歌う。

それはあの日見た水死体たちの姿であった。

折口はたちまちあの日のあの場所に立ち尽くす。

折口はその日、琉球から台湾まで旅をして船で門司の港に戻ってきたばかりであった。門司まで新聞の報道はその日のうちには届かず、神戸まで来た時に初めて大震災で東京が壊滅したことを知った。そのまま大阪の実家にとどまった方が身が無事だとわかっていながら、神戸港から東京に向かう最初の救護船である山城丸に思わず飛び乗ったのは、宿の鏡に映った自分の髪が短く刈られているのをついしげしげと見てしまったからだ。

そうだ、自分は形だけでも得度した僧なのだ、とその時、思った。

僧であれば死者のいる場所に行かねばならぬ。責務である。そんな気がしたのだ。

それは男へのあてつけで僧を気取ってきたことへのやましさがあったからなのかもしれない。

それでも東京に急がねば、と決めたのだ。

そのまま一晩、鮨詰(すしづ)めの船に揺られ、そして芝浦(しばうら)まで行けず途中で航路を打ち切った船に芝浜の桟橋に放り出されるように立った時、東の方角に煙が昇っているのが見えた。

わずかに死臭がした。

その死臭を頼りに東海道に沿うて歩いたのだった。

一体これほどの死人を見たのは初めてであった。

草の葉が風にそよぐ。日なたにそれが影をつくる。そういうのどかな午後の、大通りに人の姿は少なく、馬の死骸(しがい)と人の死骸が分け隔てなくある。赤ん坊の死骸が焦げたバケツと並んで道の真ん中に無為に転がっている。

　両国の上で、水の色を見よう。
　せめてものやすらひに——。
　身にしむ水の色だ。

死骸よ。浮き出さずに居れ。

土玉から海岸いっぱいの死体が流れ着いたと知らされたところで驚くこともなかったのは、あの時、上げ潮の川のどろりと青い水の中に死体が幾つとなく浮いているのを見たからだ。

そのまま引き潮とともに海に還れと折口は祈ったのだ。

恵比須たちの還るべき場所は海なのだ、とあの時、折口は人魚の死体を流した美蘭のように祈ったのであった。

そして己の口がもどいたそのままを詩にしたのだ。彼らが海に戻り、そして恵比須となって戻らぬように祈ったのだ。

だから、戻ってきたのは彼らではない。

別の死に方をした者たちを自分は見たのだ。

折口は記憶の中を歩く。

そうやって歩きながら、祈りながら、夜になったのだった。品川から高輪を越えてようやく慶應大学のある三田の山の影が見えた。そこまで来る間にも蠟燭を灯した人々の不快な囁きが羽虫の音のように幾度も幾度も耳の中を通り過ぎていった。そして、芝田橋を過ぎて増上寺の山門前に辿りついた時、とうとう彼らに囲まれていたのである。

彼らは手に松明やら斧やら竹槍やらを持ち、そして、いきなり折口の出自を問うたのである。

おまえは日本人か、と。

そう詰問される理由はここまで来る中でわかっていた。朝鮮人たちが井戸に毒を入れて回っているからという流言が人を炎が焼き払った後で、それより速い速度で伝わっていたのである。

井戸のなかへ
毒を入れてまはる朝鮮人――。
われ〱を叱って下さる
神様のつかはしめだらう。

闇の中に点々と揺れる蠟燭はその流言を伝えるモールス信号にさえ見えたものである。ひととおり小突き回され、そして懐中から慶應の名刺が幾枚か出てきたので首筋に突き立てられた竹槍からは解かれはしたが、ここまで来る途中で見た、幼子が棒で死人を叩(たた)いている光景の意味を折口ははっきりと了解したのである。

かあゆい子どもが、大道で、
びちや〱しばいて居た。
あの音―。
不逞帰順民の死骸の――。

無邪気で無垢な瞳の童子が大人を真似て虐殺された無辜の人の屍体を叩く。一体、これは何の天罰だ、何故、こんなおぞましい光景を見なくてはならぬのかと、自分を残し、自分にだけ一方的に未練を押しつけ逝った男を呪うてもみたが無駄だった。

ああ、戻ってきた死体はそうやって善意の人たちの善意に虐殺された死体だ。地震から幾時間も経て死者となった人たちだ。彼らもきっと海に流され、海から戻ってきたのだ。

死者たちが皆、戻ってきたのだ。

戻ってきた彼らはもはや恵比須などではない。

まれびとだ。

今は春ではないが彼らは春来る鬼だ。

やってきて怒りのままに土地の精霊を屈伏せんとする神だ。

自分はその怒りに憑かれて、あの日も今も、もどきとして口を開いたのだ。

をし。

をし。

をし。

ほうら、さっきから聞こえるあの音は、更なるまれびとを呼ぶ声ではないか。

折口は自分の詩の中を水死体のように漂いながら、そう思った。

「折口博士のおっしゃった通り、水死体の中にたまたま衣類に名が残っていたり、懐中に札入れがあった者の名と、関東大震災の行方不明者として過去帳に入れられてしまった者の名が一致しました。わかった限りでは共産主義者も幾人か交じっておりました。それから半分ほどの水死体が天孫族の子孫ではなく帰順民の血筋だとも判明しました。これは血流の中の遺伝物質を判定し民族・人種を特定するという、ナチスドイツに依頼され、我が機関が発明したユダヤ人鑑定法の応用でして。すると逆に共産主義者でも帰順民でもない者がいることが不可解ですが」

それはあの流言の夜、誰何（すいか）され、不幸にも口籠もったり吃音（きつおん）だったりして帰順民と誤解され殺された者に違いない。共産主義者も帰順民もただ口籠もった者も殺された。彼らは皆、恵比須となったのか。土玉の饒舌（じょうぜつ）の五月蠅（うるさ）さが魂呼びの役目を果たしたのか、あるいは神のみことばを伝えて満足したのか、まれびとはひとまずは折口の身から去ったようだ。

ゆっくりと周りが色がついた景色に戻る。

折口は講堂の控え室の壁にもたれていた。美蘭が扇子でゆっくりとあおいでくれている。

「驚きましたわ、お義父さま。突然にをし、をし、をしと叫び出し、お倒れになって」

「私は詩を詠わなかったかね」

折口は頭を左右に振り、わずかに残るまれびとの気配を押し出す。

「詩というより叫びでしたな。何をおっしゃっているかわかりませんでしたが、その前に一致しない時計の時間を言われて死人たちの正体に思い当たったのです。一体、ひとまとまりでたくさんの人が殺されたのは、あの出来事しか思い当たりませんからな」

「思い当たったのは木島さんです」

美蘭は口を尖らす。

折口が時計に思い当たった後で、木島が死体を仕分けしたのだとそれで知れた。

「思い当たったのは同時だが口に出したのは木島くんの方が早かっただけだよ、何しろ僕は口下手だから」と饒舌に言う土玉に触れて、折口は更にはっきりと現世の感覚をとり戻す。そして今いるここが確かに現世だと確かめようと、折口は身を起こした。美蘭が杖をついた方の手を差し出し、その掌に自分の掌を重ねて、杖に折口もすがってゆらりと立つ。

死人たちが並んでいる。

そしてどこか見覚えのある女の死人の前で立ち止まる。

やはりあの日、引き潮とともに海に還った者たちの内の一人だ。この死に顔を大井川の橋の下で見た気がした。大森海岸に立った時からそう予感していたから、どこからなどと改めて折口は思うことさえなかったのだと思った。それは折口の師であるあの人の嫌う直感であった。

「潮の流れの具合で海中の冷たい水の中に眠っていたものが何かの拍子で浮かんできたのだろう。その現象を解明するのは君の役目のはずだ。ならばこれで仕分けは終わりではないのかね」

そう言って折口は死者たちに合掌しようとして、髪を伸ばし、還俗したことを思い出した。

「一つだけ気になることがあります」

土玉がそう言って、折口が見たことがあったあの女の前に立つ。そして乱れた腰巻きの裾をめくる。下から赤い血の塊が覗いた。

むごいことだと折口は顔を顰めた。憐れみながら女の血の匂いに身じろいだ。

「産後、つまりは胎盤ですな」

土玉が言わずともわかることを説明する。

「犬帯をしているから妊婦だったようです」

帯を解いてわざわざ確かめる。

「死ぬ間際に産み落としたのでしょうか。死んだ後で生まれても陸であったら幽霊が飴を買って育ててやるところでしょうが、全く無念でなりませんな」

土玉が柄にもなく感傷的なことを言う。

しかし「ああ、水死体の産んだ赤子の水死体なんて、全く百の大人の水死体が手に入っても僕の心は晴れません」と続けて嘆いて、無念の意味を折口は悟った。土玉が水死体研究の第一人者であることを思い出した。土玉は死産した赤子の水死体を手に入れられなかったことを悔やんでいるだけなのであると知れた。

「赤子の水死体は流れ着かなかったのか」

木島が改めて土玉に確かめる。

「全く残念なことだ」と土玉が首を振る。

「生きて生まれはしなかったのですか」

美蘭が赤子への同情なのか、珍しくまともなことを訊いた。

「それでは蛭子になってしまう」

木島がぼそりと呟いたのを、折口は聞き逃さなかった。

した。
した。
した。
した。
した。

滴が俺の骨に当たる。誰か不快なものが俺の眠りを覚まそうとしている。

いや、そう思っている俺は既に目覚めかけている。

誰が俺を魂呼びしたというのか。

頭の上の板の隙間から月が見える。

俺は月を摑もうと手を伸ばしてみる。伸ばした指先の節が、白い珠(たま)のように月の蒼い光に浮かぶ。そして浮かんだ珠は板に触れるや脆(もろ)く崩れて灰になった。

それで、俺は骨になってしまったのだ、と思い当たる。

だが、こうして月を月として感じる。

それから、何より滴を滴として感じるではないか。滴が俺の骨に当たり、骨の髄に染み込んでいくのを感じることができる。

それから。

それから、波の音が聞こえる。波音が一つすると、俺の居る場所があわせて揺れる。

ああ、俺は海辺に流れ着いているのだと思う。

潮の匂いがするのだからきっとそうだ。

俺は鼻腔（びくう）の中でそれを確かめる。

すると俺が今、居るのは船だ。それも俺一人が入るほどの、棺桶（かんおけ）のような。

それではまるで補陀落渡海（ふだらくとかい）の僧ではないか。うつぼ船に身を横たえ、木板で蓋をして海の向こうの補陀落に旅立とうとした。

そこまで考えた時、人の気配がした。

そして、天板がすうと動いて月の光が一層射した。

なんだ、これはあんな簡単に開くものかと俺は拍子抜けした。

続いて幾人かの人の顔が俺を覗き込む。

「ここはどこだ」

俺は試しに声を出してみると人の顔がびくりと反応するのがわかった。

「常陸鹿島（ひたちかしま）だ」

声は震えて返ってくる。恐れられるのは無理もない。

何しろ俺は死人だ。

死体だ。

死骸だ。

だが、たった今、生まれた気もする。

「あんたは弥勒だな」

震えた声はしかしそう続けた。

けれど俺はといえば「いいや」と答えていた。弥勒か、と問われて俺は俺の名を思い出していたのだ。

だから俺は俺の名を言った。

「俺は大杉栄だよ、アナキストの」

（二）袖をとる

をい、と折口は、また袖を引かれた気がした。

ここは山ではなく浜辺なのに何を勘違いしてか鬱陶しい、と折口はあの男の今になっての未練を恨めしく思った。

ひだる神――山にあって旅人の袖をねだる死霊の類に、男の魂は凋落したのかこのところ、あの男とおぼしき友引きが喧しい。ひだる神は袖もぎ神ともいい、生者を死者の列に引き入れんと袖を引くのである。

ならばあの日、一緒に死んでくれればよかったのにと折口は今更、恨めしく思う。

医科への進学を中途で投げ出し上京し、男の下宿で駆け落ちしたように隠れて暮らしたのは一年に満たなかった。

男は大阪に戻り、寺に入り婿し跡を継ぐと言い出した。俺は鬼の子孫で毛坊主だ、だから男も女も抱くというのが口癖だった男の、つまりは束の間のなぐさみものに過ぎなかったことはわかっていたが、自分と添い遂げてくれぬならこの場で喉を掻き切って死ぬと喚いたあの日の自分への羞恥は思い出せても、さて、男はその時、どんな顔をしてみせたのかが思い出せない。

あの日の自分が愛していたのは男ではなく自分であった、と折口は今は正しくそう思える。男も同じであったはずだ。お互いに自己愛しかなかった。だから男は去ったのだとはわかっていた。そう悟る程度には充分に歳を重ねた。

そういえば、春洋にもあの日の自分がしたようになじられもした。

ようやく出奔中の春洋のことに思い至ったところで、すぐに感傷を掻き消すように、きゃあ、と後ろで嬌声（きょうせい）が上がった。美蘭が波に不自由な足をさらわれ砂につきたてた杖にすがっているのだ。春洋のことであれこれ心を悩ますよりは、美蘭に翻弄（ほんろう）されることの方が今の折口は心地が良い。

春洋がどこかで疎ましいのかもしれぬ。

まるであの男が自分にしたように残酷な心根よと折口は思う。

折口は砂に足をとられながら美蘭に駆け寄る。だから浜遊びは危ないのに、と叱ったところで拗（す）ねるだけだから折口は最初から諦めて肩を貸す。

美蘭は天の羽衣より軽いかとさえ思う体重を指先で折口の肩に乗せると、「靴が」と呟いて振り向いて波間を杖で指した。

赤い靴が白い波にとられていた。踵（かかと）が折れて砂に沈んでいる。

袖とり神ではなく草履とり神に凋落していたか、と折口は男の現世への未練を憐れんでみた。

「くれてやるがいい」

「どなたに差し上げますの」

あの男に、とは言わぬ。

「恵比須だよ」

折口は出任せを言う。

「どなたが亡くなったのですか」

「誰も死んではいないよ」

「恵比須とは水死人のことだとこの間、木島さんがおっしゃっていました」

「鯨も海豚も海にあるものはみな恵比須だ」

「では天磐櫲樟船（あまのいわくすぶね）に乗せられ海に流された蛭子も恵比須ですか」

「だからこれから訪ねる夷堂も今は蛭子神社（えびすじんじゃ）と書いてエビスと読ますのだ」

いつの間にか民俗学めいた問答になっていることに折口は苦笑する。教室で鏡文字の日記をただ書いているとはいえ、折口の国文学の講義に毎日座っていれば、その程度の知識は耳から自然に入るのだろう。

「でも蛭子は足が立ちませぬから靴はいらないのではないですか」

美蘭は不思議そうに言う。

確かにそうだ。

『日本書紀』の一書には「脚なお立たず」とある。

「それを言ったら恵比須にも赤い靴は似合わぬ。似合うのは異人に攫（さら）われた者だけだ」

折口は童謡の赤い靴を思い出し、そして思わず美蘭を海から庇（かば）うように胸に抱き寄せた。

「どうなさいましたの」

異人ならぬまれびとが海からやってきて美蘭を攫っていってしまいそうな気がしたのである。

「波にこれ以上、足を掬われてはあぶない。さあゆこう」

「でも靴が」

「また買えばいい」

折口は最後まで聞かず、しゃがんで美蘭に背中を向ける。をし、と仔猫ほどの重みが背中にのった。

そして、美蘭の甘い吐息が耳朶の後ろを擽った。


途中で靴屋か草履屋でも探そうと思ったが見当がつけられないうちに、由比ヶ浜から滑川に沿って大町と小町の境までついた。そこにかかるのが夷堂橋だ。滑川とは川底を嘗めるように水が流れるからついた名だが、上流から河口まで胡桃川、滑川、座禅川、そしてこの夷堂川、河口に向かって墨売川、閻魔川と名を猫の目のように変える。

美蘭は背負われたまま、道端にせり出した椿か何かの枝を折り振り回し、棒の先にまとわりつく蜻蛉と戯れている。それで靴のことなど忘れてしまった様子だ。蜻蛉に折口も、ああ今は秋なのか、と思う。しかし本当の秋かは疑ってかかる必要がある。何しろ木島が出入りするようになってからというもの、折口は季節の感覚がすっかりおかしくなっていた。冬から秋に季節が逆に巡っている気さえする時があった。

鎌倉の夷堂は源(みなもとの)頼朝が幕府の裏鬼門に当たる場所、本覚寺(ほんがくじ)に夷堂を祀(まつ)ったのが始まりである。明治の世に入っての神仏分離で、小町の鎮守と合祀(ごうし)されて蛭子神社となっている。

日曜日、鎌倉まで改めて足をのばしたわけはといえば、折口には釈然としてはいない。

例の青インクの染みだらけの美蘭の日記に、今日はお義父さまと鎌倉の夷堂橋に行くと書いてある、と突然、言い出しノートの頁を示したのは、朝餉(あさげ)を終えた後になってだ。日記に書かれた荒唐無稽な出来事のどこからどこまでが本当のことになるのか、折口は日記の中身を確かめてみる気になれない。読んでしまえばあってはならぬ物語が、更に厄介な形で我が身に火の粉としてふりかかるに決まっていたからである。だから嘘だと思うなら読んで下さいと言い張る美蘭に、読まずに従う方がずっと気が楽であった。

とはいえ、鎌倉は本覚寺夷堂、という目的地が充分に折口の気に障った。

例の百幾つかの死体は極秘裏に本覚寺に葬られたのである。

行けば、あの水死体事件の仕分けの渦中に引き戻されかねない。

瀬条の仕分けはとうに終わっていた。

水死体の正体は大震災の可哀想な死人たちが何かの理由で水底にあり、それが何かの理由で浮かび上がり浜に流れ着いた、と瀬条機関の土玉が仕分けし片がついた。一体、何かの理由という理由にならぬ理由が、二つも続けばそれは何の答えにもなっていないと誰もが思うが、海にあった死体が麝香の匂いの屍蠟(しろう)に変わっていた不思議さえも、瀬条機関や瀬条の得意先の陸軍省にも関心を示す者はなかった。

どうやら事件は世に隠し通さねばならぬ秘密であったから、あってはならぬものとされたのではなく、利用価値のない不思議などあってもなくても構わぬものだったというのが結論であったと察した。

つまりは仕分け屋である木島が出るほどの事件ではなかったというわけだ。

それなのに、自分はまだ仕分けを続けねばならぬというのか。

死体を帝（みかど）のおられる宮城（きゅうじょう）より遠く離れたこの本覚寺に祀ったのは、昔からこの界隈（かいわい）の浜辺に流れ着く水死体を弔うのがこの寺であったという習慣があったにせよ気にはなった。水死体を恵比須を祀る場所に弔うのは民俗学上は合理的だが、第一、それは誰の入れ知恵なのか。

瀬条にさえ影響力のある民俗学者など、一体、他に誰がいるというのだ、と折口は一人の男を思う。

事件そのものは北支事変に乗じて発令された新聞紙法に基づく記事掲載制限の対象となり、何も報じられなかった。報道すれば震災に乗じて社会主義者の大杉栄を惨殺した甘粕正彦（あまかすまさひこ）が今や満州にあることにまでも改めて関心が集まり、それで諸外国から今以上に満州国が胡散臭（うさんくさ）く見られるのを嫌ったからだ、と土玉はややこしい理屈をこねて推理してみせた。木島の如き「仕分け屋」が仕分けせずとも、あってはならぬものとそうでないものを陸軍が法の名の許に仕分ける時代に、気がつけばなっていたのである。

世がそうなってしまった今、この先、木島はどうなるのか。

仕分け屋など必要とされるのか。

いつの間にか仕分け屋、木島平八郎の将来を憐れんでいる自分に折口は苦笑した。

何とも生きにくい時代になったのは確かだ。

さて、夷堂橋に行って何をするのか、と日記の中身を美蘭に問うと、少し首を傾げて「お宮参り」と言って、あとは近頃の口癖の「ね」を繰り返されて曖昧にされた。どうせよからぬ出来事が待っていると知れてはいたが、もうずっと袋小路だらけの迷宮の如き人生である。

抗う気は起きない。

しかし、一体、何をこれ以上、自分は仕分けさせられるのか。

夷堂橋は昔、夷堂があったところで、背中の美蘭は蛭子神社にゆくと言う。折口は旅人をのせる駱駝のような気分となる。

祠の前に差しかかると、また、袖を引かれた。

しかし、それは男でなく背にある美蘭で、折口は手綱を引かれた馬のように立ち止まった。美蘭が背からふわりと降りる。そして片っぽが素足のまま、蛭子神社の祠に駆け寄った。

「私の靴」

美蘭が指さし、祠の前で振り返る。

なるほど祠の前に先ほど波にさらわれた赤い靴があった。

「あなたの靴でしたか」

木陰からトーキーの如きマイクロフォンに籠もったような声がした。まるで待ち合わせたかのように祠の前に男が歩み出てくるではないか。

鉤鼻で鼻筋はドーランを塗っているようにはっきりと際だっている。髪を後ろに櫛上げて固めモノクロームの映画の画面のように陰影だけが妙にくっきりと感じられるのは、深い木陰の中に男がある故の目の錯覚か。

男が靴を手に取るとそこだけ赤い。

「君は……」

と折口は、あったこととなかったことの境目が曖昧なままの記憶の糸を辿る。思い出せぬが、会ったことがある気がした。これから会うのかもしれぬ。

「海辺への漂着神は神に祀ると聞いていましたから、戯れにそうしてみました」

モノクロームの男は言う。

「靴を漂着神とする例は聞かぬ」

「しかしこの靴はまるでうつぼ船でも流れ着いたかの如く砂浜にありました」

「私の靴」

美蘭はそう言って手を伸ばしかけて小首を傾げた。

「どうした？　おまえの靴だろう」

「誰かがいます」

今になって目の前に自分の靴の片方を持った男がいることに気づいたとしても、美蘭ならありうることだ。美蘭は何か一つのことを見るのでも人とは見る順番が違う。蝶（ちょう）の絵が装丁に小さく書かれた本があったら、まず「ちょう」と指さす。聞いた者はどこかに蝶が舞っていると受けとめる。それと同じだ。

「そうだ、人がいるよ」

「やはり人ですの」

美蘭は驚嘆の声を上げ、男の手の中の赤い靴の靴底から何かを摑み、それをおもむろに折口の鼻先に差し出した。その仕草と言葉が折口の中では繫（つな）がらない。

美蘭の指先でそれは折口に向かって鎌首を上げた。

「捨てなさい。それは蛭だ。人ではない」

美蘭は蛭の尾の方をつまんで平然としているのだ。

「しかし、うつぼ船に蛭子が乗ってきたのなら辻褄が合う」

男がそう言って蛭の前に手をかざすと蛭はぬたりと男の指に絡みついた。蛭はたちまち血を吸い膨れあがる。男は血を吸わせたままにしている。

「ふん！　それは山蛭ではないか。海から来るはずもない。大方、この林の上からでも落ちてきたのだ」

そう言い捨て折口は祠の上の木を見上げて、そしてその木が椨であることに気づき口許を歪ませた。

これは春洋の生家にあった木と同じだ。

蛭はこの椨の木から落ちたのか、と思うと思い出したくないことを思い出さざるを得なくなる。

「霊の木が訛って椨の木、と言うそうですが。磯の上の都万麻を見れば根を延べて年深からし神さびにけり、でしたかな。そういえば蛭子を流した天磐櫲樟船も椨の木でつくられていたと言います。こいつはこの木とともにこの地に流れ着いた蛭子の末裔かもしれませぬ」

モノクロームの男は愉快そうに言うと、血を充分に吸い、珠のように膨れ上がった蛭を椨の幹の瘤の上に放す。

「ばかなことを……」

蛭など潰せばいいものを。

「しかし南の島の産である椨の木は北の海辺でも森をつくる。それは海に乗ってこの木の枝をたずさえて流れ着く者がいたからではありませんか」

折口は男の言の葉の行こうとする先に身構える。

それは折口が以前にある場所で話したことだからだ。この男がそれを知るはずはない。

「よもや、君は能登（のと）の気多（けた）大社のことを言っているのか」

「いかにも」

「何故、私がそこで話したことを知っている」

「ああ、だって、一緒に行ったじゃありませんか」

突然、男の声が春洋のなじる声に変わる。

たちまち男の姿がシネマのフェイドアウトの如くに遠退（とおの）く。そして折口の目の前に能登で春洋と見た気多大社の入らずの森が、ゆおん、と広がった。大社の背後に広がる常緑広葉樹の社叢には南方産の椨の木が群生している。椨の木をたずさえ、あるいは流れ着いた椨の木からひこばえがはえ長じたのか、日本海に向けて南洋の森が広がるのだ。

祖々（オヤオヤ）もさびしかりけむ。蠣貝（カキガヒ）とたぶの葉うづむ吹きあげの沙（スナ）

そうだ。

あの日、そう詠（うた）った場所に折口は一人で立っていた。

そして春洋は海から来たものの末裔だ、と折口は不意に思うとたまらず春洋を捜しに森に分け入る。

海から来た者はあの森に入っていくのだ。海辺で吹き上げられた沙を踏みしめ、栴の葉や巻き貝がぎしぎしと靴底で鳴るのを感じながら奥へ奥へと進み、その果てに石碑があった。

墓である。

誰の墓かはすぐにわかった。

折口は石碑に縋りつき、まるで盲のように指で一家ずつ墓碑銘を辿った。

案の定、「もっとも苦しきたゝかひに最も苦しみ死になるむかしの陸軍中尉折口春洋ならびにその父信夫の墓」とあった。むかしとあるがこれは先のことだとすぐに知れる。これは美蘭の未来記の如き日記のようにこれから本当に起こることなのだと思う。

そう悟ると、ああ、と折口は腹の底から深い絶望がこみ上げながらこのまま能登の海に身を投げても同じだとよろけて岬へと這う。

その瞬間。

目の前を背中ごしに何かが飛んでいった。

椿の枝である。

さっき美蘭の手にあった枝だ。

そして、こう、とあの男の声がした。

すとん、と魂が身体に戻ったように折口はソファーのスプリングを感じた。

三田の山の慶應の研究室にいた。

机の上には、あの、椿の枝があった。

そして折口の前には先ほどの鉤鼻の男がいた。肌は白色人種を画家の藤田嗣治が白絵の具に墨を混ぜてつくったもので描いたのと同じ乳白色をしていた。

テーブルの上には洋書が一冊、置かれている。

ああ、そうだ。この男は以前、このミュー大陸の本の翻訳を頼んできた男だ。名前はええと、と思ったところで「この度、新しい役職に就きましたので改めてごあいさつに回りました」と机の上に差し出した名刺には、国民精神総動員運動研究所　藤沢親雄、とあった。折口は男の名を思い出し、そして今まで見ていたものは白昼夢だと仕分けした。

「御用件は何でしたかな」

「お願いした本の翻訳の進捗状況についてうかがいたく参りました」

そう言われて、やはり、そちらの記憶までが現世のことであったかと頭の中に刻み込み、そして男の肩書きがどうにも厄介なものに変わっていることにまず警戒した。

これは美蘭の日記には「お義父さまは映画の素となる御本の翻訳をなさることになりました」と確か書いてあった一件であるはずだ。

無論、木島が逃げた厄介事を自分が身替わりになって引き受ける筋合いなどなかった。

「私は国文学と民俗学が専門ですから英語が堪能というわけでもなく、また、西洋人の考える古代史の仮説にも詳しくはないのです」

折口は喋(しゃべ)りながら少しずつ頭の中の靄(もや)をはらし、方便を探した。

太平洋上に失われしミュー大陸があった、という荒唐無稽にも程のあるこの本の主張に、当然だが何の学問的関心も抱けない。とはいえ、去年の冬に決起した陸軍の皇道派の連中の中には、天津(あまつ)教が秘宝としていたモーゼの十戒石を仰々しく拝観した者がいたらしいという噂は聞いていた。美濃部達吉(みのべたつきち)博士の天皇機関説――天皇とは国家行政上の一機関であるという学説が不敬となったあたりから、陸軍を中心に酷く胡散臭い古代史が奇妙な信奉を集めている。西欧に対抗して、キリストの誕生日よりはるかに早くから数える皇紀などを信じるから、神話と歴史の区別さえつかなくなりかけているのだろう。

折口はそういう政治の思惑に巻き込まれたくはなかったから、藤沢の新しい肩書きに用心して切り出す。

「つまり専門より外のことは学者としての責に負えぬのです」

学者と歌人を兼ね、小説さえ書く自分がよくも言うとは思った。

「とおっしゃいますと」

「内容が特殊ですからその道の専門家にまかせた方がいいでしょう」

折口はミューの本をそっと男の方に差し戻し、その道の、と思わせぶりに言いながら木島平八郎の名をいつ出すか、考えた。断れぬならあの男に今度はこちらから押しつければいい。そもそも美蘭の日記では木島がこの本の翻訳をするはずではなかったのか。

しかし、

「最初は私も木島平八郎を考えましたが、彼では役者不足です」

と心の内を読まれたのか先を越された。

顔に企(たくら)みが出てしまったのか。

「国民精神の基準たる映画の素になるのですから権威がある人の訳でなくてはいけない。それに」

と、そこで藤沢は声を潜めた。

「あの男には創意工夫の力がない。御存じですか、あの男の書いた童話」

折口は木島が童話を書いているなど初耳だった。

「あら、木島さんの童話はとても素敵ですわ」

美蘭が口を尖らせた。

「第一、翻訳と創造力は必ずしも関係があるとはいい難い」

どうしたわけか、折口も木島を擁護する形となる。

「普通はそうです。しかしこの場合は違うのです。何故なら」

鉤鼻の男はそこで言葉を一度、区切ってみせた。西欧人の演説のような結論を先に言って帰納する話術がいささか気に食わなかった。

「どう違うのかね」

「今回の翻訳は翻訳というより創作に近いものです」

「創作だと？　映画の脚本の素になるとは聞いていたが、それは脚本家の仕事だろうに」

「しかし、脚本家には歴史は創造できません。すなわち折口博士にはこの書を糸口として、我が民族の古代史を創っていただきたいのです」

それは日頃から学問上の仮説を実証のない創作に等しいと叱責されてきた折口への嫌味のように聞こえた。

「馬鹿げている。学問を何と心得る」

「民族統合のためには神話が必要なのはナチスドイツも考えるところです。しかし正直を申し上げて記紀の神話はもう一つ面白味に欠ける。そればかりか、欠点も多い」

男は映画の批評のように言う。

「欠点だと？」

「例えば流された蛭子の運命が定かでない点など」

確かにその通りではある。

「例えば、蛭子がミューに流れ着いた、というのはいかがです」

「もっと馬鹿げている。庶民たちは蛭子は戻ってきて恵比須になったと言い伝えている」

そんなことは自明であった。

「では、どこから蛭子は戻ったのです？」

男はにやりと笑った。折口はああこれは罠（わな）だ、と思ったが、遅かった。

自分でもそう問うてみたことがあったからだ。

「ですから、こういう案はいかがでしょう。ミュー大陸は海中にある妣（はは）が国、常世であると」

「な……何を言い出す」

「論文『妣が国へ・常世へ』を拝見しました。須佐之男（すさのを）が青山（せいざん）を枯山（からやま）に変えるまで慕い歎（なげ）いた妣が国へのノスタルジーは、民族心理における遺伝であると」

確かに折口はこう書いていた。

十年前、熊野に旅して、光り充つ真昼の海に突き出た大王个(ガ)崎の尽端に立つた時、遥かな波路の果に、わが魂のふるさとのある様な気がしてならなかつた。此をはかない詩人気どりの感傷と卑下する気には、今以てなれない。此は是、曽(カツ)ては祖々の胸を煽り立てた懐郷心（のすたるぢい）の、間歇(カンケツ)遺伝（あたゐずむ）として、現れたものではなからうか。

すさのをのみことが、青山を枯山(カラヤマ)なすまで慕い歎き、いなひのみことが、波の穂を踏んで渡られた「妣(ハハ)が国」は、われ〳〵の祖たちの恋慕した魂のふる郷であつたのであらう。

しかし海の彼方(かなた)に父の国ではなく妣の国を見たのは本当はあたゐずむなどではない。折口の来歴が折口の心に刻んだ傷に他ならない。だから反対のことを書いた。父の種でなく、それ故、産んだ母も愛(いつくし)まず、そのような子供が想像した地が、妣の国である。

「妣の国は空想の産物だ」

心の傷の産物とまでは言えぬ。この時の折口はまだ空想と言い捨てることができた。

「まさにそうです。その想像力は誰にもあるものではありません。特別な人間にしかありません。そしてその者には必ず徴(しるし)がある」

そう言って男は折口の鼻梁の青い染みを見た気がした。

心の傷までもこの男が見通して言っている気がした。

「まさに空想の力によって歴史を創造するのです。ただしその想像力を行使していいのは国家の名においてのみです。国家には自らの歴史を創造する権能があるのです。とはいえ、お互い世間に向けては口を慎まなくてはいけません。折口の姓の如くには国家に口を折られぬことが必要です。そうでないと博士があってはならぬ者に仕分けされてしまいます」

恫喝(どうかつ)であった。

そして男は共犯者のように口許を歪めてみせた。

「君は瀬条機関の回し者か」

国家の歴史さえも捏造できると不遜(ふそん)にも口にするのはあの連中だけだ。

「瀬条とは組織が違いますが同じ筋です。しかし私たちの方が古い」

そう言うと男は机の上の自分の名刺を裏返した。

ガクソ、とだけ、意味不明の三文字があった。

すると、また誰かが袖を引いた。

あの男が悪い夢から助けてくれたのだ、と折口は思った。

しかし藤沢は消えてはくれなかった。そしてこれは本当にあったことなのだ、とまるで念を押すかのようにミューの本を再び押しつけて帰っていった。

石を飼っていいですか、お義父さま、と美蘭が言い出したのは、日記の嘘なのか実際にあったことなのかはわからなくなっていた鎌倉での浜遊びから、幾日かたってからのことであった。藤沢という男とミューの一件は、いつもなら胡瓜（きゅうり）を捧（ささ）げられる玄関口の水虎像の傍らに藤沢の名刺と装本だけは大層な原書が投げ出したままだから、虚ではなく実なのだろうと折口は仕分けせざるを得なかった。

春洋という監視役が消えてからいささかコカインが過ぎるのだろう。現に今もパラフィン紙の上の白い粉を嗅（か）いでいる。

だから折口はあの日からの、胡蝶（こちょう）の夢の問答の如き迷宮よりも、幾度も袖を引くあの男の真意の方が計り知れないでいた。

それのみが真実のような気がした。

それで、あの男のことばかりをこのところ考えていた。

春洋の墓まで見たのに思い出されるのはあの男ばかりなのは、あの男が初めての相手であったからだ。

春洋が今ここにいたなら折口の心に男が浮かんだことにたちまち気づいて、昔の恋にまだ執心するのかと大仰に嘆いてみせるだろう。

そして罵（ののし）るだろう。

男同士の愛情はどうにも芝居がかったところがあり、なまじ折口も春洋も歌の結社の余興で歌舞伎の台本を書いたりする癖がついているから、恨み嫉（ねた）みの一つ一つが芝居がかってくる。春洋も春洋でそれが息詰まるのだろう。久しぶりに、と言うとどうにもつれないが、春洋のことにようやく意識が向いた時、つつと折口の書斎に入ってきて袖を引いたのは男でなく美蘭だったのだ。

そして、石を飼う件を切り出したのであった。

ここ幾日か美蘭が何かを隠していることは薄々察していた。

折口の目を盗んだつもりで何かを抱えるようにして、納戸に幾度か入り込んでいる。洗いにしようと思って魚屋に届けさせた水屋の中の鯉から、はらわたが持ち去られていることから、大方仔猫でも拾うたのだろうと推理と覚悟はしていた。折口の視線をぎこちなく避ける仕草をしてみせるのは却って愛らしく、男と暮らしても獣と暮らしたことはなかったが、美蘭が望めば許す気でいた。自分を呪うついでに妻の役割を演じる春洋を呪い、何かを愛でる感情に乏しいのは自ずと気づいていたが、美蘭の「ね」という懇願の言葉は、折口が頑なにその小さな世界で守っていた秩序を平気で崩す。それは最初は忌々しいだけだったのに、今は心の根のところでは心地良い。だから、美蘭が猫を飼っていいか、とねだるのを待ってすらいた。

猫の名さえ、あれこれと考えていたのだ。

しかし、小一時間ほど廊下をうろうろとする気配がした後で、とうとう折口の書斎の襖をおずおずと開け入ってきて、拾うたそれを飼いたいとねだるところまでは想っていた通りだが、美蘭が拾ったのは猫でも犬でもなく石であった。

石を飼う。

美蘭はようやく告白できたことに勢いづき、石とのいきさつを上気して話し始めた。

石は迷い石、もしかすると捨て石なのかもしれない、と言う。生まれてすぐにお母さまにはぐれたか、捨てられたか、とにかく可哀想な子に違いありませんとすっかりお伽話が出来上がっている様子であった。石に迷子も捨て子もあるものかと思ったが、そもそもお伽話と現世の区別がまるで曖昧な娘である。

石は鎌倉からついてきたのだ、と言う。おや、そんなことがあったかい、と尋ねてみると酷い、ちゃんと日記に書いてありますと憤る。日記に書いてあるから余計に定かではないが、美蘭の拗ねた顔を見れば海に行ったのは現世のことでいいという気になる。

「お義父さまとお出かけして、鎌倉の蛭子神社にお参りした時からあの子はついて参りました」

「ついてきた」

「はい。あの子はとてもさみしそうに祠の前にありました」

祠の前にあったのは赤い靴であったはずだがいいだろう。ちらりと靴の中に居た蛭が頭をよぎったが蛭が石になるはずもない。

しかし石の正体はそれで知れた。

「ああ、それはきっと卵か鞠のように丸い石だろう」

「お義父さまもあの可哀想な子に気づいて下さっていたのですね」

美蘭が頬を紅潮させ袖ではなく折口の浴衣を摑み、身を乗り出す。甘い蜜のような吐息が鼻腔をくすぐり気づかれぬよう鼻で息を吸うてみる。そして、慌てて「うむ」とどちらともとれるよう曖昧に頷く。

丸い石、とわかったのは見たわけではない。

恵比須を祀るのは、鎌倉の蛭子神社のように鶴岡八幡宮の一部を再び使ってそれなりに体裁をととのえた祠ばかりではない。浜辺のありあわせの祠にただ丸石を拾って恵比須とする。

浜恵比須、という。

嵐の翌日など、海辺にそれまでなかった赤子の頭ほどの形の良い石が見つかれば都合が良かったし、若者が目隠しをして海にもぐり手の感触だけで拾い上げた石を恵比須とする例もある。今より古い信仰の形である。

石だけではない。

海から寄せる珊瑚(さんご)の切れ端や、難破船の折れた舳先(へさき)もまた恵比須であり、そういうものを散歩の片手に海辺で見つければ祠に供えるという信心深い者もいる。本覚寺は日蓮(にちれん)ゆかりの寺、蛭子神社も商売の神となり、今はその性格を変えてはいるが、海から来るものを祀り神とする信仰は鎌倉のような古(いにしえ)からの場所でなくても残っている。

美蘭は、誰ぞが供えた丸石を拾ってきたことになる。

さながら恵比須を連れてきた、というわけだ。

「つまりおまえは石を攫ってきたのだね」

折口がからかうように言うと「美蘭は石攫いなどではございません」と口を尖らす。

確かに隣村の地蔵を盗んで祀る習慣はあったが、石攫いは初耳である。

「美蘭の後をついてきたと申し上げたでしょう」

「しかしどうやって石がついてくるのだい。足があるわけではなかろう」

「ですから美蘭がずっと爪先で蹴(け)って、それでついてきました」

それではついてきたではなく、連れてきましたであろうと指摘しても無駄であろうが、美蘭にそう言われると、夕暮れの大井(おおい)の街を杖で身をささえながら、赤い靴の爪先で小石を蹴っては歩みを進める様を自分でもあきれるほどに根気よく待っていたのだ、という気になっていた。

美蘭の嘘に折口の嘘が接ぎ木された現世がつくられていく。戯言（ざれごと）に現実（まこと）がついていくかのようにである。木島の嘘、春洋の嘘、そしてあの男の嘘と折口の嘘で今の自分の現世は織られているのだ、と折口は思う。

「それでその子はどこにいるのだい」

折口は美蘭のお伽話を糸にして機をもう一織りすることにした。

「飼ってもよろしいのですか」

「もちろんだ」

猫どころかあの試験管の中の人魚ほどにも手間がかからない。ただ石ころが増えただけである。

「ここにいます」

美蘭はおもむろに絹のブラウスの前釦（まえボタン）をはずしだした。そして小さな乳房とその下を拘束衣のようにしめるコルセットが顕わになる。コルセットに無理矢理押し込まれているものがあるのがわかった。野球のボールほどのそれが美蘭の後をついてきたその子なのだろう。

しかし、おや、とは思った。先ほど折口が美蘭に接ぎ木した嘘の中では蹴っていたのは小石であった。辻褄が合わない。これまでももっと辻褄の合わないことなどいくらでもあったのに、何故か石の大きさが気になった。

「石は最初からそんなに大きかったかい」

「いいえ、育ちました」

美蘭は愛し気にコルセットの上からそっと撫でた。石が大きくなるなど、さざれ石でもあるまいに、と思ったが、何故かその指が自分の鼻筋の青い痣を愛撫した気がした。

そしてあの石にもきっと青い痣があるに違いない。

ならば、石を飼ってもよい、と折口は思った。


月の夜だ。

月が石のように丸い。

僅かにだが目蓋の裏から蒼い光が透ってくる。するとどうやら目蓋は蘇生したのだな、と俺は思う。少しずつ骨に肉やら皮やらが蘇ってくるのが自分でもわかる。しかし何故、俺は蘇ったのか、俺が望んだのか、それとも誰かが乞うたのか。

それがさっぱりとわからない。

表で人の気配がした。

息を殺し、怯え、堂の中の俺の様子を窺っているのがわかる。俺を恐れているのだ。

大杉だ、と名乗っても奴らは違う、あんたは弥勒だと言って聞かぬ。

ならば弥勒でいいが、しかし、ここはシッダールタが入滅して後の五十六億七千万年後の世界でも、兜率天でもない。昭和、という聞き慣れぬ年号の十幾年めだという。その上、ここは俺が放り込まれた麴町憲兵隊の井戸からはどうにも半端に離れた鹿島あたりらしい。そういうことが奴らの言の端から知れてはいた。

覚えているのは半死半生で骸（むくろ）にされ、どすりと井戸の奥に落ちたことだ。もう一つ俺の上に骸が落ちてきたそれは野枝（のえ）だとわかった。最後に落ちてきたのは多分、宗一（むねかず）だ。女の恰好をさせて連れて歩いていたので娘の魔子（まこ）と誤られたのか、それとも社会主義者の血縁は何親等かまではきっちりと根絶やしにせよ、ということなのか。

むごいことよと思うが、大衆があれだけの朝鮮人たちを無邪気に殺したのだから、東京市の治安を大義にすれば宗一のことは責めようもないだろう、と思う。

それから。

そうだ。

石が降ってきたのだ。

一つめの石で、もう事切れていた野枝の頭が俺の腹の上でぐしゃりと西瓜（すいか）のように割れた。それから飛礫（つぶて）のような石が降り注いだ。

確か、イスラム教に、姦通（かんつう）を犯した者が土に埋められ死ぬまで飛礫を投じられる刑罰があると、パリのラ・サンテの監獄で一緒になったパレスチナ人の男が言っていた。そう考えれば俺も俺の腹の上で死んでいった野枝も彼の地に生まれれば、石を投げられ埋もれて死ぬ運命だった。野枝はダダイストを気取った英語教師と二子までもうけた女だった。俺はその上それに神近市子（かみちかいちこ）という新聞記者の女にも手をつけて、それで葉山（はやま）の日蔭茶屋（ひかげちゃや）で俺を刺したのはさてどちらの女だっけ。

首にその時の傷跡があったはずだがこんな屍（しかばね）となってはもうわからない。

あの傷跡を指で愛でるのが好きだったがそれが失われたと思うと、俺の命が無くなったことよりもずっと口惜しい。

それともあの傷口ももどってくれるのだろうか。

あれからずっと石の中に埋もれていて、漬け物になるのか化石になるのか、どちらにせよ、アナキストを気取って女にも金にもやりたい放題であったことは確かであったから、その末路は仕方はないと思った。

なのにそのどちらにもならず、浜辺に昆布や椰子(やし)の実のように打ち上げられて俺は弥勒になってしまった。

外から人の気配が消えた。

俺は半身を起こし、腕だけでずるりと前に進む。何かに触れれば灰のように脆かった指先は今は皮膚のようなもので覆われかけていて、堂の湿った床板の感触が伝わってくる。足は動かない。多分、まだ骨のままだ。

堂の扉を内側から開く。

すると丸い漬け物石のような石が鎮座している。

また、石だ。

俺はよほど石と縁がある。

その石の上に俺への供え物がある。

それは親指の先ほどもない。

だがぴくぴくとまだ動いている。

血の匂いが俺の鼻の内を刺激する。喰いたい、と思うより早く俺はそれを指先でつまむとつるりと呑み込む。

喉をぴくぴくと動くそれが降りていって、文字通りこれはただちに俺の血や肉となるだろうと思う。

魚の、生きたままに抉り取られた心臓のなんと美味であることよ。

しかし蘇った俺は何をする。また思ったがそれよりももう一つ、魚の心臓が欲しい、と俺は望んでいる。

俺は弥勒ではなくただの餓鬼になってしまっただけだ、と俺は石の前で苦笑した。

やはり八坂堂に乗り込んで始末をつけるのが一番だ。とにかく鞄の中のミューの本をトランプの婆抜きのように木島に押しつければ事は済む気がした。

折口は美蘭が石を飼うと言い出した翌日の朝、そう決めた。

水虎像の前に放られたままのミューの原書と藤沢の名刺の前を一度は通り過ぎ、そして意を決すると引き返して鞄に押し込むと、八坂堂に向かったのである。美蘭もついてきた。

その日、折口は本郷菊坂に向かった。

引っ越したりするわけでもないが折口の記憶の内で八坂堂はある場所を気まぐれに変える。

折口がある、と感じる先に八坂堂はあるのだが、むろん折口はその絡繰りに気づいてもいなければ、昨日と違う坂を上って八坂堂があることに気づいてもいない。

それはどこの坂に八坂堂があるかよりも、その手前で必ず迷い、そのことにいつも気をとられているからだ。違う坂だから迷う。迷うて迷うて鏡の国のアリス・リデルのように翻弄された挙げ句に、店主の木島の気まぐれが許せば冬でも夏でも蜃気楼（しんきろう）のように八坂堂は坂の上に姿を現わす。

八坂堂とは黄泉比良坂（よもつひらさか）を塞ぐ、元は桃であった大石のようだと思うたことさえある。ならば坂の下から上がろうとし坂の上に辿れない自分は死者となった伊邪那美（いざなみ）の身か。しかし、いつ黄泉戸喫（へぐい）を食うたのか、と考え、そうだ、あの男といる間、ずっとそれを喰らうていたではないか、と思いもした。

とにかくその日、八坂堂に続くはずの坂は本郷菊坂である。迷うのを覚悟して坂を上ると案の定、籤引（くじび）きでもせまるように道は二手に分かれた。その三叉路（さんさろ）の中央に今日は道祖神がある。賽（さい）の神があるなどいたく普通の趣向ではないかと思う余裕さえあるが、しかしどちらに行くかは折口が決めねばならぬ。

「どちらにゆこう」

美蘭にたずねると、あの人に聞きましょうと指をさした先の路傍に腰を下ろしていたのは、あの人魚売りのもどきの男であった。

「人魚をください」

道を尋ねると言った先ですぐ忘れ、目の前の興味に飛びつくことに今更呆（あき）れても仕方ない。

しかし折口の方が、人魚売りの男の担いだ天秤（てんびん）の盥（たらい）の中にあるものに先に気づいた。

石である。

丸い石が積まれている。

「人魚は今はやっていない」

まるで夏の金魚売りが冬には石焼き芋を売る商売に衣替えするのと同じ調子で言った。

「まあ残念」

「替わりに石を売っている。飼うのは簡単だよ」

もどきの男は舌のない口で言う。

「石は先日、迷い子を拾いましたからほかの子は飼えませぬ」

「ほう、それは残念だ」

「とてもよい子であります」

「どんな石だね」

「ここにいます。お見せしましょうか」

美蘭はいきなりブラウスの釦をはずしにかかったので慌てて折口は制した。

「とても元気ですすくすく育ちます」

「ほう、育つ」

もどきの男の目が俄かに光を帯びる。

「それはさざれ石かもしれないね」

もどきの男は折口と同じ感想を口にした。

「さざれ石」

「そうむかしのうたにあるのだ。教えるから口真似してごらん」

「はい」

もどきの男に美蘭は顔を寄せ、凧糸で綴(と)じられた口許を見つめる。

「君が代は」

「きみがよわ」

男をもどくように美蘭はなぞる。

「千代に八千代に」

「ちよにやちよに」

「さざれ石の」

「さざれいしの」

「巌(いわお)となりて」

「いわおとなりて」

「苔(こけ)の生(む)すまで」

「こけのむすまで」

「以上」

「いじょう」

「どうだい」

「どういう意味のおうたですか」

美蘭は本当に知らないらしく、首を傾ける。

「おまえは君が代を知らぬのか。日本の国の歌だよ」

折口は人魚売り転じて石売りの男と美蘭のやりとりを、まるで君が代のもどきを見せられている気になって聞いていたが、呆れて二人の口を折った。

「俺もこの娘も夷だからな、国などない」

人魚売りが反論する。

「あら、私は水死人ですか」

人魚売りの言葉の意味を美蘭らしくとり違える。

「夷とは蝦夷（えみし）、つまりはこの列島に先にあった先住民族たちのことを言う。転じて異人や山人（やまびと）たちの総称でもあるのだ」

折口はこんなところで美蘭の勘違いを正したところで何の意味があるのかとは思うが、もつれた話があってはならない話を導く予兆であることが幾度もあった。だからこれ以上道に迷いたくはなかったのだ。

そして自分に言い聞かせる。

八坂堂に木島を訪ねる。

それが今の本筋である。

「でもお国の定めたお歌でも石は育ちますのね。やはり美蘭のこの子も大きく立派な石になるのですね」

「それはあくまで歌のことだ」

折口は言う。

「おや蝦夷の末の俺たちならいざしらず、不敬なことよ。それともあれはただの褒め詞だから何を言ってもよいのか」

「そうではない。石の中がうつぼでたまがどこからか入ると、かいこの卵のようにその内でたまが成長しやがて内にあるものが出てくる。石に魂が宿るという古信仰が歌になったのだ」

「では美蘭の石からも何かが出てきますのね」

折口はまた迂闊なことを言ってしまったと悔いる。

「そうではない」

「そうに決まっている。何故ってお嬢さんが今、住んでいるのは大井町のどこだっけ」

人魚売りが折口の口を折り、妙にこじつけがかったので、先回りして「出石はただの地名だ」と逆に人魚売りの口を折る。

大井の出石が折口の借家の住所であった。もどきの出任せが真に転じてはたまらない。

しかし、「いずるいし……」と美蘭はそのただの符合にたちまち目を輝かせる。

「だからこの石は私を追いかけてやってきたのですね。石のいづるところ、つまりふるさと。私のところにではなくお義父さまのお家に参りたかったのですわ」

出石が石の妣の国であってなるものか、と言いかけたが、また男にもどかれる、と折口は躊躇う。

「何が出てくると思う」ともどいてみせる人魚売り。

「さあ」

折口は美蘭のコルセットの中の石から大きな蚕の這い出る様を想像しかけたが、そうだ八坂堂に行くのだ、と言い聞かせるように美蘭の手をとった。

「もういい加減にしなさい、美蘭。行くぞ」

そう言って、えい、と外れることの多い勘だけに頼って左の坂を上りかけたら、待て、とばかりにまたま袖を引いたのはあの男のはずだ。

何故、今更、行くな、と言うのか。

折口は振り切って坂を上った。

人魚売りは何も言わず盥の中から頃の良い石を二つ持ち鷲摑みにすると打ち鳴らした。火打ち石でもないのに火花が散って映画の撮影のカチンコのように空高く音が響いた。しかし、その空に向けて見慣れぬ奇妙な尖塔が突き出ていたのであやっぱり道を間違えてしまった、と折口は思った。


坂の上にあったのは八坂堂ではなくホテルであった。

尖塔はそのホテルの目印であった。マルクス主義者や文士たちの常宿であったが、ロシア革命で帰国を断念した東洋学者ニコライ・ネフスキーの常宿だったので幾度か訪ねたことがあった。

ホテルというよりは下宿屋に近い。

國學院を卒業し、一度、故郷に戻り教師となったが、あの男に教え込まれた性癖が男子ばかりの中学にあっては重苦しく、思いあまって職を辞して上京したものの、幾人かが追いかけるように折口の下宿館に迷い込み、彼らの宿代に難儀したことがあった。以来、下宿館にろくな思い出はない。

坂を上りながら間違えたことにはとっくに気づいていたが、引き返して、もう一度、人魚売りの前を通るのが癪(しゃく)であった。

戻れば人魚売りは石でなく人魚を売っていたはずだが、折口はあれほど袖を引かれたのに、引き返さなかった。それはやはり折口の科(とが)ではある。

菊富士(きくふじ)ホテル本館と書かれた前でやっと折口は道を選び違えたことが口惜しくなって、少し躊躇(ちゅうちょ)していたが、「お待ちしておりました」と土玉が食堂から窓越しに手招きしてみせたので今日の成り行きを悟った。

言うまでもなく約束などしていなかったが、美蘭におまえの日記には土玉とここで約束をしていると書いてあるのかいと聞いてみると、肩に掛けた鞄の中から日記を取り出す。そしておもむろに開き、はい、午後一時からのお約束です、と秘書のような返事をしてきた。

やれやれまた美蘭の嘘に迷い込んだか、と思った。木島に会わねばならぬのに土玉に会わねばならないのは何とも理不尽だった。

「うひゃひゃひゃ、こんなところまでわざわざお呼びたてして申し訳ありませんな」

レストランというよりは食堂といった方がふさわしい、その窓辺の席に土玉が陣取っていた。耳障りな土玉の奇声が近頃では却って折口の意識を現世の方に繋ぎ止めている気がする。土玉は勝手に珈琲(コーヒー)と、それから自分の食べていたのと同じコロッケのサンドウィッチを美蘭のために注文した。それから冷たいミルクにシロップをたっぷりと、どうしたわけか夏の間の美蘭の好みを正しく給仕に伝えた。水死人と長くつき合うと、人あしらいも熟達するというのか。

折口はといえば、消毒されているかどうかもわからない、他人たちの口が幾度も触れたカップで珈琲だろうが泥水だろうが飲む気にはなれなかったから、注文は何でもよかった。

「それでここまで呼び出した用事は何だね」

呼び出されたのでなく迷い込んだだけであったが、気忙しく話を始めようとした折口の口を折って、

「迷い子の石を拾いましたの」と美蘭が身を乗り出す。

「迷い子の石？」

土玉がすぐに話に乗る。

「そう、名前はさざれいし、です」

いつそんな名前をつけたのか、と聞くのも無駄だろう。

ついさっき決めたのだ。

「うたもならいました」

「歌？」

土玉という木島の更なるもどきのような男とアマノジャクたる美蘭のルイス・キャロルの如き問答がまた始まると思った。

しかし話し始めた以上、話し終えるまでは待たなくてはいけない。なまじ止めれば元に戻ってまた最初から話し始めるのだ。

「ええ、とてもとてもおそろしいうたです」

歌とは「君が代」のことだろう。

しかし、おそろしい、とは何の謎掛けだと折口は思う。

「歌ってごらん」

「はい」

美蘭は返事をすると、すっくと立ち上がる。

先ほどのもどきの人魚売りに口伝されたばかりの「君が代」をさっそく披露するつもりである。食堂の客は昼食時をはずれてまばらであったがそれでも片隅に男ばかり二人の客がいる。

「美蘭およし、迷惑だよ」

折口は小声で諭して、美蘭の袖口を引く。

「いえ、僕は迷惑ではありません」

そう言う土玉に、いや、君以外の人が迷惑なのだと説明しようとすると、どうしたわけか、まるでそれを制するように折口の袖が引かれた。あの男は美蘭の声を聞きたいというのか、と思うと折口は微（かす）かに嫉妬（しっと）めいた感情が自分の中に残っていることに気づく。

「あまり大きな声を出さぬように」

「はい、お義父さま」そう言うと背筋をぴんと伸ばし両手をまっすぐに下にして、気をつけ、の姿勢で歌い出した。

　　きみがよは
　　ちよにやちよに

さざれいしの
いわおとなりて
こけのむすまで

美蘭の歌ってみせたのは奇妙な歌であった。

詞は君が代だが曲が違う。人魚売りは節までは口伝しなかったのだから当然で、美蘭は勝手に節をつけたのだ。「君が代」は雅楽のような節回しに聞こえるが実際には五線譜に書かれて、西欧人が編曲している。だから西洋式である。しかし、美蘭の音の階梯は全く違う。雅楽でもない。折口でさえ、これまで聞いたことのないような不思議な階梯である。しいて言うならアイヌ民族の口承文芸ユーカラの曲調に似ていた。

とにかくもそれはこれまで聞いたどんな歌とも全く違う歌であった。

「うひゃひゃひゃひゃ。旋律が全然違うよ」

「これで正しいのです」

美蘭が口を尖らせる。

「本来、短歌に五線譜など合わないのだから、これでいいのかもしれない」

土玉はそう言って、簡単に引き下がる。この者にとって国歌の曲調などどうでもいいことなのだろう。

「それで、君が代のどこがおそろしいのだい」

むしろ、美蘭の謎掛けの方が気になるようだ。

「だって、きみがよの、きみは、天子さまでしょう」

「そうだよ。天皇へーかの御代がずっと続くようにと持ち上げる歌だね。褒めるにこと欠いて小石がでかくなるまで続くって、どうにも非科学的だよ、うひゃ」

今の世にアナキストでもなく、こういう言い草ができるのは土玉くらいだろう。およそ土玉という人は、生ける者には天皇だろうが乞食だろうが分け隔てなくつれないのであろう。

「でも、本当は違うのです」

美蘭があまりにきっぱりと言ったので、食堂の片隅の男たちまでがいよいよこちらに注目しているのが折口の気に障る。何しろ美蘭はとりようによっては国体変革を話題にしかけているのである。

「天子さまの御代は、さざれ石が大きくなるまでしか続きませんという呪いの歌です」

「まあ理屈ではそうなるな。でも、石がでかくなるなんてありえないから、そんなことは永遠に起きない。だから千代に八千代に、なんだって」

「いえ、大きくなります」

「だとすると美蘭ちゃんは天皇陛下の世が終わると思っていることになる。こりゃ、大杉栄なんかよりずっと立派なアナキストだ」

案の定、話がいささか度を過ぎて危うい方向に逸れている、と折口が思った瞬間、視界を不意に美少年の横顔が横切った。美蘭の前に給仕がコロッケサンドを差し出したのである。

折口はその少年の紅顔に思わず見とれる。

「まあ」

美蘭は今しがたの土玉との会話をすっかりと忘れて、コロッケサンドを鷲摑みにしてかぶりつく。それで危うい話は終わった。

それをちらりと確かめると美少年の給仕は折口の耳許にすっと口許を近づける。よもや耳朶に接吻(せっぷん)をされるのかと愚かにも身構えたが、「あまり長居をされないことです」と小声で囁いた。どうやら土玉は迷惑な客で、その連れである自分たちも迷惑がられているのか、と察した。

「そうそう、あちらを御覧下さい。あちらは特高の刑事さんたちです」

土玉は大声で食堂の隅の二人連れをいきなり指さした。男たちは忌々し気に土玉を睨(にら)み返す。

なるほど、半袖にパナマ帽の花菱(はなびし)アチャコと横山(よこやま)エンタツが変装したかの如き二人が、目付きだけは鋭くこちらを窺っていたのが先程から気になっていた。木島たちといると好奇の目になれてしまったが、間諜(かんちょう)する者の目はああいう目付きなのか、と妙な感心をする。折口は世間というものの内から既に幾歩か踏み外してしまっている自分に気づいている。しかし、何故、特高が私たちを見張っているのだ。

「御安心下さい。彼らは先生たちを探っているわけではありません。奴らときたらここで愚かにも大杉栄の幽霊を待っているのです」

憚(はばか)ることに頓着(とんちゃく)しない土玉は大声で、屈託なく言う。

「大杉の幽霊？」

「まあ幽霊」

折口と美蘭が同時に反応する。

「そもそも関東大震災のどさくさで甘粕正彦に殺されたアナキスト大杉栄はこの宿が常宿でした。その大杉の名を騙って先日、この菊富士ホテルに部屋はあるか、と問い合わせの電話があったというのです。無論、悪戯に決まっております」

「本当かね」

折口は美少年の給仕を見上げるが姿はない。怪訝に思い、「今の給仕の青年はどこだ」と美蘭に聞くとただ首を傾げる。食堂の隅には退屈そうに女給が立っているが、あのギャルソンの如き青年はいない。

そして不意に折口は背筋がぞくりとする。

そうだあの横顔と長い睫毛、そして、幾度となく近くで感じた吐息の匂いの全てがあの少年のものではないか。

袖を引いていたのはあの男と思っていたが、そうではなく、あの少年だったのか。

折口はもう一度、あの少年の気配を探す。

「どうなさいました。お義父さま」

美蘭が蒼ざめた折口の掌にそっと指を這わせる。それで少し魂呼びされたように心持ちが落ち着くが、今度は身体の震えが止まらない。だが震えの中にわずかの胸の高鳴りが混じっていた。

「これは意外だ、折口先生ともあろうお方が、幽霊など恐れるとは。しかしそもそも大杉はアナキストであれば当然、唯物論者であろう。幽霊などになって出てくれば唯物論を捨てたことになり、つまりは転向したことになるからそこにおられる刑事諸君も安心できる、というものです」

土玉の奇妙な理屈につきあえるはずもないが、事情だけはのみこめてきた。

「つまり君たちまでもが、大杉の幽霊騒ぎの仕分けにわざわざここに来たということか」

「御明察です」と土玉。

「しかしここにいない木島くんはともかく、君は幽霊よりも水死体の専門家であろう。何故、幽霊騒ぎに君が駆り出される」

考えてみれば死者どころか目の前の生者の気持ちさえ何も察しない土玉こそが、究極の唯物論者であるはずなのだが。

「つまりそれが先日の百恵比須事件に繋がるのです」

「ひゃくえびすじけん」

耳慣れない言葉は必ず鸚鵡返しで確かめるのが美蘭の癖だ。

「百七人の死人が流れ着いたので正確には百七恵比須ですが、まあ、語呂の問題です」

学者の最低条件たる正確さにこの男は頓着する気さえない。

「あの水死体はほら、大正の大震災での死人たち、特に鮮人たちが多数、交じっていたでしょう。それで特高の連中は少し神経質になっているのです。つまり、大杉の幽霊でなく大杉の死体もあれに交じってどこかに流れ着いたのではなかろうか、と。もちろん公式の裁判記録では大杉の遺体は関係者に引き取られ茶毘に付されていますが、しかし何しろあの事件はいろいろと謎に包まれていて仔細がわからない」

特高がいるということは、つまり、大杉の死体が行方知れずになっている可能性がある、となる。それは不穏ではある。

「それでまだ現われもせぬ大杉の亡霊を、わざわざ君たちが先回りして仕分けようというのか」

「そうなりますな、うひゃ。しかし何しろ僕は水死体の権威ではありますが、幽霊には疎い」

何に対してであれ自分で自分を権威と言い切ることに恥らいはない。

「しかしそれでは私が何故呼び出されたのかまではわからぬ。私とて水死人は専門ではないし、そもそもこんな探偵もどきの役回りを君たちと出会ってからというもの毎度押しつけられて迷惑だ」

「何をおっしゃいます。折口先生の探偵小説好きは有名です。先生が名探偵、さしずめ木島くんがそれを記録する助手、ということになりましょう」

だから何回も誘っているのだと言わんばかりの言い草である。確かに事件ごとに木島は折口のまだ書かぬ論文名を使っては一冊の書物を偽造し、八坂堂に並べるのであるが、迷惑な誤解である。

「ですから是非、折口先生に僕の推理を聞いていただきたいのです」

どうやら今回は土玉の探偵趣味につきあうためにここに迷い込んだらしい、とまずは諦める。

「話したまえ」

逆らわず、ただ聞き流すのが一番である。

「折口先生は離魂病を御存じですよね。リコン病といっても大杉のように次々と女に手を出しては離婚を女房にせまられる病気ってわけじゃありません」

土玉は自分で言って混ぜ返す。そのままもつれられるのは面倒なので、話の筋を守るために折口は先回りして答える。

「確か中国の『捜神後記（そうじんこうき）』で使われた言葉である。江戸時代の『奥州波奈志（おうしゅうばなし）』では影の病、ドイツでいうドッペルゲンガーと同じで自分と寸分違（たが）わない自分の姿を目撃するというが、いわゆる生霊、生きた者の霊が抜け出るという話だ。ドストエフスキーの『二重身』やポーの『ウィリアム・ウィルソン』もドッペルゲンガーの物語だ」

いつもならドッペルゲンガーという音の響きに反応して話に割り込む美蘭はコロッケサンドに夢中である。

「ええ、『奥州波奈志』に載っているのは、とある男、家に戻り、自分の部屋の戸をあけると机に自分がいる。着ているものから髪の結い方まで自分と同じ、あやしんで近づくと細く開いていた障子の間を紙のようにするりと抜け出しいなくなる。男は間もなく病にふせり死んでしまう。確かろくろ首も離魂病の一種でしたな」

意外にも教養のある答えが戻ってくる。

「まあ、ろくろくび」

と美蘭は今度は顔を上げるが、しかし再び口の中がコロッケで一杯になって、もどきを聞かずに済む。

「それで、大杉がろくろ首にでもなってこのホテルに出てくるというのかね」

「さすがにそれはないでしょう。しかし、これは一つの仮説ですが、大杉が震災より少し前、離魂病を患っていたら、もしかすると殺されたのは肉体の方のみで影の方はどこかを彷徨（さまよ）っている、ということは考えられませんか」

話の発端が荒唐無稽すぎたので土玉の仮説とやらがまともに聞こえるのが腹立たしい。

「それが大杉の幽霊騒ぎに対する君の見解かね」

「はい。小栗判官（おぐりはんがん）で餓鬼阿弥（がきあみ）が蘇生するのも離魂病で抜けた魂が他人の屍に宿ったためと、先生がおっしゃる論文を読んだことを思い出したものですから、御意見をうかがいたかったのです」

土玉が自分の論文を読んでいるとは意外であった。

「そんな証拠はあるのかね」

「ありません」

思いつきを言っただけだと白状しているような言い草である。

「よもや君は大杉の魂が骸を借りて蘇ったと考えるのかね」

折口は漂着した死体の一つに大杉の幽魂が憑く様を想像して、ありえないとかぶりを振る。あってはならないと仕分けする必要もない。

「まさか。第一、ここが定宿だったという理由で大杉の幽霊が戻ってくるなら、ほら、先生も御存じの露人学者ネフスキーだってここに化けて出るというものです」

「何を妙なことを。彼はペテルブルグ大学の教授に迎えられ帰国したのだ」

「あれ、御存じなかったのですか。瀬条の摑んだ情報ではネフスキーは反逆罪で銃殺されたはずです」

そんなことは信じられぬ。

聞いてもいない。

だからこれは夢だ、と思った。

そうだ、こんなことはしていられない。用事が自分にもあった、と折口はようやく鞄の中身を思い出し立ち上がった。

窓の外で蟬の声がした。

「一体、今日は何月の何日なのだ」

折口は美蘭を振り向いて訊いた。

すると、今度は袖でなく襟元を誰かが引っぱった気がした。


「残念ながらこれは引き取れません」

木島のくぐもった声がしたのと同時に、意識がゴム紐か何かでまたすとんと我が身に落ちた気がした。ステンドグラス越しの秋の光が目の前の木島にうつる。その顔がアヴァンギャルド芸術の構成画のように見える。

ということはここは八坂堂である。

木島はそう素っ気なく言って立ち上がり、書棚から本を抜き取る。そして折口が鞄から出したのであろう一冊と並べると同じ本である。

『The Lost Continent of Mu』とある。

あの藤沢なる輩の置いていった本である。

「同じ本が在庫であるのでうちでは引き取れません」

つれない言葉を木島がもう一度、繰り返した。

そうだ、私はこの胡散臭い本にふさわしく、八坂堂に仕分けしようと家を出て坂を上ったのだ、と今を確かめる。

では、今までの光景は、と思う。

先ほどは夏であり、今は秋である。日記に書かれていたということは、前にあった夏ではなく、来夏のことなのか。どうやら生きたまま、我が身から魂が離れ、そこかしこ、虚の方にまでうろうろと動き回っているのだ。それで辻褄が合うではないか。

なるほど、自分が離魂病なのだ。

ドッペルゲンガーの自分がどこかを彷徨(うろつ)いているのだ。

折口は自分で自分をそう仕分けた。

（三）変成女子

性夢であった。汗が寝間着をしとどに濡らしている。

仰向けに蚊帳の天井を見たまま半身を蒲団より這い出して、折口は恐る恐る褥の尻の下のあたりをまさぐる。

ぬるり、と指に触れるものがあり慌てて指を引く。

蚊帳の中に漂う季節外れの栗の花の匂いを嗅ぐまでもなく、自分に何が起きたのかは夢の余韻で明らかである。

薄い闇に蒼白く燐光のように浮き出た自身の二の腕を、あの日のように折口は強く吸ってみた。

あれは飛鳥坐神社を望む蜜柑畠の番屋でのことだった。

淡紅色の蛇が裸体の肩や太腿に絡みついてそして折口も蛇となった。

十三の時だった。生まれて初めて一人旅をした。夏の日であった。真昼の日差しが強すぎて全て白い輝きの中に溶けてまるで月夜のようであった。

最初に眼に入ったのは、ごむの草履の足許と男が手にした数珠だ。そしてそこだけ光がない黒い烏のような影だけが、停留所のベンチに重い身体を寄せた折口の前に立ったのだった。

影に見えたのは法衣だった。

男は値踏みするように折口を眼で舐めた。まるで視線の動いた先が舌が這ったようにぞくりとしたが、それはおぞましさとは違う感触だった。

全てを見透かされている気がした。

まるできのう見たばかりの夢の中身を男が知っているように感じられたのだ。

「ついてこい」

そう男が言った時、十三の折口は自分がこの後どうなるのかは充分に理解できた。衆道の本は医者だった父親の蔵書の中に見つけて盗み見ていた。

大和まで一人で来たのは、父が折口の家に婿養子に入る前に一度先に養子に入ったのが飛鳥の宮司の家だったからだ。父がした不貞への当てつけに、母が不貞して孕んだのが自分だということを、口性ない出入りの者たちの噂に耳を欹て知った。それからというもの、父母から愛されないのは鼻梁の青痣の乞丐相のためと、自分の中で言い繕うてきたが、とうに耐え切れなくなっていた。だから、飛鳥に行き、先祖の地に立てば父と自分の繋がりがきっと見つかると心の中で理屈だててはいたが本当は違った。

要するに逃げたかったのだ。

あの時の自分は同級の能役者のような顔立ちの少年に、生まれて初めての性欲を感じ混乱していたのだ。

そういう自分を畏れ自身から逃げたかった。幼い頃から信夫をのぶおではなくしのぶと読み、片袖に穴のあく女用の仕立ての赤い着物を纏って、母や叔母や芸者の師範として出入りする元芸妓たちといった女たちに紛れていることが自然だった。そして、つい先日、生まれて最初に見た性夢が同級生の陰茎が蛇となって絡みつく夢であったことに愕然（がくぜん）とした。友人は御霊（ごりょう）神社の氏子で何かの拍子に、この社の神は蕃神（ばんしん）だから氏子も普通の日本人のそれとは違うという話になり、そのことを恥じるというよりは何やら誇るような表情を見せたのだ。

その時、己の内でことりと何かが動いた。

性夢はその日の夜に見たのだ。

旅に出たいと自分には甘い叔母のぇいに乞うたのは、そんな夢を見てしまった己の身が穢（けが）らわしい気がして、いたたまれなかったからだ。だから行く先に父に所縁（ゆかり）がある飛鳥を選んだのは叔母を納得させる方便だった。叔母は折口が出自に悩んでいることを知っていたから、すぐに納得し父母を説得さえしてくれた。企んだ通りにいった。

そういう智慧だけは回る少年であった。

その男に初めて抱かれた後、あの時も宿屋の蚊帳の中で同じ夢を見て目を覚まし、夢で蛇となったのが男ではなく、同級生なのがうらめしかった。まるで男が何かの嫌味で、つまり俺はおまえのことなど好いてはおらぬと見せた夢の気がした。

実際、事が済んでしまった後の男は、微熱のような余韻に酔っていた折口を酷く邪険に払いのけたのだった。そしてあの時も、男が行為の最中に無造作に摑んだ二の腕に残る指のあとに唇を置いてみたのであった。

今、見た夢も同じだった。

男は出てこない。替わりにもはや何の感情も湧いてこない中学の時の同級生と夢の中で淫らに絡まった。

このところしきりに袖を引いていたあの男につれなくしていたので、また嫌味で見せたのかと思い、ふうとひとまず我に返るために声に出して溜息してみた。

ようやく正気に返る。

月があの夏のように白い。また、袖を引くかと思ったが、あてこすりの返事はない。

「逢いたい」

試しに折口は己の内にあった弱さを言葉にして、ぽろりとこぼしてみた。

たちまち涙があふれてくる。

泣くのはあの時以来かもしれぬ。抱かれた後、折口は泣いた。

畏ろしかったからである。折口は越えてはならぬ境を越えた気がした。もう我が身が現世から半身分はみ出してしまったように思え、ほろり涙がこぼれた。その眼の上の疵を男は指でそっと撫ぜたのである。

「まるで青いインクのようだ」

そう男は鼻梁の染みを喩えたのだ、と折口が思うた刹那、折口と違う指が染みに触れた。

ぞわりと肌の毛が総立つ。

恐怖ではない。心より先に身体がときめいているのだ。

折口は慌てて顔を上げる。

あの男の影を探す。
白い闇の中に黒い闇がくっきりとマントの輪郭を描いている。
その白い闇をくり抜いた影の形に見覚えがあった。
マントの形をしていた。
これが俺の袈裟の替わりだと、男はいつも嘯いていた。
忘れるはずもない。
だが男の顔のあるあたりを見上げて折口はたじろいだ。
仮面があった。
影の中にくっきりと仮面が浮いている。
それは、木島平八郎の仮面であった。
何故、あの男が木島の仮面を被っているのか。
今度は恐怖で全身の毛がぞわりと立った。
その時である。
不意に二階から美蘭の悲鳴が上がった。
影は身をひるがえし、鎌鼬（かまいたち）のように掻き消えようとした。
折口は思わず男の名を叫ぶ。
法名ではなく俗世の名を。
すると影はふっと立ち止まり振り返る。

そして仮面の口許にアリス・リデルの物語に出てくるチェシャ猫に似た冷笑がふうと浮かび、その後で「何だ、沼空沙彌」と、折口の法名をあざけるようにそれは呼んだのだ。

折口は戦慄する。

剃髪し十戒を受けているが仏門に入ったばかりの少年僧を沙彌と言う。男だけが使う折口の呼び名である。

やはりあの男だ。

影が一回り大きくなる。

男はマントをはだけるとあの日のように両手を大きく広げたのだ、と折口は思った。

よろけるように蚊帳を抜け出した。

「来い」

短く男が言った。

行こう、と折口は思った。

そして境を半歩踏み出しかける。

「行かせてはいけません」

美蘭の声が後ろでした。

映画のコマの逆さ回しのように半歩戻る。

「その人は石を攫ったのです」

「石を？」

折口は美蘭を振り返り、そしてもう一度、男の影を見る。

自分ではなく目的が別にあったのか、と多分、なじるような眼をしたのだろう。

にたりと木島の仮面が笑う。

そして、闇からぬうと腕の形が伸びて、その先に成程、美蘭の石があった。

「返して下さい」

美蘭が折口の傍らをするりと抜けて、果敢に影に飛びかかる。

だがそのまま影を素通りし、庭に転ぶ。

その美蘭の手は仮面だけをしかと摑んでいる。

「何をする」

折口は男の影に挑みかかると逆に手首、腕をしかと摑まれた。

美蘭の身体はすり抜けたのに、はっきりと男の無骨な指が折口の手首の上にある。

「おまえも来ていいのだぞ」

そう言って腕をぐいと引かれ、胸が乙女のようにきゅうとしめつけられた瞬間、薄闇になれた目を昼の日差しがナイフのように射した。

折口は寝床で半身を起こし、呆然としている自分に気づく。

男が摑んだ感触を確かめようと手首を見ても、痣さえない。

そして「愚か者め」と男とは違う醒めた声が、寝間着姿の折口に頭の上から冷たく言ったのである。

「柳田(やなぎた)先生」

声の主に折口は調教されきった犬のように慌てて正座すると、ひれふすように頭を垂れた。

「ふん、玄関の水虎の位置が鬼門からはずれていたので戻してやったが、どうやら白日夢でも見ていたようだな」

それで影は去ったのだと思うとうらめしくもあった。

折口は居間の蒲団と蚊帳を慌てて片付け、それから風呂で水を浴びた。夢精はやはりしていた。身を清め、正装して、今一度客間で待つ師の前に正座するまでを五分で済ませた。

美蘭が出したのだろう、漆の膳の上に紅茶のカップが椀貸し淵から慌てて設えられたように、不似合いに置かれている。

「ふん、君のことだからまた二十人前の天麩羅でも揚げているのかと心配したよ」

それは柳田たちがかつてこの出石の家を訪ねた折、折口が一人で二十人前の天麩羅を揚げてもてなして以来の口癖ともなった皮肉である。「天麩羅に熱心な人の学問が果たして大成するかと思った」と多少機嫌が良ければそれに続くが、今日はそうではなかった。

師を裏切る形で民俗学会の立ち上げの音頭をとらされたのは本意ではなかったが、それとてもう幾年も前のことで許しは幾度も乞うている。それなのに、この間も遠回しの批判めいた論文を書かれたばかりだ。

「君ね、コカインが過ぎるのじゃありませんか」

今度は嫌味でなく咎めるように言った。

その通りであった。

しばらく断っていたコカインがこのところ、また復活している。

それがこの離魂病の原因だというのがやはり一番理に適(かな)っている。

きのうの夜も寝付かれず、パラフィン紙に分けたものを天井を向いて鼻腔の奥に慎重に落とし込んだところまでは覚えている。木島に本の引き取りを断られ、どうしたものかと思案しているうちに薬のせいで夢に迷い込んだらしい。

「ふん、石神か」

柳田は折口の隣の美蘭が膝に抱えた石を一瞥して言った。

石はどうやら無事であったようだ。

「はい、毎日、育っております」

問われてもいないのに美蘭が余計なことを答える。

「出石に石神を持ち込めば、何かが入り込みたがるに決まっている。何のための水虎だ。あんなものでも隘勇線(あいゆうせん)の替わりにはなるのだからちゃんと扱え」

隘勇線とは異族への結界のことである。

水虎とは津軽(つがる)で見た水虎をまねて仏師につくらせたものだ。

「正しく鬼門の方向を向けていたつもりでしたが」

言いかけて、あの時か、と思い当たった。『The Lost Continent of Mu』を鷲摑みにして八坂堂に飛び出した時、本が水虎に触れたのであろう。

「ふん、心当たりがあるのなら迂闊なことをせぬように気をつけることだ。何しろ近頃の君は、ずいぶんと妖し気な輩とつきあっているという童謡を聞く」

童謡とは庶民の噂話を意味する古語である。

妖し気な輩を集めているという点では、柳田の方が近頃は自分抜きで民俗学の学会をつくった折口たちへの当てつけのようにマルクス主義からの転向者を周りに置いているという噂だったが、言い返せるはずもなく、ただ黙って俯(うつむ)くしかない。第一、柳田とは目を合わせたくなかった。

しかし、

「藤沢という男が来たろう」

そう言われ、その名に思わず顔を上げてしまった。

「ふん、来たか」

「はい」

頷くしかない。

「あれは親ユダヤ主義者で、自分の息子に割礼(かつれい)を施すような男だ」

誰にでも等しく示す微かな侮蔑が言の端に混じる。

「御存じなのですか」

「ジュネーブの国連にいた頃の書生だ」

柳田は大正十年から十三年にかけて、国際連盟の常設委任統治委員会の委員としてスイスのジュネーブに三度、長期滞在していた。

「元マルクス主義青年だったらしいが、新渡戸稲造（にとべいなぞう）氏あたりにとりいってジュネーブに居着いた。一時期は、毎晩のように儂（わし）のところに来てはおかしなことを熱心に話したものである」

「おかしなこととはいかような」

藤沢の話になったのなら、少しでも聞いておくに越したことはなかった。

「なあに、ユダヤ民族は日本人と同じ祖先だという、明治の頃に流行（はや）ったあれだ。あんまり熱心なので、だったらその説に従えば高天原になるやもしれぬパレスチナを戯れに見ておくかと思ったが、外務省の連中が余計なことに首を突っ込むなと猛反対した」

パレスチナ問題などに日本が首を突っ込んでもろくなことがないと、慌てて役人が言い出すことを柳田はわかっている。だからわざとそう言い出して、官僚を嘲（あざけ）ったに違いない。

元が官僚だけに、官僚を却って小馬鹿にするところがこの師にはあることを折口は知っている。

恐らくはパレスチナの地を己の目で見たいと執着したのは、この師の方であろう。世界の果て、その端の端まで行って現世の終わりの地を我が目で見ようという奇態な情熱に、柳田はいつも憑かれている。明治の世、日露戦争で南樺太（からふと）が領土となるやいてもたってもおれず彼（か）の地に渡り、台湾でも蕃族（ばんぞく）との軍事境界線である隘勇線を我が目で見ると騒いだと、師とは腐れ縁の作家が揶揄するように小説にしていたはずだ。

「それで読んだのか」

師は何の前置きもなく言った。感情の一切籠もらぬ声だ。折口にはあの本のことだとすぐ知れた。

「いえ」

嘘をついた。

「ふん」

嘘とわかったはずだが柳田は特別に咎めようとしない。折口は意外であった。だが迂闊に何かを言えば思わぬところに怒りの導火線がある。ただ柳田の次の言葉に身構えるしかない。

「一万二千年前に海中に没したミューなる大陸があり、沈み損ねた島々が太平洋諸島であるという沈降大陸説だ。つまり日本民族はミューの生き残りで、ミューが没した後、マレイ群島から北上して日本列島に辿りついたことになるらしい」

そこまで聞いて折口はおやと思い、それが顔に出た。

それを柳田が見逃すはずはないので慎重に口を開く。

「伊良湖岬（いらごみさき）の椰子の実の如くでございますか」

じろり、と柳田の目だけが動く。折口は心の中だけで身を竦（すく）める。柳田の前で本当にそんな仕草をしたらたちまち叱責される。

「言葉を選んだな。藤村（とうそん）の遠き島よりの歌のようにと言わなかったのは、誉めてやろう」

折口は師の感情の機微を読み損ねなかったことに、これも慎重に表情に出さぬようにして安堵する。

「明治三十一年のことになるか。田山（たやま）と伊良湖岬を旅した時、朝、二人で海辺を歩いていると椰子の実が一つ流れ着いているのを見た。よく見れば芽吹いているではないか」

何度も聞かされたことだ。その話を島崎（しまざき）藤村にしたら勝手に「名も知らぬ遠き島より流れ寄る椰子の実一つ」で始まるあの有名な詩にしたが、あれは自分たちの体験であって奴のものではない、そういう話だ。

自分たち、つまり柳田とその友人の田山花袋。

花袋は柳田の旧友でもうこの世にない。若い頃の花袋が師をモデルにした小説を読んだことがあったが、作中で柳田に向けられた視線に折口は思わず赤面した。それは折口があの男に向けたものと似通った質のものだったからである。

すると、朝の浜辺を散策する浴衣姿の美貌の帝大生と、年上の無骨な友人のどうにも不似合いな二人連れの姿が、折口の脳裏にまざまざと浮かび上がる。

帝大生は滔々と文学理論について述べ、ただそれに頷き従うしか術のない年上の男の視線に気づいていないはずはないのに、つれない。わかっていて、その心を弄び、連れ立っては旅をして、先々で土地の美少女と束の間の恋に落ちる柳田の戯れを、一体あの高名な私小説作家はどういう気持ちで見ていたのかと思うと、自分を憐れむような心持ちになる。

「久しぶりにあれの夢を見た」

まるで折口の心に浮かんだ情景を一緒に見ているかのような口ぶりで、柳田は言った。他人には滅多に見せぬ愛おしさがほんのわずかにあり、折口は小さく嫉妬した。

「おかしなものよ。藤沢の奴がくだらぬ本をもって回り、そこに花袋と海辺を歩いた時感じたものと一致することが書いてあるのが癪に障った。もっとも我々は此の椰子の実のようにこの列島に流れ着き芽を出したのかもしれぬ、と言ってもあれはわかりもせぬのに頷くだけだったが」

先ほどよりも花袋への愛しさが、言葉の端に人にも知れるように浮かんでいる。

藤沢について何やら言いに来たはずなのに花袋の思い出話と判然としなくなっている。

それで少し気が緩んだ。しかし。

「おまえも死人の姿を見たろう」

不意にそう言われて折口は慄然とした。

その声には露ほどの愛情も感慨も、当然だが籠もってはいない。

「それは」

あからさまにうろたえたのは、さっきの夢の痴態までが師に見透かされた気がしたからだ。

「別に言わずともよい」

別に折口の心の中など知りたくもないというふうに、冷たく言った。

「気をつけることだ」

コカインのことを咎められた、と思い、先ほどの醜態を恥じた。

だが、替わりに予想しなかった言葉が続いた。

「おまえは神隠しに遭い易い気質だから、ああいうものに憑かれ易い」

コカインのことではなかった。

そして、神隠しに遭い易い気質、という言い方に折口は戸惑った。それはこの世の者ではないものに感応し、この世の端の向こうにいざなわれてしまう性質を指す、柳田独特の言い回しであるからだ。

「儂はただの夢で済むが、おまえはそれでは済まぬ」

折口の身を案じているのではない。迂闊にこの世の者でない者に足を掬われかけた折口の無能を咎めているのである。

「私もただの夢でございました」

折口は、眉の下に残る男の指の感触を打ち消すように言った。

「いえ夢ではありません」

それまで全く気配を消していた美蘭が異議を唱える。口を折る、つまり、会話に割り込んできたのである。

「あの黒マントの人は本当におりました。そして私の石を盗もうとしました」

美蘭が膝の上の石を庇うように愛でて言った。

「ふむ。この娘もおまえと同類か。しかし儂には、ただおまえが昼間の寝床で寝間着をはだけてうつろに座っている様しか見えなかったが」

柳田はこの世の者でない者などに一切の興味もない、という口ぶりだった。

「夢でなければ何なのでございましょう」

それは心底、折口が問うてみたいことであった。

「わからぬか。夢でなければ隠り世よ」

隠り世とはこの世ではないあの世のことだ。

「昔、儂に歌の手ほどきをして下さった松浦萩坪先生は、隠り世とは現世に満ち満ちているものだ、と言われたことがある。例えばこのカップの中の紅茶が……」

と、とうに冷めたカップを、柳田は手にした。

「この紅茶が現世とすれば、こうやって注いだミルクが隠り世である」

そう言って陶器のミルクピッチャーからミルクを注いだ。

「このように今は混然とはいえまだミルクの筋ははっきりと見える。しかし……誰かがこうして余計なことをすれば」

と紅茶を匙でかき回し、カップを覗き込む。

美蘭は当然のように身を乗り出す。

「ミルクの筋が紅茶に溶けていきます」

美蘭が柳田に報告する。

「いかにも。このように一度、現世に注ぎ込まれた隠り世は溶けて一つになる」

「ではこの世とあの世の境が溶けているとおっしゃるのですか」

他の者が言えば妄言だが柳田の言葉である。

「黄泉比良坂で黄泉とこの世の境を伊邪那岐命が桃の実で封じたのに、わざわざこじあけた男がいる、とおまえの本で読んだぞ」

折口は揶揄するように言われて、木島平八郎が折口の名を騙ったあの本のことを言っているのだとすぐにわかった。

「『死者の書』、といったか」

柳田は偽書の名を口にする。

それは折口がいつか書こうと思った小説の名を木島が騙ったものだ。木島が黄泉の扉を一瞬こじあけ死人となって恋人を蘇らせようとした奇怪な物語である。しかし現世の摂理に反したむくいで恋人の身体は膨れて四散した、という。

「子供が蛙の腹を膨らませて散ったように破裂し、女の肉片が男の頬にへばりついて生きている、という話であったな」

柳田はそう言って折口の鼻筋をまじまじと見た。

鼻筋の痣にそうやって何の遠慮もなく目をやるのは、この師のみであった。そして折口は師が何を言いたいのかがすぐにわかった。

「あれは私のことではございません。小説のことです」

肉の替わりに痣がある、つまり肉片は、痣の比喩なのだと解釈したのだろう。

だから必死に打ち消した。

「小説のことだから真実を嘘におきかえて描く。己のことをありのままに書いて悦に入っていた花袋よりは芸がある」

やはり師はあの小説を折口が書いた、と思い込んでいるのだ。しかしそう誤解されてみて、この染みが前世か何かで死んだ恋人がつけた傷か呪いの名残りのような気がしてきた。そう思うとこの染みが愛おしくなってきた。

「しかし隠り世との端境が崩れている今は、二度とそんな悪戯はしないことだ。黄泉比良坂の向こうから黄泉醜女(しこめ)たちが押し寄せてくるぞ」

比喩とも本気ともとれる口ぶりだった。

「私はそんな……」

言われて、しかし、木島と同じことをすれば男にもう一度会えるのかと、却って希望が心の中で小さく動いた。

「ふん、よからぬ浅知恵を与えてしまったと見えるか。しかし藤沢の奴がおまえのそういう邪心を察して近づいてきたのだとだけは、肝に銘じておくことだ」

邪心、とはっきり言われた。

また見透かされている。まるでこの人は民譚に出てくるサトリのようだ。

「いいな、注意だけはしたぞ」

柳田はもう一度言うと、立ち上がる。背筋が一本の棒のように地から天に向かっていて、花袋はこの貌に見とれたのだと折口は思う。

現世から一歩もゆらがず足が地についていて、そのくせ、この世の果てにいらぬ興味を持つ。それが柳田國男という人であった。

柳田は玄関に降り立ち足許も見ずに左右の草履に足先を収めて、そのまま外に半歩踏み出したところで振り返った。

頭を垂れかけていた折口は慌てて顔を上げる。

「戸口にこれが落ちていた」

懐からとり出したのは、白日夢で見た木島の仮面だった。

「こ……これは？」

「口が封じて開く仕掛けがあるが、もどきの面にしては奇矯だな」

師は折口と仮面の顔を見比べて、皮肉めかして笑って言った。

衣がほしい、と俺は思った。

我が身が骨と皮とわずかにそこにへばりついた腐肉であった時は、寒いとも暑いとも感じなかったが、肌が戻り毛穴が呼吸するようになれば夜露の染みる感触も戻ってきた。しかし、衣が欲しいのは寒いからではない。かといって質屋との間を行ったり来たりしていた、テーラーに特別に仕立て上げさせた英国式の背広が、今更、懐かしいわけでもあるまいし、と自分では思う。

そうではなくて妙な喩えだが、胞衣（えな）のように我が身をくるむものが欲しいのだ。

そうしないとこれから先は、人の形に戻れぬ気がした。

それで試しにある夜、月が薄暗い穴となって宙に浮かぶ新月の夜、いつものように魚の肝を届けに来た女に「衣が欲しい」と言ってみた。

幾日かして夜中にことりと音がしたので堂の縁台まで行ってみると、風呂敷包みがあり中にはきちんとたたまれていた衣があった。

しかしそれは、真新しい法衣であった。

数珠まである。

「弥勒だと言っていたのに、今度は坊主になれということか」

自分の坊主姿を想像すると結構様になっている気がした。

だが欲しい衣は法衣ではない。

俺のことを思う女が丹念に糸一本一本を織り上げた美しい刺繡のあるものだ、と思ったが、一体どこからそんな考えが湧いて出るのかが不思議だった。

女の心を散々踏みにじった俺にそんな健気な女のいることか、と自嘲してみて、それでも、ああ、衣がほしい、と俺はさっきよりもはるかに強く願っていた。


「幸徳秋水？」

折口はそう聞き返した自分の言葉でまた我に返る。大逆事件で死刑となった男の名である。

何故、そんな謀反人の名を口にしているのか自分が訝しい。

目の前には土玉がいる。ああ、この男なら迂闊に言いそうな人の名だ、とまず思う。

「あとは、難波大助に尹奉吉、安重根、李奉昌」

案の定、土玉は声を潜めることなく、ひどく危うい男たちの名を指折り数えてみせる。

難波は伊藤博文の持ち物だったステッキ式の散弾銃で摂政宮裕仁親王を襲い、大審院では皇室の安泰は支配階級の共産主義者に対する態度次第だと嘯いて死刑になった男である。

尹奉吉は上海の虹口公園での天長節祝賀会で式台の白川義則大将らに爆弾を投げ二人を暗殺、その後、銃殺された。安重根は韓国統監・伊藤博文らに発砲し暗殺、伊藤の月命日の絶命した時刻に処刑された。李奉昌は、御料馬車に手榴弾を投じたが失敗、死刑となった。皆、テロリストであり、処刑された死者たちの名であった。何故、土玉は次々とそんな者たちの名を数えるのか。

「それからえぇと、砂浜で貝とたわむれた人」

土玉はそこで一人分の名を閊える。

「……石川啄木のことかね」

折口は困惑しながら、早逝した一つ年上の詩人を土玉の奇矯なるリストに加える手助けをしてしまう。

「そうそう。テロリストではなかったが、テロリストを詩に歌っていませんでしたか？」

ああ、と折口は思うた。

　やや遠きものに思ひし
　テロリストの悲しき心も――
　　近づく日のあり。

秋水たちが処刑されたいわゆる大逆事件の後に詠んだ啄木の歌の一つが、思わず口をつく。

「石川啄木っていうのは泣き言ばかりを言っている人だと思っていたけれど、テロリスト志願者だったのですね。しかし、ただ詩を書き肺病で死んだのだから、国家に殺されたのではない」

どういう問答かは未だ折口にはわかりかねる。

「しかも、誰かがピストルで、伊藤博文のように自分を殺せという歌もあったから、自殺志願者かもしれぬ」

折口は死にたいとしか考えられなかった頃に読んだ啄木のその歌を思い出す。だが、そんな感傷は土玉にあるのか。

「しかし、暗殺にはピストルや爆弾というのはやや効率に欠けますね。僕の考えでは……」

やっと土玉らしい話題となったが不謹慎の限度を超えた。

「大杉栄の次に生き返りの流言の主となるかもしれぬと、死人の名彙づくりも、そこらでそろそろ止めたまえ」

土玉と反対側で仮面越しの声が制してくれた。

左右に土玉と木島。

そして土玉と自分の間の席では美蘭が膝にバスケットを抱いている。石が入っているのだろう。やっと折口は自分が今いる構図に気がつく。

どうやらこの間見た夢のホテルでの問答の続きであったらしい。国家に殺された大杉が離魂病になって戻るなら、他にも戻ってきてよさそうな者が山程いる、と土玉が次々名を挙げていったらしい。

それにしても厄介な会話の渦中でコカインが切れたものだ、と折口は思い、痺れの残る頭の芯で記憶をたぐる。一体、今はいつだ。折口は近頃の夢と現世の混乱をコカインのせいにしている。柳田にコカインを咎められたからだが、それが合理的だからとコカインの量を増やし、記憶をわざと混乱させているのである。

ようやく見回せばそこは劇場のような場所である。

椅子が整然と並んでいる。

壇上には「文化映画上映会」とある。周りには軍服姿や官僚然とした男たちが目立つ。そして、そのどちらでもない瘦せて、死んだ魚のような目の男たちが、ちらちら交じるのが気になる。

「文化映画」とは確か改正されたばかりの映画法で強制上映が義務づけられた、科学啓蒙映画を言ったはずだ。

「来たるべき大戦は科学戦であり情報戦です。勝利を決するのは科学力と宣伝力。それで国民に科学的思考を啓蒙するために文化映画の庇護育成が決まったのです」

壇上を見て怪訝そうにしている折口に土玉が説明する。一体、こいつはいつも誰に向かって説明しているのかと、ふと訝しく思う。

だが、先ほどテロリストの名を列挙していた口で、今度は国家政策の宣伝員のような口ぶりで話すこの男に理由など求めるのは無駄であろう。

今朝は、何が起きたのだっけ。

脳髄の奥を必死で覗き込む。

そうであった。

今日も研究室に木島がやってきて、映画鑑賞に行くという話が折口の講義中に美蘭との間で既にまとまっていたのであった。美蘭が「お義父さまがおつくりになる映画の物語の参考になります」と折口を誘ったというか決めたというか、木島は自分が押しつけられるはずの難題が折口に回ったことを愉しんでいるに違いない、と被害妄想の気分になったのだった。

そこから先は覚えておらぬが、会場で土玉が待ち構えていたのだろう。

「国家が文化映画を発展せしめるために、省庁ごとに一分野の文化映画を庇護下に置こうという政策のようです。例えば鉄道省なら鉄道を扱った文化映画などは支援し易いわけです。今宵は文化映画の担い手たちが省庁や軍の機関のお歴々に作品を売り込む、いわば映画の見本市のようなものです」

「つまり、これは転向者のパトロン探しの映画会か」

ようやく我が身のある場所の構図がぼんやりと見えてきた。

「そうです。文化映画の監督たちはたいてい社会主義や前衛芸術といったソビエトの思想にかぶれた連中です。しかし、背に腹はかえられない、というところです」

そう言われてもう一度場内を見回す。成程、あの暗い顔の男たちが皆、映画監督というわけか。

「しかしそのような映画会に何故私が立ち会う必要がある」

「お義父さまは映画はお嫌いでしたか」

美蘭が肩を落とすのでまた話がややこしくなる。

「映画は嫌いではない」

「よかった。サンドウィッチを用意してまいりました」

と膝のバスケットを開ける。ピクニックでも始める勢いである。

「石ではないのかい」

折口は思わず口にしてしまう。

「石はここです」

　ブラウスの胸元をめくりかけるので慌てて制する。

「先生はいわば評議員です。文化映画というのは科学的であり芸術的であるのです。民俗学という国民科学の大家にして歌人であられる先生こそふさわしい」

　歯どころか顎（あご）ごと浮きかねないセリフにうんざりするが、この男は下心なしに人を持ち上げる。つまり言っていることは事実であって、どうやらいつの間にか本当に評議員にされたようである。

　ということは、藤沢の依頼も予想通りとはいえ、国策映画作りであったか。そう改めて冷静な現実として受けとめると、あの本を引き金にして始まった白昼夢もただのコカインの弊害であったのかと心が萎（しぼ）んだ。

　何故なら、あの男の袖引きもただの薬物の幻覚になってしまうからだ。

「土玉さんの映画も上映なさるのです」

　美蘭が土玉がいる本当の事情を明かす。

「それで、先生のお墨付きがあれば僕の映画にも支援者が現われると思うのです」

　成程、自分は国策映画作りに知らずに巻き込まれ、その権威に祭り上げられているようだ。

「何の映画だね」

「もちろん水死体とは何かを子供にも興味が持てるように描いたものです」

　聞かずともわかっていたことだ。

「まあおもしろそう」

そんなものを子供に説いて何の意味がある、と言う前に美蘭が目を輝かしてしまう。それで、もう何でもいいという気になる。

そのまま場内がすっと暗くなった。

「君も私を土玉君のパトロン探しに加担させる魂胆かね」

仕方なく小声で隣の木島に嫌味を言ってみる。

「まさか」

仮面越しの声がわずかに違う気がした。声がねちっこい気がした。しかし土玉と一緒にいる以上、やはり木島には違いない。

「では君は何が目的だ」

「最初に上映される映画だけ御覧下さい。そして仕分けて下さい」

今度は木島の声に聞こえた。近頃の木島は何かと折口に自分の職能である仕分けを押しつけようとするのが気になる。

「まさか、君の本を映画にしたものではあるまいな」

土玉が映画をつくるのだ。考えられぬことではない。

「いいえ、仲木貞一（なかぎていいち）という何でも屋の脚本家が瀬条機関に持ち込んできた映画です」

何でも屋と聞いてどこの世界にでも君のような輩はいるのだなと皮肉を言いかけて、その言の葉は呑み込んだ。そんな揶揄をしたところで今は自分に跳ね返ってくるだけだ。自分も本分の民俗学も歌もはずれて木島たちと奇妙な事件に首を突っ込んでいるのだ。

「始まりました」

小声で木島が言う。

「予言」と大きくスクリーンにタイトルが映し出された。

画面が切りかわり、田園風景が映し出される。開けた平地に区画の大きな水田が整然と並ぶ。稲穂がたわわに実っている。藁葺きの屋根の大きな農家がほどよい間隔で並び、その向こうに富士が見える。

そのカットの一つで、ふん、郷土映画か、と折口は軽蔑して思う。

「郷土映画」とは「郷土愛」なるものを育むために作り出されたものだ。平民たちは国の為に死ねと言っても死なぬが、郷土の為に死ねと言えば死ねる。ならば愛国心より愛郷心を育む方が手っ取り早い。だから守るべき美しい郷土という嘘を本当とするための映画をつくる。

しかしこんな豊かな農村など一体、どこにあるのか。数年前の世界恐慌以降、農村は疲弊したままである。生糸は暴落し土地も家も売り渡し娘たちは身売りされた。雪の日に決起した将校たちは農村の疲弊に何よりも憤っていたはずである。

それなのに映画はこうやって映像という言葉によらない魔術で人心を操り、美しい郷土という一つの印象を植え付ける。

そうやって、ないものを「ある」と言う。それこそ仕分け屋たる木島があってはならぬ側に仕分けるべきではないか。

そして折口はふいに、そもそも国家などあってはならないものかもしれぬと邪なる考えが浮かんだ。もし仮に自分が映画の物語をつくるとすれば、それこそが主題になるのではないかと不敬にも思った。

折口はいつのまにか映画をつくる気になっている自分に気づくのである。

そして、ならばこの映画とて反面教師にはなろうとスクリーンを見上げた。

白く丸い何かが大写しになった。それは今にも破裂しかねない蛙の腹のようだが、カメラがわずかにひかれて人の腹だとすぐに知れた。

妊婦の腹であった。

つまりは産めよ増やせよと出産を奨励する映画であったか、と折口は手の内を更に読んだ気になる。自分はこういうシナリオだけは書くまいと思う。

スクリーンに「妊娠三十年目」とサブタイトル、つまり字幕が出る。

三十年、ではなく三カ月の誤りであろう、と思うが違った。

「妊娠から三十年たっていますがまだ出産の気配がありません。赤児の心音は確かにしますから生きています」

白衣の産科医らしき男がカメラに向かって緊張した面持ちで、妊娠三十年などと全くおかしなことを言い始める。

「この婦人が妊娠をしたのは日露戦争の前の前の年である」

また、字幕が入る。馬鹿げている。

「しかし、産み月になってもそれを幾月も過ぎても破水する気配はないのです。村の産婆が困り果て私のいる町の病院にかつぎ込まれました。それで診察のために聴診器をあてると、胎内から恐ろしい声が聞こえたのです」

スクリーンの中の医師が緊張して言うが、どうにも芝居がかってもいる。

「まあ」

美蘭が嬌声を上げる。

カットは再び医師の顔に戻る。

「もうすぐ大きな戦争が起こる、と聴診器の中で声がしたのです」

今度は劇場内にわずかのどよめきと、それよりはるかに多い失笑が交錯する。

美蘭が先に素直に驚いたので、皆、これは荒唐無稽な話だと却って理解したのである。

しかし映画のスクリーンの中の医師は真顔で続ける。

「次に腹の中の赤児が喋ったのは大正二年です。第一次世界大戦の前年でやはり近く戦争が起こる、と言ったのです」

美蘭はスクリーンの中で語られる不思議にすっかり心を奪われている。

しかし、それはどこにでもころがっているありふれた奇譚（きたん）の類であった。

戦争を予言する民譚は、世の中が不安定になれば必ず現われる。民衆の勘というのはその点で鋭いものがある。世相や気配から何となく戦争が起きそうだと察し、しかしそんなことを口にするのははばかられるから噂話にして発散する。

また字幕が映る。

「今年に入ると赤児が再び語り出した」

もう中国大陸で戦火が上がっているからずいぶんとゆっくりした予言だ、と折口は思う。

スクリーンの中でおごそかにマイクロフォンが胎（はら）に向けられる。

映画というものは妙で、そう演出されるとつい息を呑んでしまう。

「もうすぐ……戦争……が起きる」

民譚の約束事としてそう言うものと決まっているとはわかっていたが、実際に聞くとやはりおぞましいのか、妙な空気が劇場内に流れる。

小さな子供の声をレコードに録音して回転数を変えてしまったような声である。

「このように来たるべき大戦に備えよと予言する赤児は言う」

更なる字幕が現われる。

別に気をつけろと言っているわけではないのにそう記してあるのはプロパガンダ映画である故だろう。

字幕が続く。

「その腹の中の赤児は、産まれてもいないのに消えてしまった。産院の庭には何かが這った跡が残されていた」

虚仮威し（こけおどし）にも程があるが、わざわざ地面の上に蛞蝓（なめくじ）の這った跡に残る粘液のようなものが施されたショットがインサートされるので呆れた。

それでも、やれやれ、これで終わりか、と折口はほっとする。

しかし、映画は続いていく。

また、別のものが映る。波打ち際に何かがある。

猿の死体である。

よく見れば三本足である。

折口は嫌な予感がした。

「おお。アマビエの水死体ですな」

字幕の出る前に土玉が驚嘆して身を乗り出す。

「まあアマビエ」

意味もわからぬうちから、美蘭が椅子から身を乗り出すのはいつものことだ。

折口は美蘭のスカートの裾をそっと引き着席させるが、街中の映画館と違って後ろの席から苦情が来ることもあるまい。そもそもが映画に興味のない役人軍人が招待されていて、誰を支援するかなどはとうに根回しが終わっていてこれはセレモニーなのだ、ということぐらいはコカインの痺れの残る頭でも察せられた。

だからこれは他の者への気遣いよりも躾（しつけ）のようなものだ。

二度、裾を引くとすとんと美蘭は椅子に腰を落とす。

「アマビエというのは明治の半ば頃、新聞種になった妖怪変化のことだ。確か……」

折口は近頃の柳田が妖怪名彙をつくる、などと言い出しているのを知っていたので、春洋と一緒に少しばかり古い新聞を漁（あさ）ってみたことがあったが、新聞名だけが思い出せぬ。

「報知（ほうち）新聞です」

木島が新聞名をさりげなく言い添える。

「夜、海中にて猿のように鳴く妖怪で、流行病よけの絵として使われたはずだ」

折口は美蘭に聞かせるつもりで耳許で言うが、美蘭の瞳はスクリーンに釘付けになったままだ。

「あの子も予言をするのですね」

美蘭が声に出し、感嘆するように吐息をつく。それがなまめかしく響くのか、幾人かの若い将校や役人がちらりと美蘭に視線をうつす。

「アマビエは……ちかくおおきな……せんそう……が……おきると……よげんした」

美蘭が興奮して辿々しく字幕を読み上げる。

「ばかばかしい。だいたいがアマビエなど江戸時代の妖怪絵図の類に書かれた山彦、ヤマヒコのヤの字をア、コの字をエと読み違えたことに始まる空想どころか誤解の産物だ」

美蘭の高揚に水を差す言い方をわざとした後で、折口は自分があの猿の死骸に対してさえ嫉妬している感情に気づきわずかにいらだつ。

「まあくだん？」

美蘭がまた奇矯な声で字幕を読み上げる。字幕には「くだん」とある。画面は次の奇譚に変わっていた。

淡いスクリーンに映し出されたのは牛の胎児とおぼしきものの木乃伊（ミイラ）か剝製（はくせい）である。鮭の半身に猿の上半身を繋いだ人魚の木乃伊と同じく見世物小屋の定番だ。人の顔をした赤牛の赤子が戦争を予言するという怪談で、日露戦争の頃に散々流行った。そんな話はいつの時代も、日本中そこらにころがっているものである。

これ以上、くだらぬ妖怪変化を何でも綿のように吸い込んでしまう美蘭の脳味噌（のうみそ）に触れさせたくないと折口は思った。それでさっさと退席しようと美蘭の手をとった。

すると「お義父さま、そうであれば、さざれちゃんも映画に出なくてはいけません。あの子も予言をするのです」と、場内の隅まで透る声で言ったのである。


折口は表のロビーに出てみて、ようやくここが日本青年館の講堂であることを知った。二年ほど前、必死で師を拝み倒し、諂(へつら)い、平伏し、やっと開催した日本民俗学講習会の会場であった場所だ。柳田を除(の)け者にする形で民俗学会を旗揚げした恨みは一人折口が買い、そもそもは柳田ともめごとを起こして雑誌『民族』の廃刊のきっかけをつくった張本人の岡正雄(おかまさお)は、ウィーン留学から颯爽(さっそう)と舞い戻って柳田に機嫌良く迎えられたのだから、自分一人が損をしている。

などという師への恨み辛(つら)みが染みついた場所でアマビエや件(くだん)の映画を見せられたのは柳田の嫌がらせか、という気さえした。青年館にも文化映画にも柳田の人脈は入り込んでいる。そもそも、ミューの映画なるものに自分を巻き込んでいるのも柳田の策略かという被害妄想が頭をもたげる。

「まあ、あんな映画は観るに値しません」

続けて会場から外のロビーに出てきた土玉が言った。

「一体あれはどういう主旨の映画なのだ。よもや、郷土をあげて来たるべき大戦に備えよう、妖怪変化までも挙国一致の体制に加わっている、とでも言いたいのか」

折口は映画の意図を測りかねて言った。

「なるほど、そういう作り方もあったのですね」

と声がした方を振り返ると、死んだ魚のような目をした痩男が立っていた。場内にいた映画監督たちの一人であろう。

「監督さんですか」

美蘭がにっこりと微笑みかけるが男は表情を変えない。心をどこかに置いてきたようだ。なるほど主義主張を放り捨て転向をするとこういう顔になるのかと折口は思い、嫌なものを見たという気になった。

「仲木貞一といいます。元は脚本家ですがあれは私の初監督作品です」

魚の目の男がアナウンサーのように滑舌だけははっきりした声で名乗った。

「うーん、だからだね。そもそもモンタージュってものが君はわかっていない」

土玉がいきなり口を折る。

「土玉博士ですね。御高名はうかがっております」

仲木なる男は腰を折る。

こんな男にへつらわれてもと折口は思うが、土玉は悪い気がしないようだ。

「まあ、僕が色々、指導してもいいが」

そう相好を崩すのである。

「ありがとうございます。日を改めまして瀬条機関の方におうかがいしたいのですがよろしいでしょうか」

「うむ、これ、僕の名刺だ。忙しい身だが君なら特別に会おう」

成程、こうやってこの男は瀬条機関への人脈を一つは確保したわけだ、と感心だけはする。

「それであの映画のテーマなんだが」

「最後まで御覧いただけなかったので残念ですが、あれは流言蜚語をいましめるための啓蒙映画でした。情報戦においては敵の間諜が人心攪乱を目的とした噂を流します。流言に我が民族がいかに惑わされ易いかは大正の震災でも証明されています」

その人心の惑わされ易さにつけ込んで、映画で操ろうというわけか。

「一応は内務省あたりの支援を期待したのでそういう仕立てとしたのですが、実のところ、私の興味はプロパガンダ映画作りではありません。私がつくりたいのは記録映画です。こういう不可思議な現象をあったままに記録するのが目的で、出来上がった映画は方便です」

仲木はここまできても尚、あくまでも記録映画、即ち芸術だ、と言いたいのであろう。しかし男のこのような芸術的忸怩など美蘭にはどうでもいいのである。

「では美蘭のさざれちゃんも映画に出してあげて下さい」

美蘭は魚の目の男に驀地に言う。

「もちろん、君のさっきの声が聞こえたのでこうやって追いかけてきたのです」

仲木は折口の連れである美蘭にとり入らんと追ってきたと、これで知れた。

「美蘭、ばかなことを言うのはおよし」

木島や土玉はまだしも、美蘭にこのような、ただ、さもしいだけの男と関わりを持たせたくなかった。

「でもさざれちゃんも予言するのです」

「それでさざれちゃんとは何者ですか？　動物か何かですか？」

「石ですの」

「石？」

死んだ魚の目の奥が微かに光った。

「そうです、さざれ石です。育つ石です。ほら、ここに」

また不用意にブラウスの釦をはずしにかかるので、慌てて止める。

「子供の戯れ言、空想だ。よくあるだろう、小さな子供が空想の友達やら家族やらをつくってしまうのと同じだ」

そう言って幼い頃、どこかにいる本当の父母の話を自分でつくっていたことを折口は思い出して、自分の胸がちくりと痛む。

「空想ではありません。本当に声がしたのです。もうすぐそれは恐ろしく、けれど美しい戦争が起きる。何故なら、日本は死人の国になるのです。死んだ人が戻ってくるのです」

「水死人はもう戻ってきたろうに」

折口は自分と同じく美蘭にも時間の混乱が起きているのだと、事の前後を正す。元々そんな道理に頓着せぬ娘ではあるが。

しかし美蘭は毅然として言うのであった。

「あれは予兆です」

美蘭が胸に手をやり、うっとりとして言った。

すると、それが合図のように、すとんと意識だけが糸の落ちた人形のように崩れた気がした。

闇の中にいた。

湿った闇である。

じめり、と湿気をたっぷりふくんだ生臭い風がねっとりと肌にまとわり包んだ。腐った魚のような臭いが鼻をつく。

折口が顔をしかめると「死臭です」と声がした。

すっと背後でマッチ一本の灯火がともった。

目をこらすと折口は思わず口許をおさえた。

死体があった。

累々とあった。

どれにも蛆が這い、死肉を食い散らしている。

「まるで黄泉比良坂を越えた向こうのようでしょう」

マッチの主の声に折口がまさかと振り返ると火が消えた。顔が見えない。

「おまえはよもや春洋か」

「死んだ妻を追ってやってきた伊邪那岐も、そんな情けない顔をしていたのでしょうか」

声が折口に絡みつく。

春洋である。

「ここは黄泉なのか」

「まさか。サイパン島の名前さえ知らぬ洞窟(どうくつ)です」

「何故、こんなところにおまえはいるのだ」

「戦争にとられたのですよ。金沢(かなざわ)の旅館で出征する私に軍服を着せて、先生は似合うと相好を崩したではありませんか。私は死ににいくというのに先生は欲情なさった」

最後はなじるように声の主は言った。

「ばかな」

覚えのないことだ、と折口は理不尽に思った。

「ああ」

春洋の声は納得したように言った。

「先生は今の先生ではなく昔から来たのですね」

「昔だと」

「そうです。先生が今見ているのは未来記の中の私です」

未来記とは予言書のことだ。

「信じられぬ」

「ではただの悪夢でしょう。近頃、コカインが過ぎるようだ」

またコカインを諫(いさ)められた。

春洋の冷たく突き放したような声が折口をぞくりとさせる。恋しい、と思う。

「顔を見せておくれ、春洋」

そう乞うてみる。

「マッチはもう数少ないのです」

「お願いだ」

「どうしても見たいのですか」

「おまえが家出してからもうずっと会ってはおらぬではないか」

「おかしなことを。さっきだってずっと隣にいたのですよ」

春洋はまた冷たい声で言う。洞窟にいるのに少しも木霊しない。まるで折口の耳に直接届くようだ。

「いいや、おまえはいなかった」

ふっと、闇で春洋が笑った。折口はわずかにうろたえる。

あの映画上映会の隅に春洋はいたというのか。

「いたのです」

「気がつかなかった」

「そういう人です」

なじられて、またぞくりとする。

「私の顔を見れば後悔しますよ」

その言い方に折口は今度はわずかにたじろいだ。

「ばかな。伊邪那美命でもあるまいし、黄泉戸喫でも食うたのか」

そう粋(いき)がってみた。

「人間に湧いた蛆は食いました」

ぞわり、とおぞましさが肌を這う。

それでも愛せるかと愛情を試されているようだ。

「構わぬ。何を食おうとおまえはおまえだ」

求愛するように折口は叫ぶ。

しゅっとマッチが擦られると同時に声がした。

「私がこんな顔であってもですか」

その顔を見て折口は声にならない悲鳴を上げた。

そこにあったのは春洋の顔ではなかった。

仮面がぽっかり浮かんでいた。

木島の仮面であった。

「言ったでしょう?　私はずっと隣にいたと」

折口は思わずその面を払った。

（四）車街道

あの夜、折口は車窓から車を引く狂女を見た気がした。

あってはならぬものをとうとう見てしまった気がして、現世に戻ろうと慌てて目を閉じて再び開くと女は消えていた。だがあれは橋姫（はしひめ）の類、要はこの世の端にあの時、自分は近づいていたのだと後で気づくことになる。

風が匂うた。

俺の匂いかと思ったが死臭だ。俺は死者だが生きているから俺の匂いではない。麝香の匂いがした。それを俺は不思議と死臭と思ったのだ。

暗闇の中に青白く薄ぼんやりと光るそれから漂ってくるのだとすぐに知れた。光は人の形をしていた。皮膚の内から仄（ほの）かに鈍い光を放射している。燐（りん）のようなものなのかとその原理を考えてみるが、脳味噌が充分に戻らぬ頭ではそこから先に思考は動かないのか。鈍い光の塊は女の形をしている。腰のところが西洋の女のように括（くび）れている。魚のようだ、と思いかけて西欧の人魚の童話が脈絡なく頭に浮かぶ。

なるほど人魚の屍体か、とその思いつきを俺は気に入った。そしてあたりをうかがう余裕が生まれる。
女が乗っているのは祭壇にも手術台にも見える。天井から幾本もの針金の如き鉄線が伸びて女の手足に繋がっている。ラングの『メトロポリス』のマリアの如きだ、と思いかけて、はて、果たしてあの映画を俺は観たのだろうか、と当惑する。四つの面の壁からは蓄音機の、拡声器にも似たものが女のいる祭壇に向けられている。合わせて八つか、九つか、大きなものだけでもそれだけはある。

「さて、始めるとするか」

その声で俺の後ろにまず一人誰かがいることに気づいた。振り返ると成程、白衣の男がいた。耳と鼻が西洋の悪魔のような姿に近い不思議に俺は感心してしまう。ああ、曽根教授か、と俺は理由もなく思った。本当はもっと上席の教授に頼みたかったと、何故か俺は悔いている。

「月から離れていた方がいいぞ」

そう言われて月の見える窓を探したが、部屋には穴一つ穿たれてはいない。それでやっと「月」とは女の名か、とわかった。ではこいつは月を見に波間に出て人に捕まった人魚なのか、と勝手に連想して考えてみる。

「曽根教授のおっしゃる通りだ。もう少し離れていた方がいいよ、さもないと君は狂ってしまうかもしれない」

今度は別の声がした。やはり曽根教授でよかったのだ、と俺は思う。

そして口許を痙攣させて小さく奇声を発する男が耳当てを差し出して、「これをつけたまえ」と続けた。その男は俺をきっと知っているのだろう。俺に手本を示すように両耳を耳当てでふさいでみせた。

俺も従う。

「断末魔を聞くと余計なものを見るからね」

曽根という教授が馴れ馴れしくそう言ったのが何だか気に入らなかった。

第一、断末魔とは何のことか。

俺が怪訝に思っているうちに、そいつは悪魔の耳をした教授に、おごそかに黒い皿のようなものを差し出すのだ。よく見ればそれはレコード盤であり、とすれば壁にあるあれらはやはり蓄音機の拡声器なのか。さて、断末魔という曲などあったっけ、と俺は思う。

人魚の屍体にレコードを聴かせるなど、一体、どういう意味があるのか、夢ならばこれでは漱石の「夢十夜」にでも加えてよさそうな奇態さではないか。

悪魔の耳の教授の前には、これが夢である証拠に蓄音機がいつの間にか姿を現わしているではないか。夢というのはかくも都合のいいものだと俺は妙な感心をする。

そして、教授は細心の注意を払うかのように針をレコード盤に落としていくが、よく見れば針がない。夢というのは都合もいい分、間も抜けているということか。

しかし男が手をはなすとレコード盤は回り始める。

やはり都合がいいと思いかけた。

次の瞬間、腹の内の内臓器がずんと一つ残らず響いた。それで俺は夢の中では人の身体を全てとり戻していることに気づいた。

半分、骨というわけではないようだ。

腹の中に大腸や肝臓や盲腸までもがある、と実感するのはおかしな気分である。何かこそばゆい。

また、ずん、と響いた。

響いたそれは、こう、と聞こえた。

内臓が響き、その響きが鼓膜にまで伝わって音となっているのだ。

ああ、久しぶりだ、鼓膜で音というものを感じている、と俺は思った。それでもう一度、鼓膜に意識を集めてみる。

こう。

こう。

こう。

今度は耳当ての隙間からはっきり聞こえた。すると。

した。

首筋に冷たいものが落ちてきた。身体が先に反応して俺は首を竦める。

人の身体の、当たり前のしぐさ一つ一つがどうにもおもしろい。本当なら人魚の屍体に音楽を聴かせていることの方がはるかに奇矯だと感じるべきなのに、夢に申し訳ない気がした。

した。

また水滴が落ちる。

ぶるり、と俺は今度は身震いする。いつの間にか氷室の中のように冷気で満たされている。寒い、というのも懐かしい感覚だ。

した。

こう。

した。

こう。

ああ、そうか。これは誰かが死んだ時の様だったのだ。

死ぬ者の苦痛を長びかせるように、した、こう、と繰り返すのである。

そう納得すると、鼓膜と皮膚の交互の刺激が益々（ますます）俺をわくわくさせる。気持ちが高揚している。

そしてようやく蓄音機の音の中心にいる女に俺は目を向けた。俺が向けた、というよりは俺の身体には主がいて、そいつがようやく身体の自由を俺からとり戻したと言ったらいいのか。

俺の視線は女にしっかりと固定されていた。なるほど釘付けになっているとはこのことかと、目の先にあることより先にまた五感の一つを俺はおもしろがる。

すると、ぞわりと毛穴がしまった気がした。

それで視線のとらえているものにようやく俺の意識が向いたのである。

何ともはや、それは膨らんでいるのである。

女の腹がバルーンのように膨らんでいるのだ。

俺の隣で耳当てをした男が何かを叫んでいる。　俺の身体がいつのまにか動き、悪魔の耳をした教授の白衣に摑みかかって何かを叫んでいる。

耳当ての男が慌てて背後から俺を引き離す。悪魔の耳の教授が俺を冷笑する。

俺はそのまま羽交い締めにされて身動きがとれない。どうにもこの身体の主は非力のようだ。

俺は叫ぶ。

俺の唇の動きから「つ・き」と叫んでいるのだと知れる。

女は益々と膨らむ。

子供の頃、蛙の尻から麦藁を挿して膨らませたことがあったがそれとは違う。

あれは腹だけが膨らむ。

しかし人魚の屍体と俺が決め込んだそれは益々と蒼い光を増し、デパートの屋上のバルーンの如くに膨らんでいくのだ。

それはひどく滑稽であった。

だから俺の口許は笑いたいのだが、言うことはきいてくれぬ。狂ったように俺の身体の主は女の名を叫び続けている。

女の身体はとうとう美事なまでの球となり、そこからわずかに手首と足首がはえているだけとなる。女の顔は球面にまるでキュビスムか構成主義の絵のように張り付いているのだ。

俺の主は今やバルーンそのものになった女と悪魔の耳の教授とに向かって交互に叫んでいる。「やめろ」と叫んでいるらしいことも知れる。しかし悪魔の耳の教授もその耳を耳当てで隠しているのだから、俺の主の声が耳に入るはずはない。入ってもきかぬだろうことは女に向けられた好奇の目ではっきりとわかる。

西欧人よりは碧がかった瞳にくっきりと、球体となった女が映っているのだ。

した。

こう。

した。

こう。

こう。

ああそうか、「こう」とは「乞う」か。

女の魂を乞うているのだ。俺は今更気づき、そういえばどこかで俺も「こう」と魂呼びされた気がする。

その時だ。

球にへばりついて四方に伸びた女の唇が開いた気がした。そして目元が痙攣するように動く。

「つ・き」

と俺の口が腹から叫ぶのと、悪魔の耳の教授がにたりと笑って蓄音機のつまみらしきものを思い切り捻るのは同時だった。

こう。

今度は耳当てを突き抜けて声が鼓膜に響いた。

人の声ではない声だ、と思った。

ぐにゃり、と部屋の中が歪んだ気がした。

しかし歪んだのは膨れあがった女の身体であった。歪んだ次に捻れた。女の顔も捻れた。

そして女の引き伸ばされた目蓋が開き、俺を見た。

背筋から背骨に電流が走ったように感じたのは恐怖なのか歓喜なのかは、俺にはわからぬ。わずかに股間が濡れた気がしたのは失禁したからなのか。

後退るのか女に縋るのか、俺の意識は二つに裂かれたように足がもつれる。

それでも俺は冷静に女の顔を見る。

唯物論者がこんなもので怯んでは名折れである。

蒼く光っていた皮膚は桃色に変わっている。

ああ、まるでお伽噺で川上から流れ着いた桃のようだ、と何故だか思った。

そして俺の目は見る。女の唇がゆっくりと動く。

ア。

イ。

シ。

テ。

ル。

そう確かに動いた。

その刹那。

桃は俺の視界から消えた。

更に次の刹那。

ぴしゃり、と何か生温かいものが俺の頬を打ったのである。

俺の足許で耳当てをくれた男が腰を抜かしている。

悪魔の耳をした教授は短く舌打ちをした。

俺はそっと頬にあるものに触れてみる。生温かかった。そして俺はそれに触れたことがある、と思った。

それで俺は悟った。

女は破裂したのだ。

俺の頬に今あるのは女の肉片だ。

何だかおかしくて俺はくすり、と笑った。つられるように俺の主も「ふふ」と乾いた声で笑った気がした。

それにしても、寒い。

衣が欲しい。俺は身震いした。

するとふわりと衣が俺を包んだ。

だが、欲しかったのはこの衣ではない。

欲しいのは縫い目のない一枚の布でできた衣だ。

それがもらえるなら俺は弥勒になってやってもいい。

目を開くと、天に穴が二つだけあった。何が起きたのか折口には一瞬、理解できなかった。悪い夢を見ていた気がする、と頭の芯に残る記憶を引っ張り出そうとして、そして目の前にあるのが何かに思い当たり、思わず撥(は)ねのける。

西日が替わりに顔に照りつける。縁側に面した廊下に木島の仮面が転がっている。

「いきなり引っぱたくとは酷い仕打ちです」

詰るというよりも僅かに軽蔑するように言うのは、やはり春洋の口ぶりだ。縁側に向いて尻を向けたまま仮面を拾って被る仕草をする。

革紐を後ろで縛っている。

木島と違い短い頭髪もやはり春洋のはずだ。

はずだ、としか言えぬのは奇態な映画会で気を失い、そして、出石の家の居間で目を覚まして以来、仮面の下にあるはずの顔を見ていないからだ。その時も今と同じように二つ穿たれた穴があった。面から覗くはずの瞳はどういう仕掛けなのか、ただ暗い穴のようである。光を一切吸い込むようである。

今もそうだ。

春洋の瞳の方が闇に近いのは、木島よりも深い絶望の淵にこの弟子がいるからだという気がして、折口はそれだけで科を責められた気がした。

己が罪は国津罪か、さしずめ己子犯罪――オノガコオカセルツミあたりかと自嘲してみるが、自分では糺(ただ)しようがない。してみれば伊邪那岐命よろしく黄泉に妻を訪ね逃げ戻った後で穢れから八十禍津日(やそまがつひ)、大禍津日ノ神が生まれその後で直日神が生まれたというが、自分の前にいるのは罪を詰る仮面の神だけで直し許す神はおられぬようだ。

そんな戯言さえ今の春洋は相手にしてはくれぬだろう。

第一、春洋は春洋だとは認めぬのだ。

「自分は木島ナニガシです」

ナニガシという言い草の皮肉っぽさが春洋らしかったが、「春洋」と呼んでもそういう答えだけが返ってくる。それでも夜鍋をして、折口がずっと放ってあった家計の出納の整理や身の回りの世話は手慣れてこなす。

美蘭とのままごとのような暮らしに比べれば不自由さはない。

顔をしかめ塩素をたっぷりと撒いて風呂場のタイルを擦っている様は、女人を穢れだと言ってきた自分への当てつけだとわかった。春洋が戻った次の日には家から美蘭の甘い匂いは一切合切消え、塩素の鼻を衝く匂いで満たされたが、それがとりようによっては栗の花のそれにも似て弟子などでも訪ねてくればいらぬ憶測を生む。隅から隅まで美蘭の触れたと思われるところを塩素を含ませた雑巾で拭き清めていく姿は、まるで自分のもどきを見せられている気がしたが、事実、春洋は折口のもどきであった。折口が春洋にもどきたることを強いたのである。

國學院の教師にしてやった時もそうだった。講義の前の日には話すべきことを一字一句ノートに口述筆記させ、それを読み上げればよいと言ってきたのだ。春洋は言われたようにしているが、学生からわずかに聞こえてくる評判はといえば、折口の学説をもどきながら端々に浮かべる嘲りにも似た折口の口真似のことだ。問い詰めたところでとぼけられるに決まっていた。

しかし、こうやって美蘭の気配が消えると、最初からあの娘など本当はいなかった気になる。日本青年館で気を失ったのはコカインが過ぎたからで、美蘭は木島ナニガシのところに再び身を寄せたと戻ってきた春洋に言われ、正直に言えば安堵した。春洋と美蘭がいては本妻と妾が一つ屋根の下に棲むに等しい。

その緊張に恐らく一人折口だけが耐え難い。

元々は木島に憑いていた娘である。とはいえ、叔母のこさえた人形を癇癪を起こして父に取り上げられた時と、同じ痛みがなかったと言えば嘘になる。だから折を見てだらだら坂を上って様子を見て、春洋のいる國學院は駄目だが三田の山の慶應なら来てもよいと、美蘭には耳打ちをするつもりでいた。

「食事の準備ができています」

言われて座れば夕餉には折口の満足するだけの品数が並んでいる。天麩羅だけでも幾品かある。品数が多いだけで折口は満足することを春洋は知っている。しかし隣りでお櫃から白米をよそうのが仮面の男である、というのはどうにも居心地が良くない。よくできたもので仮面の口許だけはずれるようになっている。春洋は手慣れたように箸を仮面の口許に運ぶ。慣れすぎている、と思う。折口はふと、これまでも木島と思っていたのは春洋ではなかったかという気さえしてきた。

「明日、鹿島に調査に出かけようと思います」

箸を止め、仮面の下の口が思い出したように言った。

「鹿島？　常陸鹿島かい」

「そうです。何でも一月ほど前に水死体が一つ流れ着いたそうです」

一月前とは土玉が言うところの百恵比須事件のあったあたりだ。

「百八つめかもしれません」

春洋はまるで例の水死体事件の事情を察しているように言ったので、折口は「それでは大杉栄でも流れ着いたのか」と思わず軽口を言ってみた。先日の夢か現世かどちらかであるはずの坂の上のホテルでの会話を思い出したからである。しかし春洋は無反応であった。

「拾った漁師たちは死体を祀って弥勒とあがめているようです」

「弥勒？　恵比須ではなくかい？」

「確かあのあたりでは物の祝いや祈事の時、弥勒謡という踊歌が伝わっていたはずです。世の中はまんご末代、弥勒の船がつづいた、と踊って歩くそうで、七福神の宝船もどきの弥勒の船が金や米を積んでやってくるという歌です」

「ふん、肥前の下五島にも確か三井楽という岬があった気がするが、『万葉集』の巻十六にも一首あったな。それから源俊頼の『散木奇謌集』にも確か」

「みみらくの我日本の島ならばけふも御影にあはましものを」

仮面の男は折口が講釈しようとした歌をすぐに先んじて諳んじてみせた。やはり仮面の下には春洋がいる、とわかる。

「ミミラクは恐らくは根の国、黄泉の国であろう。彼の地に往けば死者の面影に会えるという古信仰があったのかもしれぬ」

久しぶりに民俗学めいた対話ができる相手がいることが心地良かった。ミュー大陸だの予言する獣だのと奇譚というより半狂人の妄想めいた話だけがこのところずっと折口の周りにはあった。

学生どもはといえば、折口の言葉の矢が飛んでこないかひたすらそれだけを畏れている上に、何より愚鈍すぎることが不満であった。結局、打てば響く会話のできるのは春洋だけということになる。

「ならば鹿島の者が水死体を恵比須ではなく弥勒として祀っているらしいという噂も辻褄が合います。ミミラクから来た者と解したのでしょう」

「理屈が合うには合うが、おまえが鹿島信仰に興味があったとは初耳だ。しかしそろそろおまえも博士論文の準備に入った方がよいから自分の関心を持って採訪旅行に往くのはよいことだ」

自分は明らかに媚(こ)びている、と思いながら折口は言った。春洋は折口がつれなくされればされるほど媚びることを知っている。それでそろそろ学者としての手綱だけは僅かに緩めてやろうと思案する。要は手綱の先さえ握っていればよいのである。根の国とはつまりは妣の国、海の彼方から来訪する死者を弥勒と仮に呼ぼうがまれびとの一つに過ぎぬ、恐らくは応仁(おうにん)の乱の頃、弥勒という私年号が関東一帯に流布したものとの繋がりがあるのだろうとも考え、春洋の関心が己の掌の内にあることをすばやく確かめる。

春洋の考えが所詮(しょせん)、自分の学説のもどきに過ぎぬと、その心の内で思えたので気持ちが寛容になる。仮面の姿も春洋の恥じらいの裏返しのようにさえ見えてくる。

だから軽口も出た。

「しかしまさか水死体に関心があるというのかい？　それではまるで土玉の奴と同じだろう」

つい目の前の仮面に惑わされて土玉の名を出したが、春洋が土玉の名を知るはずはない。土玉は木島同様、春洋の失踪時にしか姿を見せてはいないのだ。

ところが、

「ですからその土玉氏のたっての依頼です」

木島のもどきのように春洋は言ったのだ。

「一体、何を依頼されたのだ」

からかわれているのだろうと心を落ち着けるが、語尾が裏返ったのは確実に悟られた。

「もちろん、仕分けですよ。その水死体がこの世にあってよいものか、それともあってはならぬものなのか」

春洋はそう言って折口の方を向いたが、仮面の口許はいつの間にか閉じられていた。だから声はもう仮面越しにくぐもっている。いずれの声かわからない。そもそも何故、春洋が仕分けをしなくてはならないのか、理屈さえないではないか。

「おまえは本当に春洋なのかい」

思わず不安になって誰何するが、答えずそのまま拗ねるように立ち上がった仕草はやはり春洋のものであった。

「逃げましょう」

衣の向こうから声がした。毎日魚の肝を届けてくれたあの女の声と同じだ。俺は半身を起こし肩の上の布の両端をマントのように結んでみた。

悪くはない、と思った。

法衣も仲々似合う。

幾日か前、無理矢理に一度、身ぐるみをはがれて法衣に着替えさせられた、その時のことを思い出す。女に裸にされて灌頂（かんじょう）の真似事なのか妙な香りのする水を頭から注がれた。それから骨の上に蘇った肌を布で丹念に拭かれた。

すると、俺の股間のそれもいつの間にやら蜥蜴（とかげ）の尻尾（しっぽ）でもあるまいのに再び生えているではないか。茸（きのこ）や土筆（つくし）でもないから生えているもないがしかし、女の手の久しぶりの感触にそれはたちまちそそり立つ。

女の目が戸惑うこともなく淫靡（いんび）な表情に変わるのを俺は見逃さなかった。膝から下はまだ骨のままで立つことはできぬから俺は女の手首を摑んで引いて目で跨（また）げ、と合図した。

女は頷き着物の裾をめくって俺を跨いだ。女は俺のそれに手を添えるとゆっくりと腰を下ろす。俺は俺のものが女の性器に呑み込まれていく様が今更珍しくてつい、観察してしまう。

自然主義者の心持ちである。

奥まで入ったところで女は声ともつかない小さな呻（うめ）き声を上げた。それから恥じらうように女が腰を使うのを俺は不思議な気分で眺めていた。

そして女はゆっくりと小さく、果てた。

果てて俺の腰に身体をあずけてきた。女とはまだ繋がったままだ。

女に何かを頼むにはこの時に限る。

「衣が欲しい。一枚の布で縫い目のない衣だ」

何故そんなものが欲しいのかわからなかったが、とにかく俺はそれが欲しかったのだ。

女は頷きそして法衣を着せると夜の闇に溶けるように消えた。

女がやってきたのは一晩置いた次の夜だ。

前の晩は女が来ない代わりに、村の男が幾人か、堂の格子の扉の向こうから俺の様子を窺いに来た。法衣を着ているのを確かめて、満足そうに頷いて帰っていった。

奴らは魚の肝はくれなかった。

その晩はだからひもじかった。

次の晩に女は来た。魚の肝を口まで運んでくれた。俺が美味（うま）そうに呑み込むのを親犬が仔犬が餌を食（は）むのを見つめるような目で見た。それからもう一つ、肝をくれた。二日分、ということなのだろう。

俺が二つめの肝を呑み込むと、女は当然のように俺の股間に手を伸ばした。肝二つの代わりということなのだろうか、女は跨り、そして果てた。

そして耳許で「衣をあげる」と言ったのだ。女と俺はまだ繋がったままである。

「本当はおまえが衣を欲しがっているのはずっと夢で見ていた。衣も裳（も）もなく海を漂うおまえを」

囁いた女の声はまるで歌のようだった。小説のようでもある。その中にすいと俺の意識などは取り込まれてしまった。どうにも身体と俺の魂はまだ充分にくっついてはいないようだ。

長い渚を歩いていた。

左から右から吹いてくる風に靡き乱れるのは、俺の髪ではなく女の髪だ。どうやら肝をくれた女の内に俺はいるらしい。

浪は足許に寄せては引く。足の裏の砂が引く浪とともに逃げてゆくのがこそばゆい。

最初、渚だと思うたのは海の中道であった。だから浪は両方から女の足を打つ。

海の道の先には月があり、女である俺はそれを目指して砂を踏んでいく。砂は月に照らされて白々と光る。俺は身を屈めてその白玉の如き砂を掬うが、掌に置くとたちまち乾いて粉のように砕けていく。

俺はそのまましゃがみ込み更に砂を掬い続ける。結んでも結んでも水のように手股から流れ去る。俯いた背を浪が越していく。

指先がようやく確かなものに触れる。輝く大きな玉である。女は思った。しかしそれは玉ではない。

髑髏だ。

されこうべだ。

指先が触れたのは眉間のあたりでその感触には覚えがある。

当たり前だ。俺の眉間だ。

だからそれは俺の髑髏だ。

俺は髑髏を掘り出そうと思った。しかし女の指は動いてくれぬ。砂の中の指先を見てさえくれぬ。

その時、女の目は見ていたのだ。海の途の端に船が流れ着いたのを。

ああ俺の骸があるのはあっちだ、と思った。

その刹那、俺の髑髏は女の指先で浪に流れた。

流れて俺の意識は女の語り口の外にすいと出た。

そして、堂の中にいた。

女は微笑む。俺が自分の夢の中にいたことを知って、そのことに満足しているのだ。

女という生き物はそんなささいなところにさえ所有欲を見せるが、今は女の物になったふりをしておいた方がいい。今のところ、この女なしでは俺は食うことも歩くこともできないのだ。

「骨だけのおまえを見て私は衣を織ってやりたいと思ったのだ」

「では何故すぐに織ってくれなかった」

「蓮糸がなかった」

「蓮でなくてはならぬのか」

「ならぬ。それに」

「それに？」

「それに衣を織ればおまえはいなくなる」

「俺を離したくなかったか」

「違う。おまえをもう一度、海に還さねばならないからだ」

「還す？」

「そうだ。昔からそう決まっている。おまえは恵比須ではない」

「言っている意味がわからぬ」

「恵比須は水死人だ。水死人なら祀ってしまえばいい。ただの神になる。しかしおまえは生きている。しかも足萎えだ」

「それがどうした」

「足が立たねば蛭子ではないか」

「ひるこ？」

「蛭子は葦船に乗せて戻すきまりだ。そうしなければ」

「しなければ？」

「ミミラクからおまえを真似て死人が全部還ってくる」

そこまで言って女は俺から離れた。俺の足ではないものが萎えたのだ。

「死人が戻っては困るのか」

「私は……」

言い淀んだ。女は困らぬが村の者は困る、と言外に言っている。

それでようやく最低限の合点がいった。俺に法衣を着せたのは、補陀落渡海僧よろしくもう一度海の向こうの浄土にやられる算段の一つであった、ということだ。

女は俺の監視役であった。あるいは俺に身体を与えるところまでも因果を含められていたのかもしれぬ。

「私も一緒に流されるはずだった」

女は事も無げに言ったので俺はさすがに驚いた。

「生きたままか？」

「縁者はおらぬから誰も悲しまぬ」

そういう問題ではない、と思ったが、恐らくは生きることへの執着がはなからない女なのだろう。だから今も俺に執心している、というわけではないのだろう。一瞬、俺に惚（ほ）れたのかと思ったのはただの驕りのようである。

「では何故逃げるのか」

知りたいと思ったので聞いた。

女は首を傾げた。

「わからぬのか」

頷いた。

しかしそれで俺は納得した。きっと俺にも女にもわからぬ訳がきっとあるのだろう。

ならば逃げて、そして生きてみよう、とその時俺ははっきり思ったのだ。


「うひゃひゃひゃひゃ。確かにもぬけの殻ですな」

土玉氏の不快音と喩えるのがふさわしい笑い声は太平洋の荒波をものともしない。砂浜の途切れた端の僅かに小高くなった草地の上に堂はあった。

「元は産褥（さんじょく）のための産屋か何かがあったのでしょう」

仮面の春洋は学徒らしく言うと堂の中を点検する。

「村の者に聞いたところでは、近頃は石やら難破船の残骸などの寄物を祀った祠であったようです」

「ふん、それで水死体も祀ったか。漁民には水死人は豊漁の縁起物だからな」

「うひゃ？　そんな迷信があるんですか」

土玉が割り込んでくる。

「そんなことも知らんで水死体の専門家を名乗っていたのかい？」

「ですから民俗学的見地もふまえて仕分けをお頼みしたく、折口信夫先生と木島くんに来ていただいたのです」

「そこにいるのは木島ではない」

折口はもうこの日、何度めになるのか、土玉の思い込みを律義に正した。

「しかし、仮面を被り現にこうやって仕分けにつきあってくれているのだから、この際、木島くんでいいのではないでしょうか」

幾度めかの同じ答えが戻ってくる。

「君と木島くんは旧友のはずだろう。声やしぐさで別人とわかるではないか」

「そう言われましても自分は物覚えが悪いのでして」

惚けたことを土玉は言う。そして、春洋の方を向いて、

「ところで君はどう仕分けする？　木島くん」

そう懲りずに聞くのである。

折口はふうと溜息をつき、いつも春洋に対してしてきたように「村の者が恵比須と呼ぼうが海村の寄物の信仰だ」と鸚鵡返しすればいい答えを言った。春洋の國學院での講義もそうやって口伝えてきたのである。

しかし、今日の春洋は折口をもどいてはくれなかった。

「それは民俗学上の解釈で、仕分けではありません。水死体は生きていて最初は骨だったのが人になったと村人は言っています。それが瀬条機関に伝わってきて、自分は仕分けに来たのです」

もどかないどころか、挑発しているのだな、と折口は春洋の心を読んだ。

「死人が蘇るものか」

折口は木島も美蘭もいないので、確信をもってそう言える。

すると、

「蘇ったのですよ」

春洋が折口を非難するように言うではないか。その声にあの暗い洞窟の中の屍となった春洋が重なる。

あれはやはり黄泉か、と脳髄にこびりつく死臭を思い出した。

ではここにいるのは未来で死んだおまえの黄泉返りだとでも言うのか、と問い詰めたかったが、そうだという返事が戻ることを折口は畏れ口をつぐんだ。

「ここに居たのは弥勒でも恵比須でもありません」

春洋は木島のように仮面の奥に籠もった声で言う。

「では何だ」

叫んだ声に険がある、と折口は自分で思った。

「餓鬼阿弥かと」

「ばかな。小栗判官か俊徳丸（しゅんとくまる）が居たと言うのか」

「恐らく同じ筋の者かと」

「では照手（てるて）も居たのか？　蘇って餓鬼阿弥となった小栗を土車に乗せて熊野本宮（くまのほんぐう）の潟（ひがた）に向かっているとでも言うのか」

皮肉を言って鼻で笑った後で、折口は驚愕（きょうがく）した。

さっき見たあれは照手だったのだ。

自分たちはまさしく小栗の車街道と交差したのである。

肌がざらりと粟立（あわだ）った。

「そういえば髪を振り乱して大八車に何やら乗せて行った女と、ここに来る車がすれ違いましたな」

土玉は呑気（のんき）に言う。

土玉も見ていたのならコカインの見せた幻ではない。

「それはあってよいものなのか」

折口が震える声で聞いてみたのはすれ違った時の悪寒がありありと思い出されたからだ。

「あってはならないものです」

木島となった春洋はそう仕分けた。

耳許でふんとあの男が嘲笑った気がした。

俺は東京駅の改札を出る前に、柱の陰にうずくまってステッキ式のピストルに弾を一発、込めた。何しろこの間の時は空包であってひどく恥をかいたから、今度はその点だけはしっかりやらねば。墓場でやった爆弾の実験に失敗して、ピストルがいいと思ったが、爆弾同様ピストルも不発であった。全く一発目の弾は暴発に備え空包であると誰か教えてくれればいいものを。

　どうにも俺は人殺しの道具の扱いがひどく苦手だ。

　それに実際やってわかったのは、懐に銃をしまっていればとり出して構えるにも時間がかかるということだ。たちまち取り押さえられてしまう。さて、今度はどうしたものかと思案していたら、これを貸してくれた男がいた。無論、借りたというのは俺の主観で、奴にしてみれば盗(と)られた、ということになるかもしれぬ。目が横一文字の男で、自分の許婚(いいなずけ)が摂政宮に取られたというのは流言だとか何とか言い訳をしていた。

　それで自分の武勇伝を話したい様子で、このステッキのことから説き始めた。何でも伊藤博文の奴の持ち物で、こいつの父親がロンドンかどこかで買い入れたらしい。しかし、人の自慢話に興味はないので、じろりと睨んだら慌てて差し出した。親の仕送りでテロリストをやっていたどこかの坊ちゃんらしいが、テロルというのは俺みたいに十一歳の時から丁稚(でっち)奉公、車夫に坑夫と叩きあげの労働者でなくては無理だ。アナルコサンジカリズムなどと、理屈から入っていくからいけない。このステッキ式のピストルだって親から買い与えられたものに違いない。

だが、これは悪くはないしろものだ。

何しろ、こうやって駅の中で堂々と弾を込めていても、ステッキの不具合をいじっているように見えるはずだ。まあ、俺も案外小心なんでつい柱の陰に隠れてしまったが。

こんなものを持ち歩いていても伊藤は殺されたのだから、暗殺される方にはどうやら役に立たなかったらしいが、暗殺する方には使い勝手がいい。

杖を上げて引き金を引くだけだ。

群衆どもが俺に気づいて袋叩きにする前に事は終わっているはずだ。

そして俺は懐に残った後四発の弾を手拭(てぬぐ)いにくるんでしまうと、丸(まる)の内(うち)に出た。

明治の頃は倫敦(ロンドン)一丁と言われた界隈だ。

何とも素々(しらじら)しく役所やら銀行やらが並ぶので、不覚にも俺の口から歌が出た。

庁舎がなんだか素々として見える、
それから何もかもがゆつくり私に見入る。
あゝなにをして来たのだと
吹き来る風が、私にいふ……

俺の詩ではない。

俺は何しろ何度も試験に落第して二十三歳でやっと高等学校に入ったような勉強嫌いだ。

いや、違う。俺は実業補習学校に通っていただけだ。自分のことを誰と勘違いしているのか。

第一、何が詩だ。俺は俳号を持っている。辞世の句だって五七五で詠んだではないか。

だが、全く、今の俺の気持ちをうまく歌っていることは確かだ。

俺はその素々しさを避けるように、まるで芝居の背景の書き割りの裏側に入り込んでやれ、とでもいうような不思議な気分で路地に入り込む。

それからどうするんだっけ？

そうだ、日比谷の交差点から三十間ほど歩き、天王寺行きの電車に乗って本郷町で降りて、飯田橋行きに乗り換えて虎ノ門で降りるのだ。

そうして。

俺は、判事の尋問で俺が言ったことを思い出す。


レーンコートヨリステツキ銃ヲ出シ引金ヲ合セ様トシマシタカナカ〳〵合ヒマセヌウチ皇太子カ乗ツタ車カ真正面カラ西へ約五間位ノ処へ迫ツテ来マシタ其時恰度引金カ合ヒマシタカラ引金ヲ右ノ手ニ持ツテステツキ銃ヲ真正面ニ構へテ子供ヲ押シ除ケ左ニ警官カ一人右ニ憲兵カ一人居リマシタ其間ヲ突進シマシタ恰度其時皇太子ノ自動車ノ横ノ真正面ニ進ミ皇太子カ硝子窓ノ方ニ顔ヲ向ケテ居リマシタカラ恰度夫レト三寸位離レテ銃真（ママ）カ一致シタ時ニ引金ヲ引イタノテス夫レカラ直ク其ステツキ銃ヲ持ツテ革命万才ト大声テ連呼シツ、約五間位自動車ヲ追駆ケマシタ其時警官カ多数ト憲兵ト付近ノ群衆トニ囲マレテ何だか違う気がする。

今度こそ、袋叩きだけは勘弁だが、俺がやりたいのはもっと単純な復讐(ふくしゅう)だ。

全く、こっちに戻ってからというもの、自分の考えと他人の考えが混同してばかりで、つい今まで虎ノ門で摂政宮を襲う気でいたが、そうではない。

殺しに行くのはだれだっけ。

そうだ、あの日、流言を群衆の中に放った下手人だ。鮮人を殺せ社会主義者を生かしておくなと事触れて回ったのは、騎馬に跨って軍服を着けていたとか、車から身を乗り出したのは巡査の制服を着ていたとかの流言もある。俺はそいつらの親玉を殺さねばならぬのだ。

あの日流れた流言の何が正しく、何が嘘であるのか俺にはわからぬが、俺がこの国で見たのは真っ裸で刺殺され首をちょん切られた社会主義者の写真だ。ギロチン社などと洒落(しゃれ)で名乗った俺たちのようなヤクザな者でなく、ひどく生真面目に労働組合を助けていた連中がギロチンにされたのはやっぱり不公平だ、と思った。

この国では死刑はギロチンでなく斬首刑だが、しかし、ギロチン社と迂闊に名乗った手前、あの写真の中の生首に合わせる顔がない気がした。だから、敵討ちの一つもせねばと、絞首刑になることをしようと思ったのだ。

それなのに仕損じた。しかも判決は無期懲役。

それどころか天皇が死んで恩赦で減刑までされては立つ瀬もなく、刑務所で自分で首を括ったが、それとて肺病で残っていない寿命を僅かに縮めただけだ。

やはりギロチン社の名に恥じる。

俺より先に爆弾で捕まった村木(むらき)の奴も裁判の途中で肺病で死んだ。

やっぱり、俺たちは、ギロチンで死なねば成仏できぬ、ということか。

それが、戻ってきた理由か。

俺はステッキを握りしめる。

ステッキはステッキで、まるで心があるように殺し損ねた奴を殺したいと思っている。

だから俺は丸の内をうろうろしたのだ。

だがその前に、殺さなくてはいけない奴がいる。

間抜けな俺が二度も殺し損ねた男だ。

しかし問題は、奴が今、生きているのか、ということだ。

とにかく、俺は俺が失敗した場所に向かうしかない。すると俺の身体は俺の意志とは関係なく、飯田橋行きの電車が来る前に駅を離れ、本郷三丁目に足を向けた。

やはり、やり直せということか、と俺は俺を支配する因果律の意志を斟酌(しんしゃく)した。

（五）邯鄲（かんたん）男

じろり、と白濁した老婆の瞳が木島平八郎を見た。

月を見ているのだ。

天の月ではない。頬に蛭のようにへばりつく、血を吸ったばかりのような鮮やかな朱の肉を見ているのだ。

女の肉だ。

満州に来るのはこれで二度目だった。阿片窟（くつ）というのは噂に聞いてはいたが、路地裏に入り悪臭とも美香ともこの世の範疇（はんちゅう）で測ることを諦念させるような臭気に身が燻製（くんせい）になりそうな気がした。だが、生きた猿の脳さえこの国の人は美味として喰うという話を思い起こして、迷路に人を追い込み生けるままに燻ずる料理法があったとしても、少しも驚いてはいけないと苦笑した。

あってはならぬもののみが闊歩（かっぽ）する場所があるのだ。

それにしても頬に月の張り付いたあたりが、懐炉（かいろ）でも当てたように火照るのは何の予兆かと、僅かに訝しい気持ちになる。

仮面を脱ぐのは久しぶりであった。

仮面は折口邸に魔除け替わりに残してきた。出石という名の如くあれが向こう側から溢れる時が来れば、確実にあの場所は決壊するに違いないからだ。一体、あの自分の性さえ一つに定められず、男の名の信夫をしのぶと読ませずにはおれない男は、自分の棲み家がこの世と隠り世の境の一つだとでもいうことを知らぬのか、と訝しく思う。だが、そう思うなり、今居る処の方がよほど黄泉比良坂のようだ、月、と思わず頬に語りかけると「はい」と肯くように肉片が震えた。

仮面を脱いでからというもの、月がそこにあるように思えてきて、これではコカイン中毒の折口と同じだと自嘲したが、しかし、ここは阿片窟なのである。

漂う阿片の成分にもう脳がやられている、ということか。

路地裏の迷路に入ったところの、一体どこから先までが外でどこからが内かもわからなかったのは、このあたりだけは昼間を嫌がっているように仄暗いからである。

道があっているのか間違っているのか、とにかく一本道だから絶対迷わぬと蒙古人の間諜が言ったが、馴れてくると鼠穴とも脇道とも判別しない穴が無数に穿たれていることに気づく。人ほどの大きさの蟲の棲み家にさえ思えてくる。実際こんなところに棲んでいれば人ではない何かに変じてしまうかもしれない。

そう思い、脇道に惑わされぬように切れかけた裸電球が人魂のように浮かぶ道に沿って歩き出すと、つい、とだれかが袖を引いた。

振り返れば童子がいた。

背は童子ほどで、弁髪だが、顔は狂言の空吹のようにも見える老人だ。

こんな場所なら茸も生えようか、あるいは案山子（かかし）だとすれば何かの道標（みちしるべ）かと、木島は趣向の意味を考えてみる。

折口につきまとい折口のもどきと化しているうちに、何とも妙な考え方が身についてしまった。世の中を全て歌舞伎や能や狂言やあるいは歌といった芸能の型で見立てるのが、あの男の流儀である。芸能とは鯛焼（たいや）きの型であり、現世など、人の一生や感情さえもその鋳型で造られたものだと、口には出さないがあの青い痣の男は心の底では思っているに違いない。さしずめこの者は能面が鋳型になって空吹の顔に変わったのかと憐れに思い、しかし、俺も同じかと仮面の今はない己の顔を思うた。

空吹は木島の視線に何の情も返さず、ただ行こうとしていた方向とは違う方を一本指でさした。その一本指は蛸（たこ）のように吸盤があって、これも木島はよくできた趣向だと苦笑する。狂言で空吹は蛸の幽霊か、茸の精か案山子の化身と相場が決まっている。

蛸の指のさした方は壁であるはずが、その指でさされると道があった。道というよりはただの闇だ。なるほど道標の案山子が答えかと木島は思う。

ではあちらは何だ、と行きかけた道をちらりと見る。

「奈落（ならく）」

どういう仕掛けか頭の中で空吹の声がした。

つまりは罠か。

木島は思い切って闇をくぐる。

すると僅かに遅れて思わぬ眩（まぶ）しさに、目蓋を手で覆うことになる。

哈爾浜（ハルビン）の薄日に目が慣れれば、大歓園の裏に出て、朽ちた煉瓦（れんが）の壁の向かいに阿片密売所がはみ出して並んでいる、その前にいることがわかる。

そこにようやく目指すものがあった。

「大東亜民俗学研究所」

看板に書かれた文字は、折口の師である男の筆致に似ていなくもなかった。

「うまいものだろう？　だが紛（まが）い物だ」

観音開きのくもり硝子の扉の中で声がした。妙に艶（なま）めかしい声である。扉には「千里眼」「降霊術」とまるで男の師への当てつけのような文句が書かれている。

木島は久しぶりに人の発する気配に威圧された。そして僅かにだが怯んだ。月を捜して黄泉に足を踏み入れる時でさえ、そんな畏れはなかった。

それを見透かしたように脇をするりと抜けて空吹が扉を開けた。

「お客を引っかけてきた」

空吹は日本語でそう言って振り返った。空吹は子供の顔になっている。案山子ではなく客引きだったかと苦笑する。

「そいつは日本人だ。言葉は通じているぞ」

童子の顔になった空吹はするりと身をかえして、胸から上が暗がりに立つ長身の男の背中に回った。

それが声の主であろう。紫の単狩衣（ひとえかりぎぬ）に似た、日本式とも大陸式ともつかぬ衣裳（いしょう）を着ている。生地には刺繡の龍があしらわれているが、日本式の三本爪でも中国式の四本爪でもない。皇帝の龍文のみに用いる五本爪であるところがいかにも不遜である。

「俺を仕分けするならもっと近づいてやろうか」

闇から出た男が木島を見据えて言った。

彫りが深く脚は長いが西洋人とは全く違う。野生、というのはこのことかと木島は思う。

「山人を見るのは初めてかい」

さり気なく木島を見据えた目は涼し気だったが、まるで写真機のレンズのように観察されている気がした。折口の、此岸にありながら彼岸だけを見ようとする目とは正反対である、現世にしか関心がないような冷めた目でもある。男の師と同じ目だ、と思った。

「あいのこだがね、人間との」

答えあぐねたままの木島を童子が、また袖を引き窓際の椅子に誘う。

男は向かいに座る。

「訪ねてきたのだから知っていようが一応名乗ろう。兵頭北神。そしてあんたは木島平八郎だな、噂は聞いている」

男は、北神は自ら名乗り木島の名まで勝手に名乗った。そして、

「ところでその肉は生きているのかい？」

と、不躾に尋ねた。阿片窟の底翳の老婆でさえ好奇の目は向けても誰一人それは何かと聞きはしなかったのに、この男は違う。

「わからぬ」

木島は正直に答えた。

すると頬の肉がつねられたように痛んだ。月が自分は生きていると抗議しているのである。

「自分のことは仕分けられぬか」

嘲笑された気がして、

「では君はこれをどう仕分けする。死んだ女が破裂してへばりついて離れなくなったこれを」

抑えたが語気が険しいのが自分でも知れる。仮面をとってしまうと、捨てたはずの人の感情が戻ってきてしまうのだ。

「知らぬ」

北神は問いを撥ねつける。そして、「どちらでもいい」と続ける。

「世の中には黒とも白とも判然としないものがある。例えば俺は山人であって里人でもある。その一方をあってはならぬと仕分ければ、俺は半身で生きなければならなくなる」

男は笑った。それから真顔に変わって、顔をいきなり鼻先まで木島に近づけた。

「あんた、一つ聞きたい。あってはならないと仕分けた後で、仕分けた後のものはそれではどう始末した？」

「それは……」

不意に詰問され答えに窮した。

瀬条機関や東方(とうほう)協会の連中が闇に葬ったとだけ漠然と思っていたが、それ以上考えたことはなかった。

「俺の先生もあんたみたいに仕分け好きでね。例えば最初は山人は今もあると言い、後で今はもういない、と言う」

男の師が太古の先住民族が、明治の御代、今も山に生きると説き、そしてそれを撤回したことを言っているのだろうと察した。

「それで仕分けられたので俺はここにいる」

まるで孤児（みなしご）が己の境遇を口にするように言ったのが不思議な気がした。

「俺はあの男の学問のあってはならない裏の部分ごと、ここに流された流され王さ。あんたの先生の言葉で喩えればさしずめ貴種流離譚というところかな」

からかうように言った。

それでようやく店の中を見回す余裕ができた。漢方の薬屋によくある小分けされた引き出しのついた棚が店の壁一面、天井までを埋めていることに気がついた。それが何かは木島にはすぐに察しがついた。

北神の師は調査の結果や書物からの抜き書きを一項目につき一つ、葉書よりも一回り小さいカードにメモをとりそして整理分類するのが流儀だ。それは、列島の歴史そのものを検索可能なカードに整理分類しようとする、恐らくは誰にも理解し難い情熱だと、折口が自分にだけはそれがわかるというふうに呟いたのを聞いたことがある。

とすれば引き出しの一つ一つにはあの男があってはならぬと仕分けたものが、まるで昆虫標本のように封じられていると思うと、その冷たい情熱は神さえも畏れていないだろうと感じさせた。何故なら神さえもそこでは標本と化しているからだ。

「用件は」と北神は短く問うた。

木島は預かってきた一枚の名刺を卓の上に置いた。

柳田國男、と肩書きも何もなく、表にある。

北神は躊躇（ためら）うこともなく裏を返した。

そこには椰子の実の絵が素っ気なくペンで描いてあった。

菊富士ホテルに泊まるのは初めてであった。あの美蘭の日記の中で離魂病患者として迷い込んだ坂の上のホテルである。

木島のふりをした春洋がそう決めたのである。

嫌であると言えば置いていかれる。何かと折口の同行を乞うた本物の木島と比べると、偽の木島は酷くつれない。そのつれなさが、ああ仮面の下はやはり春洋だと教えてもくれるのではあるが、置いていかれるのは嫌なのでそそくさとアルコールを浸した脱脂綿を缶に五つほど詰めた。ホテルはドアノブも机も椅子も全て他人の触れたものばかりである。風呂も幾百人もの他人が身を沈めた浴槽だからとうてい入る気にならぬ。あちこちを消毒し身体を拭き清めるにはこれでも足りぬ。一体、何のために泊まるのかと問うたが「仕分けが私の仕事です」と木で鼻をくくった答えだけが折口に返ってきた。春洋の木島ぶりは折口への罰のように続いているのである。

その菊富士ホテルは今や閑散としていた。祭りの後とはこのことである。

昔のように文士や亡命詩人や社会主義者の集う悪場所の如き時代はとうに去っていた。永すぎた祝祭が終わったわびしさだけがあった。

二人の部屋は隣り合っていたが相部屋ではなかった。今や実情は下宿屋だが、それでも名だけは西洋式のホテルである。相部屋は夫婦だけ、と決まっているのだ。

春洋は塔の部屋をとりたがったが先客がいるのを聞いて引き下がったという。客は杖をついているのか、とだけ聞いて泊まり客に貸したのではないと答えが返ってくると、それ以上は何も言わなかった。

美蘭を折口がこっそりと連れ込むとでも疑っているのか。

食堂での食事の時も無言で、仮面の顎のところだけはずして口許を動かした。その時、春洋が戻ってから初めて正面から仮面を正視したのである。

「能面に喩えれば何に見えます」

春洋の質問に虚をつかれたのは、今まさに折口がそう喩えようとしていたからだ。

初めて会った時、素顔の春洋は小面であった。可憐な乙女の相に似ていたと思い出していたのだ。そして褥の中では万媚（まんび）の如くに恍惚の表情を一瞬見せることもあった。

しかしそうとは言えぬので、

「邯鄲男か」

と少し考えてから答える。

人生の憂いに満ちた哲学青年の盧生（ろせい）を表す面である。我ながら上手に答えたと思う。

「なるほど私は先生の書生にとお話をいただいた時、盧生が王位に迎えられる夢を見たのと同じ気持ちでありました。しかし盧生は夢から醒めてそれが僅か宿の主人が粟飯（あわめし）を炊く間のことだったと知り、人生はかくもはかないものかと悟りましたが、とすればその喩えは私もいつか一炊の夢から醒められるという意味でありましょうか」

藪蛇とはまさにこのことだと折口は口を竦める。春洋の皮肉や嫌味に抗うてはいけないとだけは充分に悟っている。

「ではおまえはその面を何に見立てる」

つい、媚びるように言ってしまう。

「さしずめ二十余といったところですか」

「藤戸」の後シテに専ら使われる面だ。武将の野望に理不尽に命を絶たれ、未だ海の中にある漁師をあしらった面だ。つまりは死相、デスマスクである。確かに仮面の額の上にはらりと垂れている春洋の髪の具合が二十余の面の額に墨で描かれるそれと似ている。垂れた髪は水死体であることを意味する、と思って、折口は嫌な感じがした。

そもそも水死人の事件が今も続くこの迷宮の入り口であった。

「しかしおまえは生きている」

不快な連想を取り繕うように笑おうとするが、目の前の春洋があの日見た蛭子たちの一人の気がして、ああ、いつものように緞帳が落ちてきて次の夢に移ればいいと思った刹那、ぱんと乾いた音がした。

まだ醒めていない。

銃声であった。

春洋が立ち上がる。

「あぶない、ここにいなさい」

折口は春洋の手を摑み、その感触に思わず込めた力を緩めた。

するりと蛇のように春洋が手から抜けたが、それは修辞術などではなく蛇のうろこのざらりとした感触が掌に残った。

すると立ち尽くす折口の傍らを足を引き摺る小さな人影が通り過ぎた。折口はまさかと思い、首ねっこを猫のように捕まえた。

「あらお義父さま」

振り返ったのは紛れもなく美蘭であった。

「おまえ、どうしてここに」

「キネマの撮影ですの」

アリスの登場にまた狂騒が始まることを予感したが、拒みようがない。

「キネマ？」

「そうです。私が撮影係です。塔の上から坂下のフランス料理店を撮影しておりました」

と、続いて小型カメラの撮影機を脚立ごと抱えて階段を降りてきた男の、死んだ魚のような目に見覚えがあった。塔の部屋を占拠したのはどうやらこの男のようだ。

「仲木貞一です。再びお目にかかれて光栄です」

会釈する死んだ魚の目の男に、

「早くしないと蛭子が逃げてしまいます」

と美蘭がせかすように言ったので折口は、ああ、ここはまた兎穴の迷宮かと諦めた。

「表で銃声がしたが、誰か死人が出たのかね」

「いいえ、死人が幽霊を撃ったのです」

美蘭が興奮したように答えて、折口の手をホテルの外へと引いた。

菊坂を下った交差点の路上には、男が仰向けに倒れていた。着流しを着て、晴れというのに番傘を掴んで絶命している。

折口たちが駆けつけた時には、春洋はちょうどハンカチで手を包み、落ちていたステッキを拾うところであった。折口は春洋に潔癖症が移ったかと思ったが「仕分けの証拠ですから余計な指紋などつけるわけにはいきません」と言った。

「証拠？」

「どうやらステッキ式のピストルですな」

春洋が銃口を覗いて言うので折口ははらはらする。

「暴発などしません。このステッキ式は弾が一発しか込められません。同じものを持っていましたから」

ステッキを持ち歩いていたのは本物の木島であろう、とは言いかねた。春洋の機嫌を損ねたくはなかった。

「私が持っていたのは摂政宮を撃ち損ねた男のものと同じ様式です」

と不敬な物言いを平然とするので、春洋が瀬条の人間に染まりかけている気がした。窘めるべきかと一瞬、考える間もなく美蘭が会話に割り込んでくる。

「まあ、いい香り」

美蘭が春洋の脇をくぐり死体を覗き込んで息を大きく吸って、言った。

折口の蒼い鼻梁もひくりと動く。思わず、匂いを嗅いでしまった。麝香の香りがした。ということは海辺に流れ着いた百人余の恵比須と同じ類か。

「死んでいます。無論、そもそもがこの者は最初から死体でした」

春洋が仮面の口許を戻して言ったので籠もった声は木島と区別がつきにくかった。

「ふむ、銃弾は一発。的から逸れて、通りの塀に当たったようです」

仲木が観察するように言って、足許からひしゃげた弾を拾った。

「くださいませ」

言うが早いか仲木の手から奪い取った。

「美蘭、およし」

咎める折口に、「いいえ、どうせその弾はあってはならぬものですから」と、僅かに険のある春洋の声が重なって、ようやく、とばりが降りてきた。

「うひゃひゃひゃ。これはまるでリュミエール兄弟の映画のようですな。フィルムの編集か何かで霊柩車（れいきゅうしゃ）が消えるように見える映画があったよね」

土玉が浴衣姿で西瓜の種を機関銃のように吐き出しながら仲木に喋っている。

「はい。まるで幽霊自動車の映画のようでありました」

美蘭が言い、「ね」と音符が跳ねるようないつもの口癖で折口に同意を求めたので、頭がすっと晴れた。

日が暮れている。

出石の家の庭である。

そう一つ一つを頭の中で折口は整理する。

庭に縁台が持ち出され、大皿に西瓜が盛られている。

一体、季節がこれで合っているのか考え込むが、正解の手懸かりが近頃の切れ切れの記憶の中に思い当たらない。今、自分は何をさせられているのか。望んでしたことでなくさせられていることだ、ということだけは確信があった。

庭をよく見ると、庭木と庭木の間に白い幕が張られている。

そして縁側の上では映写機がからからと回っている。

映写機の傍らにいるのは、あの死んだ魚の目の男である。

「さすが土玉博士。映画にも造詣(ぞうけい)が深いのには感服いたします」

リュミエール兄弟の名を出したことを言っているのだろう。歯が浮く世辞に土玉は相好を崩す。

「なあに映画批評は我々知識人の嗜(たしな)みであるからね」

土玉氏の台詞は間違ってはいない。軍や内務の周りに集まる者たちは圧倒的に元はマルクス主義の信奉者である映画青年たちなのである。思想さえ捨てれば国家の扶助で存分に映画が撮れる環境を彼らが用意してくれる。それ故、映画は青年たちの一種の教養であった。

だからといって一体、この顔ぶれをもって出石の庭で何故、映画上映会を開く羽目になったのかまでは折口には理解しかねた。答えを知る術は一つしかない。

「美蘭、おまえの未来を書く日記には今日のことは書いたのかい」

結局、日記だけが道標なのである。

「はい」

「何と書いたかね」

「お義父さまと映画会。庭で西瓜を食べます、と」

書けば本当のことになる日記に書いてあるなら、これはあってよいものだ、というよりは、あっても仕方のないことだと諦めて仕分けする。

「いかが仕分けられますか。折口教授は民俗学者のお立場から」

仲木が死んだ魚の目で尋ねる。言葉は媚びているが、目には媚びはない。それでもこの男との会話の途中であったと想像だけはつく。

とはいえ、映画を民俗学の側から評ぜよとはどういう謎掛けかと思う。迂闊に答えればまた罠に落ちそうである。

「うむ。気になる点がないわけでもないのでもう一度、見せてはくれないか」

無論、どんな映画を観たかは意識がここに来る前のことだからわかるはずがない。どうせ愚にもつかぬ中身だろうが、仲木の脇の映写機のリールの中のフィルムの量から大した長さの映画ではないと目当てをつけ、もう一度観て、辻褄を合わせようと思った。

「もちろんです。そのために先日、撮影したフィルムをここまでお持ちし、お庭まで拝借に及んだのです。ほんの僅か、お待ち下さい」

成程、ホテルでの騒動を映したものかとまずは理解できて、今少し周囲を確かめる余裕ができた。

土玉、仲木、美蘭といるが春洋がいない。美蘭がいるから拗ねて家を出たかと不安になる。

だが、廊下をすっと綿の白いシャツにズボン姿、腰のベルトに手拭いを挟んだ春洋が大皿を持って縁側にやってきた。

それが素顔の春洋であったのに驚いた。

久しぶりに見る素顔だが、皆の手前があるから見とれることはできぬ。

そして、大皿に盛られた山程の天麩羅に春洋の軽い悪意を感じたのである。師である柳田が家まで来てくれた喜びに半ば錯乱し、居合わせた者ではとうてい食しきれぬほどの天麩羅を揚げてもてなし、あいう男は学問では大成せぬかもしれぬと失笑されたことを論っているに違いない。

不在中、美蘭を家に上げたことの意趣返しといったところか。

折口にしか通じぬ嫌味である。

「それではフィルムの巻き戻しが終わりました。美蘭さん、居間と廊下の灯りを消してくれますか」

庭石の上で天麩羅をつまむ美蘭にわざわざ声をかけたということは、電灯を点けたり消したりするのは美蘭の役目と今日は決まっているのだろう。役目を与えると美蘭は誰にでも従順である。仲木が美蘭のそういうあしらい方をわかっていることが気に食わなかった。

室内の灯りが消えると庭先は闇に呑まれて、スクリーン替わりの白いシーツだけがくっきりと浮き上がった。

映し出されたのは、窓からの光景であった。

四階か五階かそれくらいの高さから下を見回している。

カメラはハイアングルで、上から嘗めるように映す。

どうやら菊富士ホテルの塔の部屋から望遠レンズで撮ったものだと知れた。その映画の上映会なのか、と折口は当たりをつけた。

そしてよく見ると画面の隅に着流しに杖を持った男がたたずんでいる。いや、たたずんでいる、というよりまるで立ったまま死んでいるように身動ぎ一つしない。

そのまま幾分かが過ぎる。

ひどく退屈であり、目を凝らせばかえって目蓋が重くなりそうだ。すると、

「ほら、ここですね、お義父さま。ここをよく御覧になって」

と美蘭が袖を引いて小声で知らせた。

言われるままにスクリーンに目を凝らすと画面の隅にある染みが目に飛び込んで、折口は思わず耳朶まで赤くなった。フィルムに映っているものではない。スクリーン替わりのシーツの染みである。

それは春洋と同衾した時にできた染みであった。洗っても落ちぬ。取り乱すまいと思ったのはこれも春洋の悪意に決まっているからだ。わざわざ春洋が押し入れから持ち出さねば、外から来た者にありかはわからぬはずのものだ。

だが美蘭が小さく唾を飲む喉の声が聞こえたので、折口は思わず襟を正すようにスクリーンを見つ

めた。

するとちょうど情事の痕跡（こんせき）である染みのあたりがゆらゆらと陽炎のように揺れ始めた。染みはフィルムに映ったものではない現世のものだから、それも同時に凝視することになる。何の因果かと詰れば先生の罪のせいですと、きっと春洋は言うに違いなかった。

「まあ」

美蘭が驚嘆の声を上げる。

「うひゃ」

土玉氏の声も続く。

陽炎は形となり、そして黒塗りのワーゲン社製の車の姿となった。

なるほど、映画が見せる魔術のように見える。

しかし、その仕掛けが見抜けぬ。

すると画面の隅にいた、立ったままの死人がすっと動いた。そちらはまるでコマ撮りをした漫画映画のように見えた。

死人に見える男は幽霊自動車に駆け寄るや杖を振り上げた。

その先からわずかに煙が見えたが、トーキーではないから音はしない。

ああ、あのステッキ式ピストルだ、と折口は思った。

次の瞬間、死人の動きは停止し、立てた杖から人が手を離したように倒れ、ステッキが転がった。そして大きくハンドルを切った自動車は壁の中に消えた。

そしてカットが切り替わり、あの時、美蘭が顔を近づけていた死体の顔の大写しとなった。やはりあの時の撮影フィルムであると折口は事情を悟った。

フィルムは終わり、四角い光の窓の隅に染みだけがくっきりと映し出されたので、折口はなるべく感情を抑え「これくらいでいいだろう。電灯をお点け」と隣の美蘭に言った。

「いかがでしょうか。折口博士の仕分けは」

いつの間にか仲木が美蘭に替わって隣に座ってそう訊くのであった。

「仲木の記録映画は御覧いただけましたか」

目を上げると、例のモノクロームの画面のような鉤鼻の男の顔があった。折口の記憶は昨日の夜から珍しく途切れることなく続いていた。幽霊自動車の映画を見せられ、映っていたのは幾日か前の出来事であることまでわかった。幾日前かまではは っきりせぬことが釈然とはしないままにしても、それは本当にあったことのようである。

ここは三田の研究室である。

あの晩、仲木は仕分けを求めるような口ぶりだったが、急いではいなかった。

「私はこれを先生にお見せするようにことづかっていただけです。後日、私の上司が御意見をたまわりにうかがいます」と言い残したのであった。それはまるで少しはじっくり考えろ、と命じられているようにも聞こえた。

そして仲木はそのまますぐに立ち去り、土玉はといえば散々飲み食いをして無駄話をした後で、一ツ橋の家から美蘭を迎えに来た車に便乗して帰っていった。一ツ橋の家とは美蘭の形だけの婚家である。戸籍上は美蘭は人妻なのである。軍閥の家の戸籍に入っているので、誰も美蘭には迂闊なことができない仕組みになっている。

美蘭だけは引き留めようかと迷ったが、折口がそう言い出さぬように春洋が無言で迫っていたので諦めたのだった。

久しぶりに素顔の春洋と二人きりの何とも息が詰まる一夜を過ごすと、折口は逃げるように三田の慶應に向かった。

三田の山に着くともう美蘭と、そして、あのモノクロームの映画の中のような男が待っていた。藤沢親雄である。つまり今日という日が仲木の言う後日であるわけだ。そういう次第であった。

藤沢は言うまでもなくミューの奇書の翻訳を頼んできた男である。このところ、ずっと折口にスパイの如く纏わりついている。そうか、こいつと仲木は一味なのかと改めて思いながら、しかし誰から誰までが一味なのかわからぬと自分の考えに呆れる。

「あれはいわゆる特殊撮影というやつではないのだね」

折口は、改めて確かめてみた。映画は素は奇術の範疇だ。フランスのジョルジュ・メリエスは元は奇術師である。多重露光で一人の人が七人でオーケストラを演じたり、月面旅行さえ撮影してみせたではないか。

「映画の歴史を繙けば奇術師、手品師の芸が元にあります。従って同じような場面をフィルムの仕掛けで創り出すことはできますが、あれはそうではありません」

藤沢も映画と奇術の関係を知らぬわけではないらしい。だとすると、簡単には煙に巻けそうにない。

「では何だ」

「それをうかがいたいのです」

「あれが本当だとしてそもそも何故、あの仲木という男は、あれが起きるとわかっていた？　奴めがまるで先回りするように菊富士ホテルにいたのは何故なのだ」

そもそもが美蘭があの男と連れ立っていたことが、折口はずっと気に入らないのである。

「私がさざれちゃんから聞いたことを仲木さんにお伝えしたのです。それを仲木さんは映画にして下さいました」

話に加わりたくてうずうずしていた美蘭が口を挟んだ。さざれちゃんとは鎌倉の蛭子神社で拾った石のことである。一体、石が喋るはずはないと思ったが、美蘭なら喋らぬ石の声をも聞きかねない。

「そういえばあの石はどうしたのだ」

先日の映画会、いや、思い直せばホテルの騒ぎのあたりから美蘭の腹はなだらかになっていた気がする。

「もう育ってしまって美蘭の下穿きには入りません」

折口の困惑の表情に叱られると思ったのか、

「可哀想なのでお家にこの子をおいて下さいと、木島さんと同じ仮面の人にお願いしたら、いいとおっしゃって下さいました」

と続けて言い出した。

いつの間に、と折口は呆れたが、知らぬ間に春洋と美蘭が通じていた方に小さく傷ついた。除け者にされた気がした。では出石の家のどこかに置いてあるのか。

「その石が予言したのです」

美蘭の話が脇道に逸れる前のタイミングを知っているかのように、藤沢が話を本題に戻す。もつれ話をもつれぬように管理する理性がこの男にはあるようだ。

予言、と言われて、今度は日本青年館の映画会を思い出した。予言獣の世間話の映画で、あの時、そういえば美蘭はさざれ石を映画に出してくれとせがんでいたのだった。それで少し話の繋がりが見えた。

「予言ですか？」

「ええ。九月一日、菊富士ホテル前で赤色テロルが起きると石は予言したのです」

藤沢は少し高揚して言った。それで折口はこの男に理性を束の間でも求めたことは間違いだったと思った。

それにしても、赤色テロル、という言葉に折口は困惑した。

「死人が幽霊自動車を襲うのがテロルなのかね」

「いかにも」

「幽霊自動車にはさぞかし要人が乗っていたのだろうね」

折口は少しは皮肉を言ってもいいと思った。

「乗っていたのは、車の番号から判断して元戒厳司令官、福田雅太郎（ふくだまさたろう）です」

言われてすぐに折口はその人が誰か思い当たらなかった。

「戒厳司令官といっても二・二六事件の時ではありません」

「ばかな、その前に戒厳司令官が任じられたのは関東大震災の時ではないか」と折口はすぐに思い、そして、言われてみれば、あの時の戒厳司令官はそういう名だったという気がしてきた。

陸軍参事官で戒厳司令官を兼務し、しかし甘粕正彦による大杉栄ら殺害の責を問われ、更迭されたのではなかったか。

そこまで思い出して、背筋の毛穴がぞわりと縮んだ。

確かに死んだはずだ。

「無論、福田閣下は昭和七年に亡くなっておられます」

藤沢はそう付け加える。それでは死者が映画に映っていたことになる。

「では死人を襲ったあの水死人のような男は何者なのだ」

すると藤沢は、机の上に一葉の写真を差し出した。

「ステッキ式ピストルを撃った人の写真ですわ」

美蘭が覗き込んで言った。

「あの死人の男の写真です。恐らくは和田久太郎（わだきゅうたろう）くん」

それもすぐに思い当たらぬ名であった。

「大杉栄の一味です」

そう言われてかろうじて全てが繋がった。大杉が女癖の悪さで人望を失っても尚も心酔し、大杉殺害の命令者だと目した陸軍大将をピストルで撃った男がいたはずだ。確か、ギロチン社という物騒な結社を名乗っていた。

「……まさか……ありえない。あってはならない」

「しかし、一度はあったことです。大正十三年九月一日、関東大震災のちょうど一年後に和田は福田閣下を本郷で襲いました。しかし失敗し、捕らえられ獄中で自死したと記録にあります。このフィルムが撮影されたのも先月の日付だけは同じ九月の一日。つまり、死人が幽霊にもう一度、赤色テロルを仕掛け、失敗したのです。ただ違うのは、大震災の翌年のテロルはピストルの初弾が空包であったことを知らずに外され、達せられませんでしたが、今度はちゃんと弾が出た。しかし相手は幽霊なので弾は貫通しても死にようがない」

藤沢は自分でそこまで言うと、くすりと笑う。

「やはり、ありえぬ話だ」

「けれど今度もあった話なのです。問題なのは、死人であるテロリストの正体です」

「正体も何も名はわかっているのだろう」

藤沢はもう一葉の写真を折口の前に示す。地面でなく、床の上に安置された死人である。

「実は犯人の死体は百恵比須事件の死体の一つでした。あの中に和田久太郎くんがいたのです。瀬条の土玉氏が撮っていた写真と一致しました」

折口の脳裏に病院の講堂にずらり並んだ百余の死体が思い浮かんだ。

「海辺に百幾人の死体が流れ着いた事件か。あれはあってもなくても構わぬと仕分けられて終わったのではないか。そして屍は全て鎌倉の寺に密かに埋葬されたと聞いたぞ」

そのことを調べに行った先で藤沢と会ったではないか、と折口は思い出す。

「茶毘に付さずに土葬したのが失敗でした。瀬条の土玉くんが後で水死人の研究に必要があると主張したのが裏目に出ました」

「裏目とは？」

「その死体が全て一つ残らず忽然（こつぜん）として消えたのです」

死人が墓から出て甦（よみがえ）るなど小栗判官でもあるまいし、と思ったが、折口は春洋と見た照手を思い出して愕然とした。あの女の引く車の中にも甦った男がいたのかもしれぬ。

「更に厄介なことに証拠として押収したステッキ式ピストルですが、摂政宮暗殺未遂犯の難波大助くんの持ち物とわかりました。もとまで辿れば伊藤博文氏の持ち物です」

また厄介な人物の名が出てくる。

「まあ、由緒あるステッキ」美蘭がうっとりして言う。

「確かに暗殺された伊藤氏の持ち物ですから因縁はあります。しかし、難波大助くんも死刑になっています。死んだテロリストのステッキ式ピストルだけが戻ってきたとも思えません」

「彼もあの水死人の群れの中にいたというのか」

「その可能性は大ですな。消えた死体の一つが大杉の一味に連なり、赤色テロルを仕掛けてきた以上、他のテロリストたちも戻って、やり残したテロルを企てているに違いありません。これは国体の危機とさえ言えますな」

国体と物々しく言ったものの、藤沢はどこか愉快そうである。筋書き通りに事が運んでいる、という顔をしている。

折口はホテルで大杉を見張っていた特高の刑事たちの前で、土玉がこれ見よがしに次々とテロリストを品定めしたのも思い出した。あれはやはり戻ってくる死者たちの名彙だったのか。一体、テロリストどもの帰還はこの後に起きることなのか。

「何が言いたいのだね、君は」

わかっていたが、折口はそれでも確かめずにはおれない。何故なら自分の頭でそう結論するのはあまりに馬鹿げていたからだ。

「恵比須による赤色テロルが起こらんとしているのです」

「ならばまたあの時のように皆で先回りして殺して回ればいいではないか」

折口はあの日の光景を思い出して叫んだ。

「殺しても戻ってくるのです。死人が戻り、幽霊が跋扈(ばっこ)する。この奇態をいかに仕分けますかな、折口博士」

迫るように藤沢が言った。

「隠り世が現世に近づいている……」

思わず折口は呟き、そして、慌ててもどきかけた自分の口を塞いだ。

「やはり」

と、藤沢は折口のもどきにほくそ笑んだ。

（六）脚なお立たず

黄色い風景だ、と折口は思った。

風は乾いていた。

空の蒼に砂の黄が交じり、色彩の理屈では緑になるのだろうが蒼くあり黄でもある。二つのことが同時にあることなど今となっては不思議ではないが、舌の上が奇妙に乾き上顎にへばりつくことだけが不快である。

しかしその砂も、砂というよりは、粉薬をパラフィンなしで含んだような何ともいえぬ感触である。空気の成分の中に黄色い粉薬のような砂が含まれているのだ。

口の中がひどく不快だ。

だが、それよりも面倒なのはどうやら自分は他人の身体の中にいることだ。

だから自分の意志で渇いた口を潤すことはできない。折口の意のままに身体が動いてくれるわけではないのだ。ただ節穴の如く穿たれた小さな穴から、己が外界を覗いているに過ぎぬようなのである。

行き交う馬車や苦力（クーリー）らしき労働者や白系露人の姿さえ見える光景から、折口はとうに自分がどこにいるのかを悟っていた。

認めたくはなかったが、ここは日本ではない。

満州にいる。恐らく新京（しんきょう）である。

街の中央から放射状に延びるパリを模した道路がそれを物語っていた。

通された応接室の窓から見た空はやはり黄土色であった。あの色はまるで黄色の漢方粉薬を天にぶちまけたようだと思い当たり、さて、あの色は黄耆（おうぎ）か黄連（おうれん）かと生家の店先の生薬の棚を思い出す。家業を放り出した父の代わりに、母が乳鉢でごりごりと元の形をとどめたままの生薬を粉砕し調合する。あの乳鉢は確か瑪瑙（めのう）であったはずだがと、意識がどうにも一つところに腰を据えず落ち着きのない子のようであるのは、考えてみれば昔の自分と変わらぬままの気質であった。

言われたままにここを訪ね、あの椰子の実が裏に描かれた名刺を再び受付で示しただけで、何の約束もないのに丁重にここに通された。あの名刺はこの地では万能の通行証であるようだ。

あの男の名は、満州どころか大東亜の隅々まで届いているのかと折口は驚嘆する。

しかも例の兵頭北神のように土地土地に流離された密偵の如き弟子たちがいる。彼らは辺境に遺棄されながらも律義に主人に仕えているのだ。そうやってあの男は成城（せいじょう）のライティングデスクの前に座ったまま、大東亜を自在に見据えることができるのである。

化け物である、と折口は改めて畏れる。

黄土色の煉瓦が同じ色の空に溶け込み、保護色の如きその建物は、まるで映画の撮影所の書き割りのように不意に風景の中に出現した。

協和会、と看板にあった。

その看板の意味するところは知らぬわけではなかった。石原莞爾ら満州国という楼閣を文字通り黄土の砂上につくった者たちが、協和党を名乗ったのが元である。それを国家の公式機関に改組する動きもあったが、この地ではやがて官民双方から疎まれるようになったと聞く。満州国建国時の関東軍幹部の置き土産というか、それ故、後任の者たちには喉に刺さった魚の骨ほどには不快なものであり、しかも半端な政治力が与えられていたから汚職や内紛が絶えなかった。その醜聞が日本にまで聞こえてきて、このところ議会で問題視さえされていたはずだ。

その協和会が毒には毒をと言わんばかりに、名誉職の廃帝溥儀らのお飾りを別にすれば実質的な仕切り役である総務部長に、新しくあの兇状持ちの人物を据えたというニュースには、内地は騒然としたものだった。

応接の奥の扉が開いた。

短軀でしかし瀟洒で端整な顔つきの男が無言で入ってきた。詰め襟でカーキ色の協和会服はこの異国の空と同じ色をしていたが、襟に工夫があり雪のように白いカラーが覗く。手には受付で渡したあの名刺がある。

「折口博士の門下と聞いたが、持参したのは柳田國男氏の紹介状か。ということは君もよからぬ政治の走狗といったところか」

柳田の紹介なら政治絡みと断じられたことに、却ってその政治力を感じとった。そして一瞥で値踏みを終えたその男は、頬の死肉には少しも関心を示さなかった。

「ふん、どうやら瀬条機関の使いというわけではないようだな。しかし柳田國男氏は私の訪満の要請を断って、代わりに仕分け屋風情を送ってくるとは何か皮肉のつもりなのか」

「皮肉だと思います」

応(こた)えたのは折口だが声は木島だ。

「だろうな。ちなみに君が仕分け屋ということなら、どう仕分ける？　私が大杉栄を殺したのか、それとも誰かの、そう、ギロチン社の男に殺され損ねた福田戒厳司令官あたりの陰謀か」

目の前の者をもう一度値踏みするようにその男、甘粕正彦は、木島の頬の肉片ではなく、暗い瞳を井戸の奥を覗き込むように見据えた。

それはまるで子供が井戸の深さを確かめようと、遥(はる)か下の水面に小石を投げ落とすような無邪気さであった。

そしてようやく、さて、見つめられている俺は誰なのだろうと、折口と木島は同時に思ったのである。

道頓堀(どうとんぼり)の浄瑠璃(じょうるり)芝居小屋で、小栗物の絵看板を見たのはいつの頃であったか。照手姫との仲を引き裂かれ小栗判官以下主従十一人、横山父子に毒を盛られる。小栗一人は土葬、家来は全て屍(かばね)を焼かれた。地獄の入り口で閻魔(えんま)が言うには家来十人は娑婆(しゃば)へ還ってもいいが、一人小栗は修羅道へ行けとつれない。しかしようやく家来の懇願で晴れて生き返ることを許される。

だが家来は荼毘され屍は残っておらず、小栗一人が塚の中から餓鬼として現われる。これを拾った坊主は掌に閻魔からの伝言として熊野本宮の湯につけ賜えとあるのを見ると、この餓鬼に餓鬼阿弥陀仏と時衆流の名をつけ土車に放り乗せ、小法師に引かせて東海道を走らせたのである。

そして道中、愛しい照手と奇跡のように遭遇し、そして互いにそうと気づかぬまま照手に土車を引かれていくのである。

そういう物語だ。

そこまで思って、さてこれは一体誰の記憶だと俺は苦笑する。香川の丸亀（まるがめ）で生まれて、新潟の新発田（しばた）で育った俺が何故、道頓堀の芝居小屋の看板を物心のおぼつかぬまま見上げていなくてはならないのか。

あってはならぬ話ではないが、ありえない話だ。

死んで生き返る時に誰かの記憶を誤って持ち帰ったのか、粗忽（そこつ）なことよと鼻で己を嗤う。

すると思いがけず、ふん、という鼻息が鼻孔をすっと通ったのが、どうにも心地良くて思わず腹から笑うと、腹の筋肉がちゃんと引き攣（つ）るので益々愉快となる。

「おかしな人ね」

土車の替わりにどこで盗んできたのか、くろふね製のオート三輪の荷台に莚を掛けられ収まっている俺を女が抱き起こした。

「ほれ、魚の肝だよ。海が遠いから新鮮とはいえないけど」

油紙に含まれたそれを女は差し出す。

なるほど少し腐った臭いがする。

「盗んできたのかい」

「人聞きの悪い。ちゃんと代わりのものと交換したよ」

そう言った女は、交換できたのが腐りかけた魚の臓物だというのに少しも気にかけない。漁師か魚屋か、とにかく男に股を開いてきたのだ。尤もこの三輪も股を開いて手に入れたはずだから、おおよそ相場というものがない売笑を女はしている。理屈では腐った魚の臓物もオート三輪も同じ値段ということになる。その無頓着さが、大杉には女を潔く、そして高貴にさえ感じさせた。

「なあ、あんたは照手かい」

だからそう戯れに訊いてみた。そうであってほしい、とさえ思った。しかし女には凡そ教養がなく、村芝居の類さえ見てはおらぬようなので言った意味など通じぬ。

そして自分の名を聞かれたのだと思い違えて、顔を曇らせる。

女は自分の名を嫌っているのだ。

名ぐらい呼んでも罰は当たらぬと無理矢理名を聞こうとすると、女は言葉を濁したことが前にもあった。何だか妙に腹が立って、何故、名ぐらい言えぬとわめき散らすと、消え入るような声で「ひる」と答えた。

昼、ではない。

蛭、の字を当てるのか。

忌名、仮名といって育ちの悪い子に、糞虫だ捨て吉だといった名付けを魔除け代わりにする習慣があったはずだ。

俺も娘に魔子とつけた。

しかし、親などない女が蛭と呼ばれれば、それは文字通り忌み嫌われたからであり、それでも蛭のように男にまとわりつく女の肌の比喩にはなったのだろう。

哀れなことよ、と思う。

ヒルは拗ねたように向こうを向いている。餓鬼のような俺に対して拗ねてみせる女が俺は愛しくなって、機嫌をとるように油紙を開き、臭気のきつい臓物にむさぼりついてみせる。すると女はたちまち母犬のような目になるのだ。

そういうふうにしか女は他人に好意を示せない。自分が身体を張って探してきた餌を与えることしか愛し方を知らない。自由恋愛だサンジカリズムだ、一体、労働組合と性愛に何の関わりもないのに、いちいち理屈や思想で武装しなくてはならなかった昔の恋愛と比べたら、ひどく単純でその単純さが心地良かった。

「食った」

俺が女にそう報告すると女は顔を近づけて、口の周りについた臓物の汗を犬の親がするようにぺろぺろと舐めるのだ。最初はくすぐったくて逃げようと身をよじったが、今は大人しくされるままになっている。

そうされていると犬の仔になった気がして心地良かった。俺は餓鬼だが小栗のように人になどならず犬の仔になってもいい、と思った。

「もっと食うか」

俺の顔を心ゆくまでねぶってみせた女はその日だけそう聞いた。

「食う」

そう答えたことが俺を今も後悔させている。もう一度股を開けばもう百匁、臓物をやるとでも言われていたのだろう。女は俺を残していそいそと走っていった。

だが女が母犬のように戻ってくることは二度となかった。

女は首を括られて死んだのだ。犯されたまま首を紐で絞められたのである。

女を殺した男は、俺が荷台に達磨のように乗せられている三輪に近づいてきた。勿論、土車を引いて功徳するためではない。

男の狙いは錆びてどうにも乗り心地の悪い、このオート三輪なのだ。男が俺に近づき夜露を気にかけ女が掛けていってくれた莚を剝いだ時、俺は何が起きたかを悟った。

人殺しの匂いが男からしたのだ。

人殺しの匂いは人に殺された者にしかわからぬ。俺や野枝を嬲った末に首を絞めた男と同じ匂いがした。男は俺の肩をむんずとつかんで荷台の外に放り出そうとした。しかし以前より何故だか長くなったように感じられる俺の手が、それより早く男の首をとらえ、そして、梨でももぎ取るように捻ったのである。

伸びをして背筋を伸ばすよりは鈍く、そして不快な音がした。

首の骨の折れる音だ。

昔、同じ音を聞いた。

俺の首の折れる音だ。

その音の意味を男がたちまち理解し、絶望した表情が凍(い)てついていくのが俺にはわかる。

能面のようだ、と思った。

少しも美しくはないが。

そして男の抵抗する力は抜けた替わりに、首から上の重みがずしりと俺の腕にかかる。

首を支える力がなくなったのだ。

俺が腕の力を緩めると、男は俺が昔死んだように死んだ。

それから女が近くの竹藪(たけやぶ)で竹にもたれかかって死んでいるのを見つけるのに、時間はかからなかった。

女の残り香は魚の臓物の匂いだ。それを辿ればすぐにわかった。

足は萎えて肉は戻っていなかったが、落ちていた木の枝を杖にして弱法師(よろぼし)の如くに歩けば前に進めぬこともなかった。

白目を剝き口許から涎(よだれ)を垂らして事切れている女の口許を俺は、女がしてくれたように舐めた。仔犬が母犬を舐め返すようにだ。考えてみればそれは女にしてやった最初で最後の接吻である。

そして竹にもたれている女を見て、俺は女が竹から生まれた迦具夜(かぐや)のような気がしたが、情けないことに月に還してやる術を俺は知らない。

替わりに水の流れる音が竹藪の向こうから微かにしたのをたよりに女を引き摺っていくと、淀んだ川が月の灯りに浮かび上がった。

上流にある家畜小屋あたりの汚水が垂れ流されているのか、薄い油の膜の下で泡が弾(はじ)けることさえできずにいる。

　女はひるだ、と言った。

　そしてひるの女ならヒルコだと俺は駄洒落のように思いついた。アナキストのくせに国産みの物語を思い出したのだからどうかしている。

　最初に生まれたのに足が立たず葦船に乗せて「水蛭子（ひるこ）」と忌々しい名をつけられて流された行方知れずの神がいた、と思い出し俺は何だか切なくなった。こんな淀んだ川でも海には必ず通じているに違いない。

　ヒルコなら海へ還してやればいい。

　俺は奇妙な理屈をつけて一人納得すると、女の亡骸（なきがら）を水の中に投じた。川下に流れていくのを見送るつもりだったのに淀んだ川なので、女はその場でずぶずぶと沈んでしまった。

　海にさえ還れないのか。

　やれやれと肩を竦め、そして、ふと俺はこのヒルコのような女とどこかで会ったことを思い出した。同じ女ではない。同じような種類の女だ。

　それがどこでのことで何という名だか思い出せぬまま、俺は空を見上げた。

　月があった。


　それで自分は何と仕分けをしたのだろう。

愉快そうに笑う甘粕の顔で我に返る。我とは誰かは考えたくない。とにかく何か気の利いたことを言えたようで目の前の男は上機嫌だ。

「一体、その類の肉は生きているのか」

気を許したのか、あからさまに興味を向けてくる。なるほど本当は人が好きでたまらないのだ。

「ただの傷跡です」

「由来は知っているさ。君も俺と同じ嫌われ者だ。皆、面と向かっては何も言わぬが、その場を去ればたちまち人の輪ができて噂話が始まる。俺は人を殺したが君は死人を生き返らそうとした。きっと明日になれば新京の官僚たちの間では噂で持ちきりになるだろう。しかしそんなことはどうでもいい。その肉片の奴、俺を見て笑った気がしたぞ。女が男を見下すような笑い方だ」

木島は思わず確かめるように月に触れようとしてそして止めた。

「からかわれては困ります」

「からかってはいない。それは本当は生きているのだろう」

真顔で甘粕は聞いてきた。

土玉以外で月のことをここまで直截に問うてくる者は初めてだった。だから「生きています」と答えたかったが、誰にも言いたくなかったので呑み込んだ。

「いいさ」

甘粕の顔から表情が消えた。ちらりと壁の時計を見て「君との面会時間は三分だが二分を俺が無駄にした。しかし一分で用件は済むはずだ」と言った。

「言付かってきたろう」

木島は懐から一葉のカードをとり出した。兵頭北神が薬屋の引き出しのような索引を辿って抜き出したカードだ。それをここに届けよ、と北神に言われたのだった。そのカードが柳田の伝言であったようだ。

甘粕はカードを手にとって一瞥し、そして、くっくっくと声だけは笑ったが、その顔は少しも動いていなかった。

翁（おきな）の面のようだ、と木島は思った。

甘粕は傍らの内線電話に手を伸ばすと「面会はあと三分延長する」とだけ言って切った。

「私はこれ以上、何も言付かっていません」

「構わぬ。うぬも一応は折口博士や柳田氏の許をうろついているなら、国学なりの知識はわずかばかりあるのだろう。話し相手になれ」

勝手な言い草だが、しかし甘粕は高揚を抑えきれないようである。

「カードには何が書いてあったか知っているか」

「見てはおりませぬ」

「では見ろ」

そこにはこうあった。


ここに伊邪那岐命詔（の）りたまひしく、「然らば吾（あれ）と汝（いまし）とこの天の御柱を行き廻（めぐ）り逢ひて、みとのまぐはひ為(せ)む。」とのりたまひき。かく期(ちぎ)りて、すなはち「汝は右より廻り逢へ、我(あれ)は左より廻り逢はむ。」と詔りたまひ、約(ちぎ)り竟(を)へて廻る時、伊邪那美命、先に「あなにやし、えをとこを。」と言ひ、後に伊邪那岐命「あなにやし、えをとめを。」と言ひ、各(おのおの)言ひ竟へし後、その妹(いも)に告げたまひしく、「女人(をみな)先(さき)に言へるは良からず。」とつげたまひき。然れどもくみどに興(おこ)して生める子は、水蛭子。この子は葦船に入れて流し去(う)てき。

何の変哲もない『古事記』の一節の書き抜きである。見出しには、ヒルコと仮名であった。

「これが、つまり、ヒルコが柳田國男氏の答えというわけだ。さて、一体、いかなる問いの答えかわかるか」

木島が否という間も惜しむように甘粕は話し始める。

「そもそもは満州国に建国神廟(しんびょう)を創設すべし、と関東軍の連中が言い出したのが発端だ。満州共和国の国民精神の拠(よ)り処たりうる建国の神を祀り国民統合を推進せよ、ということだが、問題は祀神(さいじん)、つまりいかなる神を祀るかだ。言い出した連中の魂胆はわかっている。何しろ皇帝溥儀の御用係たる吉岡安直(よしおかやすなお)中将あたりから祀神として聞こえてくるのは天照大神(あまてらすおおみかみ)一本だ」

「あなたもその意見なのですか」

「筋論ではそうなるだろう。満州は日本の分家の如きもの。本家である日本の皇室の祖神たる天照大神を祀って何の不都合があるか、と理屈で済むところを、青年将校どもは独立国たる満州で異国の神を祀れとは民心を顧みぬ暴挙だと騒ぎ立てる。五族共通の神を祀れだの、五族の神を一柱ずつ祀れ、そのうち清の太祖でいいではないかと言い出す者までいて喧々囂々の騒ぎだ。そんなことをしたら内地の政治屋どもからどんな弾が飛んでくるか、想像ができぬ奴らが腹立たしい。ここは全く内地では考えられぬ自由闊達さで青年将校どもは共産党より始末が悪い」

「共産党は神は祀りません」

「その通りだ。唯物史観の方が面倒がなくてよい。大杉の気持ちが今となってはわからなくない」

「それで建国神廟に祀る神を柳田先生に諮問なさったのですね」

「そうすれば皆、納得すると思った。もちろん非公式の諮問だが、元貴族院書記官で近頃ではナチスの奴らの国学たる民俗学の提唱者であろう。外国思想かぶれの青年将校たちにも説得力があるとふんだ。それに柳田氏は元役人だから、恐らくはこちらの意を忖度してくれると思ったが、してやられた。これは柳田流の皮肉か？」

怒ってはおらず柳田になみなみならぬ関心を持ったのが伝わってくる。こうやって柳田國男という人は誰にでも高慢に不遜にふるまい、しかし、人をたらしていくのだろうと納得する。

「自分は天皇家にまつろわぬ民たる山人の末裔だと一度は嘯いてみせた方です。大和朝廷が祀らずに棄てた神に肩入れするのはわからなくもありません」

「それだけか？」

「ヒルコは「年三歳に満りぬれども、脚尚し立たず」、と『日本書紀』にあります。どうせ一人前の国家になどならぬという皮肉ともとれます」

「なるほど。頓知としては悪くない」

しかし甘粕は満足しない。

「ふん。ならばこうとも言える。ヒルコは恵比須、恵比須は水死人。つまりは満州は死者の国、いずれ累々と死体が横たわることになる。それなら悪くない予言だ。しかし柳田國男ほどの人の皮肉や嫌味がその程度ではつまらぬ」

では、一体甘粕はいかなる寓意をヒルコから読み取りたいのか。

「皮肉や悪意ではないとしたら、一つ考えられます」

思案してみてから言う。

「聞こう」

「『古今和歌集』の注釈本の中には記紀が触れることもなかったヒルコの運命が記されております。流されたヒルコは龍神に拾われ「三歳ノ時、始テ足、手、目、鼻出ル」とあり、そして長じて天照大神の御前に参りし時、おまえは龍神の子となったのだから「サレバ汝ハ下主ヲ守ル神トナレ」と命じられた。すなわち、その故事に倣ってヒルコは天照大神の意を受け、満州国の民草を守る神となれというお考えともとれます」

それが一番、表向きの筋が通っている。

「だから五族共和の神にふさわしいと?」

「はい」

「あの男がそんな綺麗事を言うか?」

言うだろうが皮肉と裏表なだけだ。しかし裏の意味がわからぬ。

「ではいかなる意かと」

甘粕は本当は自分でその答えを言いたいのである。

「エディプス王の伝説だよ。あれも足よろだったはずだ」

「確かにブローチで踵を刺され親に棄てられた……」

「そうだよ」

甘粕は我が意を得たりと笑った。

「では、エディプスは何を成した？」

木島がいくら瀬条の人間だとはいえ、満州を実質牛耳らんとするこの男に答えられようはずがない。

それにこの男は答えを自分で言いたいに決まっているのだ。

甘粕の口唇がゆっくりと動く。

「父殺し」

そうはっきりと言って甘粕は愉快そうに身体をゆらした。その姿に身震いし、やはり大杉一家を殺したのはこの男だと思った。


「父殺し」

その言葉に折口は全身の毛穴が開ききった気がした。仮面がぽとりと膝の上に落ちた。

「何か恐ろしいものでも見たのですか」

ああ、やっと戻ってこられた、と思った。

春洋の声が暗がりで響いた。そして闇から白く細い女人のような手がすっと伸びて膝から畳の上に更に転げた仮面を取った。闇の中で微かにうごめくと、半歩踏み出し電灯の下に立った。

春洋は木島の姿に戻っている。

ここは出石の家である。

夕方、帰ると春洋の姿はなく仮面だけが卓袱台（ちゃぶだい）の上にあったのである。呼んでも声はなく仮面に触れるとわずかに温（ぬく）もりがあった。

するとまるで田山花袋の私小説の主人公のような気分になり、その残り香を嗅いでみたのだった。衝動が抑えられずに仮面に顔を近づけてみたのだ。

それで折口はそのまま木島になってしまって、満州で柳田の代理人となっていたのだ。

「木島の奴は柳田先生のお宅にも出入りしているのか」

その言葉に僅かだが嫉妬が混じっているのを春洋が聞き逃すはずはなく、仮面の下で冷笑するのがわかった。柳田に近づく者は木島にさえ嫉妬するのかと折口は自分を呪った。

「それは先生がどこかで御覧になった出来事でしょう」

自分のしたことを他人事のように言う、と思って、いや、あちらが木島でこっちは春洋なのだと頭の中を整頓する。

「では仮面越しに見えたのは、やはり木島の見たものなのか」

「何を御覧になったか存じませんが、白昼夢でない限り」

折口が離魂病だと春洋はとうに察知しているかのように言う。それとも春洋も仮面越しに木島の見たものが見えるのか。だが、それを問うよりも頭の中を整理したかった。

「満州国の建国神廟に何を祀るべきかという諮問は私のもとにもあった。ただし甘粕ではなく関東軍からだ」

春洋が白日夢の中身を知っているものとして折口は話す。

「先生なら迷わず天照大神と答えてくれると思ったのでしょう。民俗学者や国学者に期待するものなど今の世であるなら皆同じですから」

仮面を被り木島のもどきとなってからというもの、春洋の物言いは前にも増して皮肉が強く折口さえも辟易させる。

しかしそれは真実ではある。

ナチスドイツでは今や民俗学者が新しい伝統の創造にいそしんでいる。ヒトラーが命じれば地球の内側に新世界を発見することもルーン文字を捏造することも、今や彼の国の民俗学者は厭わない。陸軍の一部の連中はそのナチスのもどきである。満州に天照大神を御柱とする新しい建国神話の一つも捏造してみせよ、とは神も常世も恐らくは帝さえも少しも信じぬ合理主義者の集まりである、満州国の官僚やそれに取り込まれた青年将校あたりの考えそうなことだ。

藤沢たちのミューや予言の映画といい、ナチスをもどく余り、よってたかって国体を紛いものにしようとしていると折口には思える。

「それで先生は何とお答えになったのです」

「答えてはおらぬ。いや答えられなかった」

心の内に浮かんだ神の名を思い出し、震える声で折口は言った。

「柳田先生のお答えと同じだったのでしょう」

言い繕う前に先回りされた。そうやって何手か先の答えを少しも躊躇わない利発さが、本当は春洋の才だったのだ。折口の家に同衾するようになってから圧（お）し殺してきた春洋の気質が、仮面を被ると戻ってきたようにも感じられる。

「そうだ」

春洋に先回りされなければ認めることなど恐ろしくてできなかった。

「私もヒルコと一瞬だけ考えたが、しかし、そこから先を考えることを躊躇った」

折口は訓戒師の前の科人（とがにん）のように俯いて告白する。

「しかし一度はお考えになったのでしょう」

春洋は人を追い詰めることを躊躇わない。しかしそれは春洋の資質ではない。自分のもどきとしての部分だと折口は自分を嫌悪した。

「考えた……しかし」

「先生の建前のお考えはこうでしょう。『日本書紀』の一書（あるふみ）の一つの記述ではヒルコは伊邪那岐、伊邪那美の二神の天照大神、月読尊（つくよみのみこと）に続く第三子、新たな属国の神としては案外とふさわしい。もっとも『古事記』の方では第一子です。明治の御代に入るまでは『古事記』は禁書、皇室の公式の歴史書は『日本書紀』ですが、まあ第三子にせよ長子にせよ所詮うち捨てられた神です」

そこまでを一気に言うと春洋は折口の反応をうかがう。折口は「続けろ」とだけ言う。この先を言っていいかと折口を試しているのである。

「でも本当はそんなことはどうでもいい話です。先生は父母に疎まれた子に居場所を与えてやりたいと考えたのでしょう」

仮面の春洋は折口の心根を残酷に見透かしてみせた。

ああそうだ、人の心を抉るのに春洋はもはや少しも躊躇わないのだ、と折口は理解した。そして春洋は折口の顎に手をかけると折口の顔を自分の方に向かせた。

目を逸らすな、ということなのだろう。

仮面の向こうで春洋が微笑した。全て知っているのだというふうに。

そして、こう詠唱したのだ。

わが父にわれは厭はえ、
我が母は我を愛(メグ)まず。
　兄　姉と　心を別きて
いとけなき我を　育(オフ)しぬ。

「それは……」

「ついこの間、先生の創った歌ではないですか」

折口の脳裏に幼い頃の光景が浮かぶ。老いるごとに気難しくなり元々さして人の寄りつかぬ町医者にわずかに来る患者さえも放り出す父に、母は下女のように仕える。父の代わりに脈までは見ないにしても薬の調合はした母である。

しかし父は気まぐれに姿を消す。

すると母は安堵し、いそいそと家は華やいだ雰囲気となる。まるで春洋が不在の時、美蘭を連れ込んだように、と折口は思い当たる。

あれはそういう楽しさなのだ。

だから今、俺を見ろ、と言っているのは自分を疎んだ父、その人の代わりに自分が選んだ男だ。折口は自分を呪縛（じゅばく）するものを改めて呪う。

父の不在の日、障子ごしに口さがない親族の一人が思わせぶりに語った一家の秘密。母の過ちの子が自分であると悟るには充分な仄めかしであった。父に疎まれることには慣れていたが母にも捨てられた気がした。

「まるでこの詩はヒルコのことを歌ったようにも聞こえます」

見透かし、嘲るように折口に春洋は言った。もう身動ぎさえできない。

「先生がことさらにこだわる貴種流離譚も本当はヒルコへの同情でしょう。なのに先生はそれを論じる時、ヒルコにははっきりとは触れない。挙げ句、安康（あんこう）天皇の皇子が身分を隠して辺境で暮らす故事あたりにかこつけて思わせぶりにおっしゃる。『叙事詩の発生』に書いておられましたよね。貴種流離譚とは、純で素直な貴種の人が色々な艱難（かんなん）の果てに報われず異郷で死ぬ哀しい叙事詩だと。あれを読んで愚鈍な学生たちはまるで先生の境遇のようだ、出石のこの慎(つつ)ましやかな借屋で一人死ぬるおつもりだと、このおっしゃりを真に受けて涙した者もいたのですよ」

春洋は一気にもどくと、ふんと音にさえ出し、鼻で笑った。

そうだ、あの一文を書いた時、確かに自分は古代の貴人が辺境でのたれ死ぬ哀しい死に様に酔っていた。酔って本当を隠していた。春洋はまるでフロイドの精神分析のように無慈悲に折口の心に切り込んできた。

「そうだ……私はヒルコだ。自分を捨てた父を呪い母を呪うのが私の運命だ」

折口にもう抗う気力は残っていない。ヒルコへの同情。それが己の学問の一番の底にある。それをずっと隠してきたのだ。

すさのをに　父はいませど、
母なしにあるが　すべなき――。
母なしに　我(ワ)を産(ナ)し出でし
わが父ぞ、慨(ウレタ)かりける。
いと憎き　父の老男(ヒコヂ)よ。

折口は懺悔(ざんげ)を終えた罪人のような心根で春洋を見上げた。

仮面があった。

春洋の言葉を待った。

待った。

蔑(さげす)んでほしい、と思った。

詰ってほしい、と思った。

すると、ふっと仮面の向こうで誰かが嘲笑した気がした。

誰が？

春洋ではない。

ぞわり、と身体が反応する。

半分は恐怖。

しかし。

半分は歓喜。

「やっと認めたな、釈迢空」

それはあの男の声であの男しか呼ばぬ折口の諱(いみな)だ。

男は折口の手首を摑む。

春洋の女のような華奢(きゃしゃ)な腕ではない。

指の筋がごつごつとした無骨な掌がきりりと折口の手首をしめあげる。

男の背後にマントが闇のように広がる。

そうだ、思い出した。

あの日、男は言ったのだ。

「おまえはヒルコだ、流された子供だ」

ああ、自分は足よろのヒルコなのだ。

そして折口の運命を歌で、もどいてみせた。

父の子の　片生(カタナ)り　我は、
不具(カタハ)なる命を亨(ウ)けて、
　我(ワ)が見る　世のこと〴〵
　天の下　四方(ヨモ)の物ども
　　まがりつゝ　傾き立てり。

折口は何も自分のことは語らなかったのに、男は全てを知っているかのように、折口の言葉にできなかったそれを造作もなく折口の前に投げ出してみせたのだ。

抱かれるしかなかった。

今も。

あの時のように。

隠り世からあの男が戻ってきたのだ。

ああ、とうとう始まった、と折口は思った。

（七）泌物

生まれた時のことを覚えているか。

麴町の土手三番町の素人下宿で男はいつも少年である折口を抱きながら呟いた。覚えていることが男の僅かばかりの自尊だと感じていたから、ないと答えると満足そうにのしかかり折口を犯した。

犯されるまま頰を畳に押しつけられ、その擦り切れた畳の目を一つ二つと数えながら、折口は本当は覚えている生まれて初めて見た光景をいつも思い出した。

最初に感じたのはその畳の目にも似た、皺の磨り減った指だ。肌が母の胎以外のものに初めて触れたのだ。湯の中でも逆剝けがわかる指に不意に抱かれ、そして盥の縁を見上げながらひどく悲しい気持ちになった。

皺だらけの指は折口を無造作に摑み、見知らぬ男の前に突き出したが、男はといえば愛でる素振りもみせずただ顔を背けた。

嫌われているのだ。

憎まれているのだ。

それくらいのことは人に成ったばかりでもわかる。いや、人に成ったばかりの赤子だから自分を愛でるものと憎むものを仕分けせねば生きられぬ。

次に抱かれた母の腕も強張(こわば)っていて少しも心地が良くなかった。この者にも嫌われている、と思った。

だからここに父なる者はいない、と悟った。

母なる者もいない、とも悟った。

そしてきっとあの盥に乗せられ遠くから自分は来たのだ、と赤子なのに思った。

男なる父の　泌物(ヒ)　凝りて
成り出でし　純男(モハラヲトコ)と
あゝ満(タ)れる面わもなしや——
わが脚は　真直に踏まず、
舟舵如(フナカヂト)　横に折れたり——

男が果てるまでの間、いつも折口はそのことを考えるのだ。

そうやって折口は自分のロオマンスを秘(ひそ)やかに育んでいたのである。


うつぶせの頬に畳の湿気がひんやりと伝わってくる。力まかせに髪を摑まれて押しつけられたので首の筋が強張り、僅かに動かすと生木を裂くようにみしりと神経に障った音がする。手足が棒で棒を糸で繋いだ人形のように慎重に自分の身を起こす。すると少しだけ血の巡りが戻る。

左の頬が畳にすれてじんとした。

さわると押し当てられた畳の目の跡が轍（わだち）のように残っているのだ。これではまるで木島の頬にへばりついた恋人の肉片と同じだと自嘲し、嫌な夢を見た自分を呪った。それから人目に触れていい顔か確かめようと立ち上がりかけたところで、はらりと腰から帯が落ちた。

そして不意に太腿の内を蛭にも似た生暖い感触が伝わったのだ。

しかし、蛭などではない。外気に曝（さら）されたちまち人肌より冷たくなっているが元はもっと熱いものだ。

それは畳にほとりと落ちた。

男の精だ。

男が今しがた折口の身体の中に残していったものだ。

夢ではないとわかっていたが、夢ではないという証拠まで男は態（わざ）と残していったのだ。

それは男の最後の警告であった、と察した。いくら袖を引いても隠り世に引き寄せられている折口に対して何が起きているのかを伝えたのである。

自分の中で境が崩れたのだ。

直感としてそう思った。

折口は男との情事をずっと我が身に起きた幻覚だと思い、コカイン中毒者のように愉しんでさえいた。

だが脳の神経作用でなく、現世で起きたことだと知った。

思わずそれが伝っていったあとを指でぬぐおうとして太腿の肉に指を伸ばしかけた。確かに現世のものであることを確かめたかったのだ。

だが「何をなさっているのです」と詰る声に我に返った。

春洋である。

春洋は、折口のほどけて畳の上に落ちた帯を苛だたしげに鷲摑むと、しゃがんでごしごしとこれ見よがしに畳をこすった。

そして「全くいい歳をして少しは恥じなさい」とまるで少年の悪戯でも見つけたかのような口ぶりで詰るのだった。


いてもたってもいられなかった。

夜が明けきるや折口は八坂堂に向かった。今起きていることを誰かに伝えねば、と思った時、木島平八郎の名しか思いつかなかったのだ。

あってはならぬものとそうでないものの境が崩れている。

離魂病などという呑気なものではなかった。

袖を引き続けたのは男の未練ではなく、警告であった。

折口は男の精が我が身に残った事実を前にして、やっと悟った。

死人が戻り、折口の身体に精を残したのだ。

だが男の警告の意味を理解できる者など木島しか思いつかないのが腹立たしい。あってよいこととあってはならぬことを再び仕分けられる者を、折口は木島しか知らない。だから自分の魂を現世の側に、この脆弱な身体の内に仕分け直してもらうには木島に縋るしかない、と思った。しかしだらだら坂を幾度上り直してもどの角を曲がっても、八坂堂は現われてはくれぬのだ。

小一時間も同じ道を彷徨い途方にくれた折口は、坂のふもとの道の中央で思わず座り込む。そして尻の下にある丸石が以前はここになかったはずだと気づいた。

よもやこれは黄泉への道を閉じた千引石ではあるまいか。ならば自分の八坂堂への途は塞がれてしまったのだ。

何と惨い。

死人たちが勝手に隠り世からやってくるようになったのに、自分だけは途が閉ざされてしまった。そう思うとまるで捨てられた赤子のような気がして、涙がとうとうとあふれてきた。

そして根の国を思うスサノヲのように高く長く声を出して啼いた。

すると背中で声がした。

「だから俺が戻ってきたではないか、釈迢空」

死者の声に振り返ってはいけない、見てはいけないと神代の時からの禁忌が頭をよぎった。振り返れば、あちら側に仕分けられてしまう。だが、男の声に心も身体も抗えない。

折口は身投げするように振り返る。生まれてきたことの罪を贖ってくれるのは、結局この男しかいないのだと諦念した気持ちになっている。

男は石の上で放心する折口の背から腕を回し、そして指で鼻梁の脇になる青インクの染みを愛でた。

なつかしい感触だった。

「本当にあなたなのですね、藤無染（ふじむぜん）……」

折口は男が生きたまま名乗っていた諱を呼んだ。

「あれほど警告したのに、愚かなことよ。その名を叫べば、俺がうぬをあちら側に仕分けねばならなくなる」

男は憐れんで折口の鼻梁の青い染みを愛でるのだった。

「こい」と藤無染は言い、折口は「あい」と女のように答えた。

前髪を左の方だけ前におろしてみると、頬が半分隠れるほどの長さがあった。それがくすぐったいのか頬の上の月が身をよじるようにぴくりと動いた。

「ふん、君はそういう顔をしていたっけ」

瀬条の研究所の廊下で振り返りしげしげと木島と月を覗き込んだのは、土玉以外の何者でもなかった。土玉は少し考え込み、「そうだこういうものがあった」と白衣のポケットから手鏡をとり出して木島の顔の中心線の上にかざした。

「ふん、右半分だけ鏡に映して一つの顔にすれば昔の顔になるかと思ったが、却って見覚えのない顔になった」

いかにも残念といった仕草で土玉は肩を落とす。その仕草がおかしいのか、月が笑うようにまたぴくりと動いた感触が木島に伝わる。

「一体君の恋人は何がおかしいんだい？」

土玉に言われて木島は逆のことを考える。月の頬の上での僅かな仕草は木島がそうだと思っているだけで、本当は神経病患者のチックか何かかもしれぬのだ。

「ただぼくの頬が引き攣っただけだとは感じないのかい」

「だって君はその肉片が生きていると日頃から言っていたのだ。親友の君が言うのだから当然信じるよ」

親友という、およそこの男からもれるものとしてふさわしくない言葉に木島は苦笑する。

「それに」

「それに何だい」

「君のその頬の肉片には今やちゃんと口がありそれが笑うのだから、いくら僕でも何を考えているかはわかるというものだよ」

「つまらぬ冗談を言うな」

木島は笑ってやりすごそうとしたが声が震えた。震えた声がそれが真実だと自分に告げている。

くすり、と小さく笑う。

声がした。そして、微かな吐息がはらりとたれた前髪を揺らした気がした。

木島はそこに何があるのかを確かめようと左手の指先を頬に近づける。

すると頬に最初にふれた薬指をそれが甘噛（あまが）みした。

ぞくり、とおぞましさと甘美さが入り交じった。

唇と歯が木島の左の薬指を弄ぶように食んだ。

月の癖だった。

「それにしてもよく見るとまるで人面瘡だね」

土玉は不躾に言ったが、月にはそれを睨み返す目はまだ成っていないようだった。


「机もないのに頬杖をつくというのは何か哲学的な意味でもあるのかね」

瀬条景鏡は眼鏡の端から跳ね上がったまゆげをわずかに動かし木島に言った。度が強く渦を巻くレンズの向こうから、蒼がかった灰色の瞳から放たれる眼光の鋭さが伝わってくる。月を不用意に人目に曝すのが改めてはばかられたので掌で庇っているのだが、月はおさえた掌の内をちろちろと舌先で舐めてくる。

瀬条の前で声を出して叱るわけにもいかぬ。

「ただの癖です」

言う前に瀬条はもう自分のした質問に関心を失っている。日常で奇矯なふるまいをする者などこの瀬条機関ではむしろ凡庸さの証しでさえある。それなのに木島は今更、瀬条に呼び出されたのが不思議だった。

満州から柳田の使いを終えて戻って来ると、八坂堂のだらだら坂の上り口で車夫が待っていたのだった。

見たことがある瀬条の男である。

いつ戻る、とも誰にも告げていなかったが、口を麻の凧糸で縫った男が木島を見つめると、仮面がないのに誰とも問わず立ち上がった。無論、仮面より歴然とした徴が左の頬にあるのだが。

「乗れ」

そう言って男が閉じたままの口で促したのは、当然フォードの乗用車ではなく黒塗りの人力車だ。

「土車といったところだ。俺が照手で貴様が小栗だな、さしずめ」

口を縫われた男は何故だか饒舌である。

「ならば俺は、今は餓鬼阿弥か」

人の姿からは遠い、ということだ。

「そんなものだろう。ただし行く先は熊野ではなく瀬条だ」

「どうせ待っているのはまたつまらぬ仕分けだろう」

「だったら迎えの車など出すか。文句が多い」

「しかし、今時、目立つぞ。しかも貴様と俺の風体だ。あってはならない俺たちをわざわざ世間に曝す瀬条機関の気が知れぬ」

閉じた口の男の軽口につられて今日の自分はよく喋る、と木島は思う。

「安心しろ。裏道を通る」

「裏道？」

「知っていよう。ナメラ筋のことを」

「あれは魔物の通り途だろう」

「だから貴様向きだ」

「餓鬼阿弥呼ばわりの次は魔物か。しかしそこかしこにあるわけでもなかろう」

「増えたんだよ、近頃は。だからって一応は人である貴様には、それに乗ってもらわねば隠り世に転げ落ちてしまう。このところ、境が揺らいでいるのは貴様も知っておろう」

「さっき魔物と言ったろうに」

「それは文学で言う比喩や象徴ってもんだ」

「その口が文学ときたものか。なるほど一番、人目につかぬ方法というわけか。所詮仕分け屋はあってはならぬ身だからな」

木島は一応は納得して車に身を滑らせる。しかしすぐに車は動かない。振り返って男が不思議そうに言う。

「……あんた、以前からそんなに喋ったか？」

「口を縫われても寡黙ではないお前に言われたくない台詞だな」

軽口を叩いた時点で男の言うことを認めたも同然だ。

仮面を脱いだせいなのかと、我が身を珍しく振り返ると、

「そういえば貴様、仕分け屋を首になるって話だぜ」

と男が冷や水を浴びせたところまでを思い出して、我に返る。

今はさっきの続きだと、目の前の瀬条とのやりとりを思い出し木島は記憶を繋げる。

ここは瀬条機関の研究所なのだ。

瀬条教授の体育館ほどもある研究室に木島はいるのだ。

そして木島をここに連れてきたのは口を塞いだ男ではなく土玉である。それなのに瀬条と話している うち、映画のフィルムのようにカラカラと意識が回り始め、ないはずのさっきの光景がフラッシュバックしたのだ。自分とこの世との足許が危うくなった気がして、ほんの僅かにだが怯んだ。

仕分け屋らしくない、と思った。

「それで、私は首ですか」

そして口を縫われた男から言われたことを口にしてしまった。

「君は人の話を聞いていなかったと見える」

瀬条に言われて背筋が反射的に伸びた。まだ瀬条の研究員だった時の癖が未だ身体に染みついていたのだ。仮面越しでは感じなかった威圧感を今日は昔のようにひりひりと感じて、身体が勝手に反応した。

「君も軽い離魂病か。全く仕分け屋ともあろう者が」

窘めるというより医師の診断のように瀬条が言うのは機嫌が悪くはない証拠である。

「離魂病？」

「ふん。今、君の身に起きている現象を説明するには、江戸の戯作者のその言い方が今のところ一番しっくりくる。意識が身体を離れ他の者や誰のものでもない記憶を束の間、さまよう。阿片かコカイン中毒者のようにな。まあユング博士の言う集合的無意識の領域で人類の意識は繋がっているなら理には適う。妖し気な薬の類は集合的無意識に降下していく術で、それがシャーマニズムの本質でもあるのだろうが」

そこまで聞いて、木島は瀬条の言わんとすることを察した。

「すると人類の集合的無意識の水位が上昇していると瀬条博士はお考えなのですか」

木島の問いに、執事の如く扉の前に待機していた研究員たちに緊張が走る。瀬条は一を言えば十先のこと、百先のことを読んだ答えしか望まない。だが、将棋の名人が百手先を読むような問答ができる者など殆どいない。だから逆鱗しか返ってこない、と皆、身構えた。

しかし瀬条は表情を変えない。

「それは世界中で起きていると考えるか。それとも？」

逆鱗の替わりに次の問いが瀬条から発せられた。ほうと小さな驚嘆の溜息が研究員から上がる。そしてすぐにその場の空気が羨望と嫉妬の混じった感情に変わる。

「今は、まだ、この国のみでかと」

木島は慎重に答える。

「理由は？」

「日本人は西欧人に比べ個我というものの発達が不十分です。ですから元々集合的無意識の水位が高い、と考えられます」

「ふん、パーシヴァル・ローエルの説だな。火星に運河があると騒いだ極度の近視の男が書いた日本人論だが、奴に言わせれば東に行くほどに個我の発達は未成熟になる。奴はそれは進化論的劣勢だとさえ言っておった」

「だから日本人は集団性が強い、と、これはラフカディオ・ハーンが言っています」

「日本人の民族の集団性が強いと美徳のように言う奴らがいるが、それは要は猿の群れだと言われているのに等しい。ドイツやイタリアではファシズム、全体主義が流行している今やこの国もそうだと言う学者がいるが、西欧のそれと日本のそれは違う。今起きているのは、人種的要因ではなく地政学的問題に基づくものだ」

地政学とは、国家に於ける政治や軍事を地理的条件で説明するヘロドトスに始まる作法だ。それをドイツで復興したのが、ルドルフ・ヘスの教師でもあったカール・ハウスホーファーだ。

「この国土には、集合的無意識の水位が上がり易い地理学的原因があるとの御説ですね」

「此岸にない場所も地理に含めればの話だがね」

「つまり我が国の地政学上の問題は、あってはならぬ場所に干渉され易いこと」

木島は思わず呟いてしまう。そして以前からの疑問が自然に言の端となる。

「ハウスホーファー博士が日本に東洋に於けるドイツの役割を与えた『太平洋地政学』を読んで私が疑問であったのは、チベットなどの神秘思想の権威でもあった博士が、しかし隠り世の類、この世のものでない神秘地理的要因を計算していないことでした」

瀬条の口許が僅かに緩む。

神秘地理と思わず口にした造語がお気に召したようだ。

そうか。折口が藤沢なる男に押しつけられて右往左往していたチャーチワードの本も瀬条式の仕分けなら地政学の書になるのか、と仮面をつけていた時の折口とのやりとりをひどく遠いもののように思った。

「その通りだ。君が今言った神秘地理を計算に入れた地政学が、この瀬条の地政学よ。もっとも、隠り世はいささか科学的でないからミューと呼ぶが。つまり瀬条式の地政学では、この列島は近すぎるのだ、あってはならぬ場所、即ちミューに。ちなみにミューの存在を君は疑うまい。何故なら瀬条でただ一人、君はその実在を証明できるのだから」

木島の鼻孔にはあの温かく湿った風が吹き抜けた気がした。月を再生しようとしたあの石室で黄泉から吹き上げてきた、この世でないところからの風だ。

木島は自分が瀬条に呼ばれた理由を理解した。

「その証拠として君の頬にもあってはならぬものがあるではないか」

その瀬条の言葉に月がわずかに微笑した。瀬条は共産主義者ではないが、唯物主義者である。あってはならぬものがあるという物理的証拠を消し去るのがこれまでは木島の仕事だった。

しかし、今や木島があってはならぬものがある証拠なのである。

「だから仕分け屋の職を解いて瀬条に戻したわけだ。もう仕分けは必要ないのだよ」

「では私はここで何を」

自分の存在価値はただの証拠としてであると言われた気がしたのだ。やはり仕事がしたかった。

「ミューの研究に決まっているさ。僕と一緒にね」

何故か助け舟を出すように土玉が言った。

「よかろう。とはいえ迂闊にどこかに魂が流れていかれても不便だからこれをやる」

そう言って机の上にあるものを指さした。

航空兵がヘルメットの下に被る頭巾（ずきん）にも似ていたが、表面にはコイルが剝き出しに走っている。

「これは？」

「今のうちにいる馬鹿どもが考えついた精一杯の発明品だ。魂が洩れ出すのを防ぐ襁褓（むつき）のようなものだ」

「電極が作り出した磁場がある種の結界になる仕掛けでしょうが、私にはいりません」

「ふん？」

瀬条が好奇の目をちらりと向ける。

「きっと月が守ってくれますから」

木島は自分が思いがけない答えを言ったことに驚かなかった。何故なら月がそう言わせたとわかっていたからだ。

「なるほど、一理ある」

瀬条は頷く。

「では、ミューの研究を致します」

もう一度、月が木島にそう言わせたので、木島は月が望むならそうしようと思った。

麴町区土手三番町の番地までもはっきりと覚えている素人下宿は、そのままにあった。無染と三カ月だけそこで暮らしたのは明治の頃だ。

まだ柳田國男の学問さえその貌がなかった頃の昔だ。明治三十八年ではなかったか。その年、二人で小石川区柳町に移り、次の年の夏が来る前に捨てられた。

無染と一番濃密な、愛欲のみの月日を送った場所だ。幾度もそこに戻りたいと番地の記憶だけをたよりに探してみたが、迷路のような路地のどれかを曲がればいいはずなのに辿り着けなかった場所だった。

あれはあってはならない場所なのだと自分に言い聞かせ、出石の借家をそれの替わりにして、弟子の一人を選んでは同じ暮らしをしようとした。

それなのに無染に手を引かれたら、たちまち番地そのままに土手の下にへばりつくようにある二階建ての荒ら屋の前に立てたのである。八坂堂があったはずのだらだら坂から、ここまでは人の足ですぐではない。途中、麻布の暗闇坂を抜けた気もするが歩いたのは人の道ではないだろう。

下宿は窓を閉じたままなのに、羽虫の類が冬であっても朝がくると桟のところに溜まっていた。無染は放っておけと言ったが、その頃から潔癖症の折口に耐えられるはずもなく、毎朝はたきで落とし箒で掃きそれから窓も畳もアルコールで拭き清めた。虫だらけの畳に顔を押し付け犯されることは耐え難かったからだ。

羽虫が多いのは魔物の通り途だからと無染は言った。そういう場所を態と選ぶところがこの男の露悪的なところである。自分を悪場所の主にでも見立てたいのだろう。

湿気で軋む引き戸も変わらない。蛞蝓の這った跡のように足のぬめる廊下を歩けば、一階の突き当たりが無染と折口が暮らした部屋だ。

無染は襖を開ける。窓の向こうが土手の暗い室内と洋燈だけがあの時はあった。

だが。

「あやつを連れて帰ったぞ」

叫んだ無染の声に一斉に振り向いた者たちを見て、折口は驚愕した。

仮面の少年たちがそこにはいたのである。

「何を脅（おび）えている？　見覚えがないのかこの者たちに」

木島平八郎に似た仮面の少年たちが穿たれた穴から、ある者は厭わしげにある者は憎悪の目をそれぞれに折口に向けているのだ。

そのどれにも思い当たった。

「見覚えはないか」

「……ある……」

折口は声を絞り出すしかない。

「そうだ、おまえが愛し捨てた者たちだ」

無染は嘲笑するように言った。

少年たちは、今度は一斉にからからからと嗤った。

彼らも還ってきた恵比須なのか。

振り向いた仮面の少年たちの中に折口は、反射的にあの少年の気配を捜した。心より先に視線が動いた。肌がそれを感じた。

折口は肌が知った気配を探る。

凛（りん）とした気配に触れた。

冷笑にも似た。

先に折口の頬が染まった。

感じたその先に伊勢清志（いせきよし）がいたのだ。

目があっただけで、合わせた者の頬が羞恥で染まるあの高慢な瞳は、少年たちの群れの一番端で仮面の向こうから折口を疎まし気に一瞥したのであった。

するともう清志しか、見えなくなった。

「やっと戻ってきましたね、靄遠渓（あいえんけい）」

清志は二人の時だけ使った諱で呼んだ。

あい・えん・けい、つまり青痣をＩＮＫに比喩した筆名であった。

藤無染が鼻で笑うのがちらりと見えた。秘め事を見られた気がした。

「僕も一度はあなたに警告したはずですよ」

「坂の上のホテルの給仕はやはりおまえだったのか」

清志は当然だという顔をする。

折口はようやく理解した。

彼らはずっとつるんでいたのだ、と。

一味であったのだ、と。

「やっと気がついたかな、釈迢空」

今度は無染が言った。

「おまえはやっと死者の列に加わったのだ」

死者？

そう、死者だ。

生きようと思ったのに死者に加われというのか。

だが、自分はずっと死者になりたかったことを折口は改めて思い出した。

だから自分で自分を二度殺そうとした。

死に損ない、そのことからも、家族からも逃げ出そうと出奔した旅で藤無染と逢い、抱かれ、死者の名をもらった。

釈を名乗る限り折口は死者のままであったのだ。

そして、この少年たちも。

藤無染に倣って少年たちに釈で始まる諱を与えたのは、今度は折口の方だ。

「結局、あなたは藤無染のようになりたかったのでしょう」

見透かすように清志が言った。

黙らせようと清志の釈で始まる諱を呼ぼうとしたが、思い出せない。

名を呼ばねば支配できぬ。

「あなたは私たちを支配はできぬ。だって、元々あなたはただここに居るだけの存在でしょう」

「そう、我等が現世にとどまるためのいわば髯籠のようなもの」

仮面の下の少年たちの薄ら笑いが細波のように広がっていくのがわかる。

髯籠の喩えが皮肉であることは、折口にはすぐにわかった。

髯籠とはだんじりの祭事の時、神の依代となる籠のことだ。

柳田の主宰する雑誌『郷土研究』に髯籠についての論文を投稿したが、似た内容の柳田の論文が先に載った。何故か尾芝古樟なる偽名であった。それでまるで柳田のもどきにされたような心持ちを思い出した。師の論文の方が立証する事例は多く緻密である。

「だから所詮、依代なのですよ。あなたは誰かに憑かれぬと何もできない」

あの時くさりきった折口に、そう冷たく言い放ったのは清志だった。論文は清志に口述筆記させたものであった。まるで柳田が自分の仮説を降ろすための依代に自分の論文を使ったかのような言い草だったが、その通りだ。

かごめに囲まれた童子に死者の魂が降りるように、不意に折口には民俗学上の仮説が降りてくることがある。柳田は半歩離れて、ちょうど伊勢清志のような立ち位置でそれを観察する。しかし柳田はそれを剽窃したわけではない。

言の葉にはしていないが、正しい答えはあらかじめ柳田の方にあったのである。

柳田は折口に降りてくる霊感に似たそれと、自分の論理の帰結としてあるものの一致を、まるでゲームのように楽しんでいるだけだ。

わかっていたことをそう反芻しただけで、胸がちくりと痛んだ。

ふっ。

また少年たちと藤無染が同時に嗤った。

師への秘めた気持ちを見透かされた、と思った。

「相変わらず恋多き人ですね」

清志が仮面の向こうで冷笑した。

「そうではない……本当に愛したのは……」

言いかけて、そして、折口は初めて悟った。

誰の名も出てこない。

自分は一体、誰を愛してきたのか。

「それでいいのです。誰も愛さなくても、靄遠渓。しかしそれでも、我等はあなたの一党、これはあなたの結社です。そのことだけは忘れてはいけません」

折口信夫が大阪府立今宮中学校の嘱託教員となったのは、明治四十四年の秋であった。

三年生のクラスであった。二年と半年で彼が中学を卒業すると折口は職を辞し上京し、そして卒業した十人ほどが、進学だ予備校に行くだの名目で、折口を追うように上京したのであった。そして皆が折口の下宿する昌平館に転がり込んできて、彼等の下宿代のために折口は高利貸しにも手を出した。

今宮中学の教え子のうち実際に愛したのは伊勢清志だけだ。その偏愛を他の者に悟られるのが恐ろしく、同じ情熱で生徒に接したのが間違いだった。伊勢を呼びよせたつもりが、まるで自分への愛を試すかのように、仲間たちまでも誘って上京しても、嫌と言えなかった。

十五歳の清志とまるで無染としたように旅をしたのは、教師になった翌年の夏だった。その時も二人で待ち合わせの場所に来たら、同級生の上道清一（うえみちせいいち）がいた。上道は折口に清志と共に旅に誘われたと信じ込んでおり、清志の自分へのつれない仕打ちとわかっていたが、それが折口のマゾヒズムを刺激したことは確かだ。

まるで無染の生まれ変わりのようだと初めて見た時に思い、惹（ひ）かれ、無染のようにもてあそばれた。

すると仮面の少年たちのいるここは、無染と暮らした麴町の下宿ではなく、ドイツの小説にある少年だけの寄宿を気取ってみた昌平館なのかと思い直したが、そうではない気がしてきた。

折口の愛した少年たちの姿はあるが、むせかえるような肉の匂いはない。

澄んだエーテルのような冷気が本当は誰もそこにはいないことを教えてくれる。

すると折口の口は『源氏』の一節をもどく。

　月さし出でて、潮の近く満ち来ける跡もあらはに、名残なほ寄せかへる浪荒きを、柴の戸押しあけてながめおはします。近き世界に、物の心を知り、来し方行く先のことうちおぼえ、とやかくやとはか〴〵しう悟る人もなし。あやしき海人どもなどの、たかき人おはする所とて、集り参りて、聞きも知り給はぬことどもをさへづり合へるも、いとめづらかなれど、え追ひも払はず、……言ふを聞き給ふも、いと心細しと言へば愚かなり。

須磨（すま）に流された光源氏（ひかるげんじ）の棲み家である。ああ、そうだ。ここは自分が流離の地に見立てた場所だ。

それでわかった。

「そうか、ここは哲学堂（てつがくどう）か」

折口はつぶやき、そして、これはあの日のことだと思い当たる。

清志が去り、生徒たちも去り、そして、一人になった。

折口は身を立て直そうと私立郁文館（いくぶんかん）中学校の教員となった。そして、哲学堂の門番小屋のごとき二間の家を借り、鑽仰軒（さんぎょうけん）と名付け半ば蟄居（ちっきょ）を決め込んだのだ。都会に出るには、はるばる歩いて、武蔵野鉄道の長崎駅から汽車に乗るしかなく、駅から歩くのがまるで遍路のように足が重くなる、麦原の中のただ月だけがしんと響く庵（いおり）だった。

折口はそこに出家したつもりで来た。

少年たちとの同居生活の目的を周囲からあれこれ詮索されて、清志にも翻弄された。全てが嫌になっていた。

疲れて頼った井上円了に、哲学堂のこの居を紹介されたのだ。

庵から少し離れた向こうには、円了の弟子が幾人か禁欲めいた暮らしをしていた。折口はあんなふうに恋も性欲も捨てて、何故研鑽の日々を清志らと送れなかったのかと、己の心の弱さと性欲の強さを呪った。そして悔いを贖うかのように一人で庵の縁台に坐して、夢想の中に清志たちを呼び寄せて、空想の秘密結社づくりを始めたのである。

かつて「新仏教家」なるものを無染は気取っていた。要は社会主義かぶれの仏教でただの思いつきでしかなかったが、河上肇や幸徳秋水の名が思わせぶりに無染の口から出たこともあった。哲学堂の主の井上円了も無染の口から出たことのあった名で、恋に疲れ果て縋るように訪ねた。そして、中学教師の職と庵を紹介されたのだった。

「この家でおまえは聖職者を気取ってみせただろう」

無染は嘲笑するように言った。

仮面の少年たちは一斉にくすくすと笑う。

そうだ。

折口は少年たちの肉ではなく精神を召喚し、そして魂で結びつこうとした。

そういう結社が欲しかったのだ。

夢想の中で少年たちはフリーメイソンか薔薇十字団のようにロッジたるこの場所に集う。

少年たちは闇の中をたった一つの光をたよりにここに来るのだ。それは儀式の参加者たちの試練の旅であり、そこに司祭としての折口が待つ。加入儀礼の場は極めてシンプルで、テーブルが一つに椅子とそれから蒼いインクの壺しかない。闇の中を旅してきた少年たちはここで身につけていた時計やベルトや金属の類を一切はぎとり裸身となり、そして脱脂綿にひたしたアルコールで清められながら、司祭たる折口から青いインクの染みを鼻筋につけられ、それから新しい階梯（かいてい）の象徴としての仮面を被せられるのだ。

それで靄遠渓の一党となるのである。

そうやって空想の中で折口は少年たちを再び自分のもとに呼び寄せ、空想の結社を創り続けたのだ。けれどそんな日は続くはずもなかった。

下宿を解散しても、別の一室に妾のように清志だけは囲おうとしたので未練を悟られた。清志の肉への未練が断ち切れなかった。清志は折口を見限るように、九州の商業学校に進学し、それなのに、色街に出入りしていると手紙をよこし折口の嫉妬をわざとかきたてるのだ。いてもたってもいられなくなり、気がつけば夜中に哲学堂を飛び出していた。そして別の教え子に借金までして九州にかけつけても、ここにいると知らせた宿を清志が訪ねてくることはなかった。

それから哲学堂には二度と戻っていなかった。つまり、あのまま少年たちの精霊をあそこに置き去りにしたのだ。

「これはあの時おまえが集めた結社の者たちよ」

「ばかな……あれは空想だ」

「空想すれば隠り世に像を結ぶ」

「ではここは隠り世か」

「そうだ」

「では彼らは死者ということになる」

「いかにも」

「殺したのは誰だ」

「うぬよ」

「私は殺していない!!」

折口は叫ぶが、声が己の耳に届かぬうちに砂時計の砂が落ちるようにさらさらと床に落ちる。

「わかったろう」

「一体私に何をさせたいのだ?」

「しらばくれるな釈迢空……蛭子のうぬがすべきことはただ一つではないか」

無染の言った言葉も砂になる。

「逆賊になれと」

折口はそうもどきながら、言葉が砂に崩れる音が美しい、と思った。

ああ、そうか、哲学堂は明治の御代、西洋の教科書をただなぞって、「動機善なれば弑逆(しいぎゃく)も可なり」と生徒が答案に書いて糾弾された場所である。ここはそういう場所なのだから仕方がない。

そうして折口信夫はその日から忽然と消えてしまったのである。

藤井春洋が國學院の講義を終えて出石の家に戻ってきた時、折口の姿はなかった。それでとうとう折口が向こう側に落ちたのだと春洋は悟った。ずっと袖を引き続けていたというあの男に自ら望んで向こう側に仕分けられたのだと想像した。嫉妬の感情がもっと強く湧いてくるかと思ったが、軽蔑の方が勝った。

替わりに家に居たのは、仏蘭西（ふらんす）人形のような少女である。

「おまえは？」

その姿を春洋が居間の中央にみとめるのと同時に、少女は額を床につけ異族の者が神に被（かがふ）るような仕草で「お側に置いて下さい、お役に立ちます」と呪句（じゅく）を囁いた。

ぞくり、と背筋を冷気が走った。

すると金縛りのように足が畳から離れなくなり、何かが這い上がってくる気配がした。

憑かれる、と春洋は思った。

しかし。

それは春洋の胸のあたりまで来ると力なく崩れた。

少女の顔が歪んだ。そして不思議そうに春洋を見上げた。

「おまえは本当にあったのか」

春洋は改めて、少女のアルビノのような白い肌と血のような朱の唇を見てつぶやいた。

近頃の折口が探偵小説めいたつまらぬ物語を古書店から刊行して悦にいっているのは知っていたが、仮面の男だけでなく助手役のアリス・リデルの如き少女まで実在したことに驚いた。

しかも、盗み見た折口の鏡文字の日記では、自分とこの少女は通じていることになっていたのではなかったか。幽霊映画の夕べにも一緒にいたことになっている。染みのついた敷妙(しきたえ)が映写幕となって折口がうろたえる様子は傑作であった。

だが現世で初めてその姿を春洋は見た。

少女とはいえ女人を家に入れるとは、とこれも嫉妬よりも呆れた。

「ずっとこの家におまえは先生と暮らしていたのかい？」

「はい」

「全く気がつかなかった。まるで座敷童だな」

「お側に置いて下さい、お役に立ちます」

少女はもう一度、ひれ伏すように言った。

何も起こらない。

「どうやらおまえの人に憑く術は俺には通じぬようだな」

「冷たい人です」

今度は拗ねるように上目遣いで春洋を睨んだ。

仮面の下の春洋の頬が緩んだ。

本当のことだったからだ。

そうだ、俺は冷たい人間なのだ。

折口があちら側に仕分けられても何の感情も湧いてこない。一緒に暮らしても、この世と隠り世に別れて暮らしていたようなものだ。

「あなたは誰も愛さない方ですから憑けませぬ」

「ということはおまえは人の愛に棲みつくというわけか」

春洋は少女の顎に手をかけてみた。

血を吸ってきたばかりのような赤い唇である。

「ふん、愛は感じぬが俺の内には女への肉欲は残っていたようだ。女の口唇はやはりいいものだと思っている」

「はい」

春洋は自分の昂ぶりが意外だった。

少女は仮面の口許の金具を手慣れたようにはずした。誘っているのだ。誘われてみようと思った。

春洋は口唇を重ねる。合わせるように少女は身体の力を抜く。舌を絡めた。

絡めた舌を少女が吸う。まるで喉の奥に吸い込むように。春洋は己の舌が巨大な蛭になった気がした。

その瞬間。

少女の顎に力が入った。

春洋は同時に頬を鷲掴みにして、顎の関節の合わさるところに親指と中指をぎりりと押し込んだ。

「舌を嚙み切ろうとしたな。油断のならん奴だ」

口唇を離し、顎を摑んだ指に力を更に込める。

少女の口がだらしなく開き、口許から涎が畳の上に垂れる。

「いいながめだな」

少女は抵抗しない。身を委ねている。

「名は何という」

「美蘭」

「では美蘭。ここに居たければ俺にかしずくことだ」

「お側に置いて下さい、お役に立ちます」

喉に溜まった唾で声が泡のように弾ける。

「それしか言えぬのか」

「はい」

人形のような少女を苛んでみた春洋は、女嫌いの折口のこの家で女を犯してみたくなったのである。


仮面をとって人に戻った木島平八郎は、だらだら坂にいた。しかし坂の上に向かうどの筋を上ってもどの角を曲がっても、八坂堂に行き着けぬのだ。八坂堂に置いたままの本がどうしても必要であった。じりじりと照りつける夏の陽射しが頬の月を焼かぬように、日傘替わりの黒い蝙蝠をさし狼狽しながら坂を上ったり降りたりする姿はひどく滑稽であろう。

「おい、木島くん、いい加減諦めたらどうだい」

坂の下の石の上に腰を下ろし、扇子で開襟シャツの胸元に風を送りながら土玉は言った。

その時、ああ、夏なのだ、と木島は不意に思った。

しかし、一体、いつから夏なのだろう。

仮面をつけている間は少しも季節を感じなかった。

汗をかかず、冷たいとも感じなかった。

そして戻ってきた五感が鬱陶しく、仮面がなつかしいと思った。

だが仮面は折口の家に置いたままで、替わりの仮面があるはずの八坂堂にはどうしても辿りつけない。

まるで自分の小説の中の折口のようだと木島は思った。

「そもそも八坂堂なる古本屋は本当に存在するのかい」

土玉の言葉が木島に追い打ちをかける。土玉は以前、一緒に行ったことがあったはずだが惚けているのか。

「ああ、いつもなら坂の下に立てば、ちょうどこの先に蜃気楼のように店の影が浮かぶのだ」

「しかし、ただの陽炎にしか見えないね」

熱気がただ何もない場所をゆらゆらと揺らしている。

「一体、君はその古書店に何の用があるのだい？　だいたい得体の知れない偽書しかない本屋なのだろう」

「知っているのかい？」

「仮面をしていた頃の君から聞いただけだから、無論、僕は半信半疑だよ。そんなマヨイガでもあるまいし」

土玉は柳田國男の『遠野物語』に出てくる隠れ里の名を口にした。

「つまり君も行ったことがない？」

「むろんさ。僕は現世のものしか信じない」

「だって君は水死体が好きだろう？」

「だから水死体こそ現世の最たるものだろう？　魂や霊などという厄介なものの詮索の必要のない純粋の物体としての人間が死体だよ。中でも水に浸された水死体は天然の標本のようなものじゃないか」

ここで土玉の哲学を聞かされるとは木島も思わなかった。しかし、この世に現世しかないのならその方がずっといい、と思った。

そしてもう一度、坂の上を見上げると、陽炎の中を仮面の男と足を引きずる少女が横切った気がした。目を凝らした。今度は何も見えなかった。

その時、見えない誰かの手が袖を引いたような気がした。

女の手だ。

帰ろう、という仕草に思えた。だからあれはあってはならないものだ、と木島は初めて思い、「行こう」とすっかり退屈しきった土玉に言った。

美蘭の後をついて陽炎の中を抜けると、八坂堂はそこにあった。なるほどこういう仕掛けなのかと木島となった春洋は感心した。陽炎がまるで緞帳のような役目を果たしているのだ。

「人魚はいらんかい？」

店の前でしゃがんだ男が木島となった春洋を見上げた。

「人魚？」

「ほう、ちゃんと人魚と聞こえたかい？　だったらあんた、仕分け屋の素質はあるよ」

人魚売りは顔を上げたが口を太い凧糸で縫っていた。ああ、これは日記の中によく出てくる男だ、と春洋は思った。すると自分があの愚にもつかぬ探偵小説の中に入り込んだ気がしたが所詮、現世に居場所などないと悟っていたから、折口に乞われるまま出石の住人となったのだ。


嵌め殺しのステンドグラスの扉と八坂堂の文字は、大正新興芸術運動の美術家たちが街中の店に押しかけては看板や外装を半ば勝手に改装した時の意匠に似てもいるな、と思った。

紛い物らしくていい、と思った。

扉に手をかけると美蘭が「お気をつけ下さい。迂闊に入ると根津さんが斬りつけます」と言った。

根津とは確か獣に育てられて成長した殺人鬼である。八坂堂の書棚の陰に餓鬼のように潜んでいると日記にもあった。

「どうすればいい」

「前の木島さんは口笛を合図になさっていました」

「口笛などもう幾年も吹いたことなどない」

「でもそうしないと根津さんは入ってきたものの首を木島さんであっても落とします」

「まるで機械だな」

「機械なのです」

人を機械に比喩するのもアヴァンギャルド芸術家の十八番だが、春洋は無論そういう意味で言ったのではない。

「ひゅー」

ためらって吹いたわりには仮面の中が共鳴する仕掛けとなっているのか、思いがけなく鋭い音が春洋の耳に響いた。

「もう大丈夫です」

言われて春洋はステンドグラスの扉に思い切って手をかけた。古書店のはずだが、予想とは違い黴臭くない。その証拠にステンドグラスから差し込んだ光の帯の上には埃一つ漂っていない。

清潔であったのが気に入った。

「日記とはずいぶん様子が違うな」

呟くと「だってこれはあんたの八坂堂だからな」と隅で声がした。

差し込む光を吸血鬼か何かのように避けて、僅かな闇に窮屈そうに身体をうずめている男がいた。

「根津君か」

「根津でいい。あんたは新しい木島かい?」

「そうらしい」

「それじゃあ平九郎だ。木島平九郎」

「木島の名は平八郎ではなかったのか」

鏡文字の日記にはそう書いてあった。

「だってあんたは平八郎の次に来た新しい木島じゃないか」

「八の次は九、ということであれば木島はこれまで八人いたということなのか」

「知らないよ。俺が知っているのは前の木島だけだ」

答えになど少しもなっていなかったが、春洋は新しい木島という言い方に自嘲した。

またか、と思ったのだ。

いつも俺は幾人目かの誰かなのだ。もどきのもどきのまたそのもどき。

國學院の学生に春洋がなった時、折口は鈴木金太郎と十年近く暮らしていた。春洋が現われ折口の関心が自分から離れたのを幸いに逃れるように鈴木金太郎は結婚し折口の許を去った。つまり、春洋は鈴木の替わりの人であった。もどきであった。

だから暮らしてしばらくは鈴木の名で呼ばれることが多く、面倒なのでずっとその名にそれで返事をしていた。

そして一緒に暮らしていれば、幾人か鈴木金太郎より前に更に居た男の気配がしてもくる。

最初に折口を抱いた男や、最初に折口が抱いた男の痕跡が少しの仕草の中にも読みとれてしまう。

結局、自分はその者たちの替わりであり幾人目かの誰かなのである。ならば幾人目かの木島でも同じことだ。

「客、来てるぜ」

根津が言った。

「殺さなかったのか？」

「紹介状を持って来た。そこに落ちている」

根津がかかえた膝から微かに上げた視線の先に名刺が一枚、落ちていた。

その名刺の上の名に春洋は納得した。

「美蘭、確かおまえの日記にはこれから起きることが書いてあるのだったな」

春洋は日記の中に日記が予言すると書いてあったことを思い出して訊いた。

「はい木島さん。木島さんは八坂堂で柳田國男さんの御紹介の方と御面会します」

柳田國男の名をこの奇妙な古書店で聞くとは思わなかった。先代の木島は柳田とも交流があるのか。

「二階に通した」

根津が言う。

「通したのではなく、勝手に上がらせただけだろう」

そう軽い嫌味で応じてみると、春洋は仲々自分の口調は本の中の木島に似てきたな、と思った。


「動物霊気？」

「それが儂の専門だ」

八坂堂の二階は思ったより広く天窓から光が差し込んでいる。隅にはライティングデスクがあり、その前に応接の椅子がある。

「柳田君の成城の書斎に似ているな。二回りほど小さくした印象だ」

春洋は折口に連れられ一度だけ行った柳田邸を思い出した。帰りしな折口の目の前で柳田は春洋を呼びとめ、「君ね、牝鶏（めんどり）になってはいかんよ」と言ったのである。衆道を揶揄されたのである。

それで柳田邸の記憶よりも幽霊のように蒼白となった折口の顔の記憶の方が強く、柳田の書斎を覚えていなかった。

返事のしようがないので黙っていると、

「乱れておる」

応接のソファーから身を乗り出して男はもう一度言った。書斎が乱れているのか、と春洋は思った。しかし、

「まあ、動物の霊気が乱れているのですか」

と美蘭は男の話の飛躍についていって応じた。

「岡田建文（おかだけんぶん）である」

今度はようやく自分の名を名乗った。話が全く繋がらない話し方をする男のようだ。

「世間師だと柳田君は儂のことを言う」

自己紹介のようである。

「世間師？」

「だから近頃乱れていると伝えにいった」

つまり、岡田という男は柳田の許に動物霊が乱れている、と伝えにいき、そして、木島と会うように命じられた、ということだと解釈していいのだろう。

「世間を歩く。すると世間の話があれこれと入ってくる。それを柳田君のところに持っていって話すと小遣いをくれる。おもしろがって本にしろと言ってくれるが書くより話す方が楽だ」

無邪気に男は言った。そして「君もそうなんだろう」と春洋を見た。

言われて春洋は腑に落ちた。

柳田の許にはこのところ東大新人会あたり出身の転向左翼青年があれこれ出入りしている、という噂があった。その人脈は一筋縄ではいかぬことは折口からも聞かされていた。何故か英国人のスパイを喜々として連れて日本中を引き回したこともあった、と聞く。

世間師とは恐らく情報屋のことで、あの男はそうやって世間にずっと聴き耳を立てているのだろう、と思った。

「最初の話に戻りましょう。動物霊気とは何なのです。それが乱れるとはどういうことなのです」

春洋は話を整理しようとした。仕分け屋たる自分のところに柳田が寄こした、ということは仕分けよ、ということなのだろう。何より、木島を演じる以上、自分が何者で、何をするか知りたかった。もどく木島を知らねば、もどきようがない。

「件だよ。人の顔をした牛だ」

岡田の話がまた脈絡を平気で踏み外す。すると、先程から口を突っ込む機会をうかがいながら、新しい木島にまだ馴染めぬのか、大人しくしていた美蘭が辛抱できずに「私、映画で観ました」と言い出して、話は一挙にもつれた。フランスの貴婦人に流行した水治療の話になり、それから、催眠術やテーブルターニングの話になった。

それでも、岡田の話をまとめればこうなる。動物にも人と同じように霊体というものがある。人が獣に近かった時は同じであったが、世の中が現代に近づくと一人一人が別々のものとして切り離される。それが西欧人の言う個我の状態だが、進化論的に言えばまだ、日本人の個我は自立しきってはいない。

そして動物はといえば、一つの身体の中に霊体は収まらずむしろ数珠のように一つの種の中を貫いている。この動物霊気は世の中の微妙な変化の気配に対してはひどく敏感で、大地震の前に鯰が騒ぐというのはその一例である。そして、件というのも同じことだ。人の首の仔牛は、戦争を予言するが、動物は皆、予感しても人の首がないので言葉にして伝えられぬだけだ。逆に言えば、動物に人の首があるから予言を伝えられるという理屈だ。

「その動物霊気が乱れているとおっしゃるのですか」

「何より件どもがあれこれ予言してうるさい。映画にあった通りだ。だが人どもがそれ以上におかしい」

その映画を春洋は日記の中では木島の姿で観たことになっているが、観てはいない。岡田もそれを観た、というのか。

「おかしい、とは」

「再び人の心が獣に戻ったようだ。つまり動物霊気のごとくに人の心が連なり始めた。元々個我というのは西欧で生まれたもので極東に行けば弱くなる。しかしそれでもこの国も遅れて西欧化したので個我らしきものはできたが、全くもって不十分だ。柳田君はずっとそのことにいきどおっている」

ようやく岡田の言うことに脈絡が出てきた。話すうちに脈絡が整う人のようだ。

そして、ああ、と春洋は思い当たった。

柳田が昭和の初めの普通選挙の時、法の施行の旗振り役を突如始めたと思ったら、今度は選挙の結果を見て選挙民をなじり始めたことは折口から聞かされた。

「魚の群れのようだ、と柳田君は歎いた」

まるで春洋の心の内に言葉を繋げるように岡田は言った。

「鰯の群れは、言葉を交わすことはないのに一つの方向に一斉に移動する。つまり動物霊気のせいさ。柳田君は国民が考えることをせず、一つの方向に流されることを魚の群れに喩えて歎いた。しかも鰯の群れはその先に巨大な網が待っていても一斉にそこに向かう」

「それではこの国のこれから始まる戦争の先に、破滅しかないようなおっしゃり方ではないですか」

「件どもが皆、そう言っているのだから仕方ない。だから……」

そこで岡田は言葉を切って、憐憫（れんびん）するように春洋を見た。

「だから君は死ぬんだよ、藤井春洋君。それを儂は柳田君の替わりに君に言いに来た」

岡田は木島の仮面の下の名を呼んで、仕分けた。

木島を訪ねてきたのではなかったのだ。

ぴしゃり、と頬の、されこうべが剝き出しとなったところにまた水滴が落ちた。飛沫がとうに腐った口唇を濡らす。

あと何百滴か何万滴か、水滴は頬骨をうがち小さな穴をあけるのだろう。

そうなっても俺の魂はこの身体にとどまるのか、と塹壕（ざんごう）の奥の四散した身体にまったりと未だへばりついたままの藤井春洋は思った。

これではまるで折口が最初の恋人を思って書いた小説と全く同じではないか。

だが、小説では「こう」と誰かが死者の魂を呼んだが、この南洋の果ての、焼き尽くされもう一匹の虫さえ生きていないこの島で、誰かが俺の魂を呼ぶことはない。

あの男も呼ばないだろう。

死者しか愛せぬ、と言ったくせに、生きた男の肉の方を愛していた。だから、俺は幾人めかの藤無染の替わりをさせられたのだ。

だが俺の骸はやがてもうすぐ、あの男の棲む列島に、椰子の実のように海を流れて漂着するのだ。

もうすぐだ。

月が満ち年に一番の大潮に島がひたされた時、俺の魂は他の者の魂とともにぬるりと海へと流れ出すのだ。そして、戎（えびす）になって、いいや、蛭子となって戻るのだ。

それにしても頬に落ちる水滴がどうにも鬱陶しい。

ああ、仮面があればいいのに。

藤井春洋は舌のとうに溶けた口でそうつぶやいたのであった。

（九）男女

裸電球が一つだけある部屋は壁面どころか窓のところにまで書棚が並ぶ。その部屋で、黒紐で綴じられ、やがて書棚の列に加わるための文書のガリ版を切ることが清水の仕事であった。各所から取り寄せられた資料は既に分類整理されており、書式に従って謄写版の原紙の蠟を鉄筆で削る。社会主義者が禁書を地下出版するかの如き情熱でもなければ続けられぬ仕事だが、無論、そのような情熱など清水にはない。そして苦役でさえないのは、この不毛な作業によって何かが贖われたり赦されたりすることもないからだ。

「治安」とまず横に書き、その次に「日付」と縦に書く。その下に「宮城府龍山区元山二丁目一部」と番地、そして「流布者等詳細不明」と続ける。次は少し長い。

二・二六事件ノ際朝鮮デハ鮮人ガ徒党ヲ組ンデ、朝鮮独立騒擾事件ヲ起コシタガ、直チニ検挙セラレ、関係者ノ大部分ハ銃殺セラレタソウナ。

「二・二六事件」の文字を筆写しながら清水は鉄筆がごりごりと脳髄にその文字を刻んでいるような気になる。そして今書いたことはいかにもありそうなことだ、と思う。

あったかもしれぬ。

しかし清水は更に次の文字を記さねばならない。

「憲兵流言ナルヲ説示シ、他言セザル様注意」

流言蜚語。

つまり、あってはならぬ、とあらかじめ仕分けてある噂話ばかりを集めた書類のガリ版切りが、あの蜂起に加わりながら些細な事故で皆と合流できなかった自分への罰なのであるが、もはや何かを悔いる気も起こらない。だが仕分けといえば、あの木島とかいう仮面の密偵の始末記も、誰かがこうやって書類にまとめてガリ版切りをしているのかとふと思うと、久しぶりに心からおかしくなって、ふんと微かに鼻から息が出た。

それで少しだけ頭が軽くなった気がした。

憲兵司令部の警務課が、流言蜚語取り締まりを扱うようになったのは最近のことだ。上海事件の後でも、やれ帝国の軍艦は全て撃沈せられた、だの、憲兵は召集忌避者を射殺しただのといった噂話の類がいくらでも流れた。一方では提灯行列をしておきながら、心の中では軍のやることに猜疑心で一杯だというのが、大衆の心根というものだ。大衆が一番信用できない、と清水は思う。だから、為政者や、統制がとれぬわりに世の中の空気だけは気にかける関東軍の連中の空気を更に読んで、憲兵隊の上の方から七月に流言蜚語取り締まりについての通牒が出された。

確かこんな文面だった。

当局ニ於テハ新聞記事及ラヂオ放送ニ対シ一層ノ統制ヲ加ヘラレアリト雖モ一面民心ヲ動揺セシメ挙

国一致ノ態勢ヲ妨クル処アル造言流布サレントスル兆候アリ時局ノ逼迫ト共ニ蘇支方面ヨリ巧妙ナル宣伝謀略モ予想セラル、ヲ以テ各隊ニ於テハ此ノ種ノ流言ハ厳ニ其ノ出所ヲ探究スルト共ニ事変公示後ニ於ケル軍刑法九十九条ノ適用ヲ顧慮シ厳重取締ノ上状況報告相成度

流言は敵国よりの宣伝謀略だから気をつけろ、と言うが「流言」を「造言」と言い、誰かがつくっているとわざわざ書くことがどうにもおかしい。とすれば大正の震災の時に流れた社会主義者や鮮人が蜂起をするという流言も、誰ぞがつくった造言ということになり、そう言ってしまったら憲兵隊は自分たちのやったことを半ば認めたようなものだ、と清水は思いもした。だからといって憤りを感じることはなかった。

陸軍刑法第九十九条とは、「戦時又ハ事変ニ際シ軍事ニ関シ造言蜚語ヲ為シタル者ハ七年以下ノ禁錮ニ処ス」というものだ。書物や新聞やドイツに倣って映画まで取り締まりの対象としたが、それでも足りずに噂話まで取り締まったのは、流言こそが一番恐ろしいと憲兵隊の上の方は知っているからだ。

大杉ら社会主義者を拘束する口実として流した流言が、焦土に広がるのは、驚くことに震災の炎が東京市に広がるよりも速かった、と聞く。その流言に憑かれて幾人の無実の鮮人が殺されたのか、正しい数など数えようもない。何しろ数えてしまえばあったことになる。数は定かでなくとも善良なる市民たちが殺して回ったことだけは事実だ。それで充分である。流言はただの人を人殺しに変える恐るべき力を持っていることが立証されたのだ。

しかもこの国は、こともあろうに流言一つで人殺しになれる市民たちに普通選挙の権利を与えてしま

った。流言で動く不確かな大衆の心が、国家の意志に転ずる仕組みをつくってしまったのである。何とも愚かでばかばかしいことよ。

選挙などでこの国は変わらないと清水は思う。

そういえば鉄筆で切った近頃の流言の中には、大杉栄の一党が生き返ってテロリズムをたくらんでいる、という、あったら愉快そうなものも交じっていた。その一方で乞食が納屋に入り込んで死んで、その死体が黄小判に変わったという流言が次の報告にはあった。こうなると流言というよりは民譚である。そんな昔話があった気がする。近頃は流言というよりは奇譚怪談の類が増えた気がするが木島の出番も増えたに違いない。

そこまで考えて清水は冷静になった。折角頭を麻痺（まひ）させ日々をやり過ごすことに慣れたのに、仮面の男のことを思い出してつい心の裡（うち）で笑ってしまったので、かくも思考が動いてしまった。

動けば辛くなる。

わかっているのに愚かなことをしてしまった、と冷静になる。事件の後、鎌倉の寺に籠もって座禅を組んだ時のことを思い出して、脳髄の中を空にしようと目を閉じる。そして頭の中を再びあの無意味な流言の文字で埋めることにした。

目の前で紙袋がぱん、とはじけた音に、木島となった春洋は我に返った。目の前に美蘭の長い睫毛があり、肉桂（にっき）の匂いのする息が鼻腔をくすぐった。

「お戻りですね」

美蘭がにっこりと笑った。

ステンドグラス越しの西日で、ああ、ここは八坂堂だった、と思い出した。

「白日夢を見ていたようです、その」

と言い訳を考え、昨日吸った、折口の遺(のこ)していったコカインが残っていたせいだろう、と春洋は思った。

「残念ながら薬の見せる幻覚ではないよ」

と岡田は心を読んだように言う。

「なあに、君の鼻の穴の縁が少しばかりただれている。コカイン中毒になるともっと酷くなるから今のうちにやめておいた方がいい」

慌てて鼻に手をやり、仮面のあることに気づく。

「仮面を被っているのに見えるのですか」

「千里眼というわけにはいかぬが、御船千鶴子(みふねちづこ)程度の芸当なら儂にもできる。君の頬には噂に聞いた女の肉片もないことも」

平然と法螺話(ほらばなし)をするように岡田は言う。

「種明かしをして下さいませ」

美蘭が岡田の膝に手を置いて身を乗り出しせがむ。

「種はない。動物電気に儂はわずかばかり人よりは敏感なのだ。だから仮面の下から君が発する動物電気でレントゲンのようにそこにあるものを感じることができる」

「まあ、それでは私もレントゲンで観て下さいな」

美蘭にすっかり話の腰を折られた春洋は、あの折口がよくこの娘に耐えて一緒にいたものだと妙に感心をした。

「よおし、そのステンドグラスの窓の前に立ってごらん」

「こうですか」

「よろしい、観て進ぜよう」

元々、新橋(しんばし)あたりの幇間(ほうかん)にも似た喋りをする岡田が、美蘭を図に乗せるのに瞬(まばた)きほどの時間も要らぬ。

美蘭はスカートの裾をつまみ、膝を折ってからポーズをつくった。

岡田は影像のように動きを止めた美蘭を見つめた。

そしてその視線はつま先からゆっくりと頭まで移動し、再び降りていって下腹部でぴたりと止まった。

それはあたかも美蘭の不自由な脚のつけねの辺りを見つめているようにも思え、その淫靡な視線に耐えもせずに美蘭は「あん」と甘い息を漏らした。

するとたちまち美蘭の肉桂に似た体臭が部屋に充満した。それに百の水死人が放った麝香の香りも混じる気がして、さて、そんな匂いを何故、俺は知っているのかと春洋は思う。

だが、確かにこの匂いを嗅ぐのは初めてではない。折口のいない居間で美蘭を組み敷いた時も同じ匂いがした。交わるまではしなかったが、唇を思い切り吸ったら肉桂と麝香の匂いがしたのだ。

それより先に進まなかったのは、そうする前に春洋の方が果てたからだ。

中国の皇帝は愛娼（あいしょう）が性的に興奮した時に匂うように麝香の類を日頃から飲ませると、何かで聞いたことがあったが、同じようなものなのかと納得した。

つまり美蘭は岡田に見つめられ、性的に高揚しているということになる。

春洋は美蘭のような性の愛玩物（あいがんぶつ）の如き少女を折口が隠れて身近に置いていたことに、嫉妬はしなかった。そして嫉妬しなかった自分に何より安堵した。男の弟子と肉で結びつかねば自分の学問は継げぬというのが師の理屈だったが、それがただの理屈だと知れただけでも愉快だった。

「どうなさいました？」

美蘭が怪訝そうに岡田に聞いた。岡田の視線への抗議かと思ったが、「ふむ」とだけ岡田は頷いた。そして、

「お嬢ちゃん、よもやあんた、丸い石を拾ったりしていないかね」

と聞いた。

「さざれちゃんです」

答えは一つ段取りを飛ばして、美蘭は石につけた名を答えた。

「さざれ石のさざれかい」

しかし岡田は美蘭の飛躍を飛躍とも感じず、話を繋げてみせた。

「出石のお家の庭にあります。木島さんにお許しをいただきました」

許した記憶など春洋にはなかったが。

「ふむ。しかも石をわざわざ出石の名のある場所に連れていったか」

「いけなかったでしょうか」

少し不安になったのか美蘭は岡田を覗き込む。

「いいや、仕方のないことだ。何しろその石は道反之大神あるいは黄泉戸大神といったところだからね」

そう言うと岡田はちらり、春洋を口頭試問でもしているかのように見た。

「伊邪那岐が黄泉比良坂を塞いだ大岩のことですか」

「いかにも。街中の三本辻の前にでも立てば、必ず道祖神や賽の神の類があるが同じこと。三本辻はあの世への入り口だからな」

「まあ、三本辻？」

「だからお嬢ちゃん、あんた股ぐらも三本辻なんだよ。あんたは普通の女人と違って三本足がある」

あからさまに言う岡田にいつも美蘭の身体を支える杖のことか、と春洋は思ったが、美蘭はまあ、と頬を染めた。

「見せてごらん。そのスカートをたくしあげて。下にはコルセット以外に何もつけてはおらぬだろう」

「はい」

春洋が止める間もなく美蘭はこくりと頷くと、再び膝を軽く折りそしてスカートを膝より遥かに上にまでたくしあげた。目を逸らそうと思ったが、春洋はそこにあるものに困惑し、そして混乱してかぶりを振った。

「あってはならぬものを見てしまったようだな、仕分け屋さん」

岡田は身を乗り出し、しげしげと美蘭の股の間にあるものを検分する。

「恥ずかしい」

媚びるような声で美蘭は言う。肉桂の匂いが更に強くなる。

「世にいうふたなり、半陰陽だ。ペルシアの神話ではヘデルなる楽園に住む男女は最初一つの身体であったというし、ギリシャ神話でもプロメテウスによってつくられし人は、男女両性具有であったものをゼウスによって二つに分けられたという。キリスト教でもグノーシス派などは両性具有者を崇拝しておる。つまり全ての宗教はその原始において両性具有者を信仰した可能性が高い、と儂は考える」

岡田はそう言って美蘭のスカートを元に戻した。美蘭は羞恥でへなへなと座り込んだ。

「日本人は木の股を女人の股の比喩とみなす。だから、赤子が木の股から生まれるという昔話を聞いたことがあろう。このお嬢ちゃんは三ツ股、つまり、子宮の向こうは黄泉の国ということになる。時々道祖神が男性器を模しているのもそれ故だ。こういう身体なら身近に賽の神、あちらとこちらを塞ぐ石の一つも必要だ」

わかったようなわからぬような理屈である。

「すると、私はこの坂道のようなものですの」

美蘭がへたり込んだまま首を傾げた。

「なるほどお嬢ちゃんは気づいていたんだね。この坂の入り口のところにも苔むした丸い石があるだろう。この古本屋の前の主人があの石を脇によけたからこの坂が開けた。お嬢ちゃんの身体も同じだ。隠り世と現世がお嬢ちゃんの身体で繋がっている」

岡田の話はもつれるどころか、とんでもない方向に転がった。この仮面の元の主（あるじ）と折口が春洋の居ぬ間に奇怪な体験をしているらしいことは、折口の名を騙った偽書で読んではいたが、実際に我が身に起きるとこの程度のことでもう目眩がした。折口がコカインで、神経をわざわざ痛めつけたくなる気持ちも、わからなくはなくなってきた。

「つまりこういうことであったのだ。木島であって木島でない木島くん」

岡田は改まって木島である春洋の方へ向き直った。

「こういうこと？」

「そうだ。君が見ているこういうことだ」

「つまりあちらとこちらに、この坂や私以外にもたくさんの坂ができてしまっている、ということですね」

美蘭が、常識にとらわれる春洋の鈍い頭が回らぬ代わりに、先回りして答えてくれた。

「いかにも。そして事の始まりの一つは元の木島くんだ。彼は伊邪那岐命が塞いだ死者と生者の結界を強引にこじあけてしまった」

つまり恋人を黄泉比良坂から戻そうとした。それが神代の時に定められた死者と生者の摂理を壊してしまった、ということか。

「納得がいったろう」

岡田は言った。

いくはずもないが、木島となった春洋は頷くしかなかった。

自分で経験したこととそうでないはずのことが錯綜し、まるでエイゼンシュテインの映画のモンタージュのように意味あるものと意味のないものが無秩序に繫がり、もう一つの現実へとあたふたと収斂し始めていることだけはわかる。

嘘が真実にすり替わった別の現実が、元の現世に少しずれて重なりながら新しく造られていくような気がした。

海辺に流れ着く百七つの水死体。

餓鬼阿弥の如く蘇生したらしい大杉栄。

そして、さっき自分が見た死んだ後の自分。

どこからどこまでを自分は自分で見たのか、もう、とうにわからなくなっている。

坂から向こう側が染み出し、こちら側のそこかしこで淀んでいる。

その淀みに足を掬われたら、現世の者に逆に向こう側に持っていかれる。

そこまで考えてようやく春洋は思い当たった。

「それでは折口先生はどちらの側なのです」

言ってしまって春洋は、最初からその問いをずっと抱え、しかし不問にしてきた自分の科をようやく認めた。

そして口に出して言ってみた。

「先生は生者なのですか、死者なのですか」

釈迢空という死者の列に加わるための名。

向こう側と交感しているとしか思えない直感力。

そして何よりとうに死んだ男しか愛せない歪んだ愛の情。それら全てが折口が死者の列に生きながらにして並んでいることをうかがわせる証拠ではないか。

「それを仕分けるのは今や木島となった君の仕事だろう」

岡田の声がひどく遠く、まるで坂の上から響くように聞こえた。

その時、春洋の袖をくいとまた引いたのは多分、折口などではなく餓鬼の類だ。


「さあて、これでいい。子供たちにはあらかじめ脳の一部にメスを入れて感情を司る部分を取り出しているから、この間のように暴走することはない」

この間、とは幾年か前、木島が仕分け屋になったあたりにあった事件である。ユダヤ人の学者が白痴の子ばかり幾十人か集めて、それを一つに繋いで人の頭より何十倍か賢い自動計算機を造ろうとした一件があった。前世紀に白痴の子が一度読んだだけの書籍を全て覚えてしまうのを発見したイギリスの医師が、彼らのような子供たちをイディオ・サヴァン、賢い白痴と呼んだ。瀬条機関はそういう子らを幾人も集め繋ぎ合わせ、そして、一人の人間が自分の脳で考えるだけではとうていできないことを考える道具とする、という人倫を顧みない発明品を以て来たるべき大戦の結末を予言する計画を立案した。

しかし、せっかく造った人工演算機に対してなされた質問の答えが、あってはならぬものだった。幸いにも、と言うべきか、サヴァンの子たちの脳の回路が焼き切れ、彼らはその能力さえ失ってしまったのであった。

それと同じものを瀬条に戻った木島と土玉は、また造ろうとしているのである。

内務省あたりが神経を尖らせている流言を仲木がわざわざ文化映画にしたのは、瀬条とは違う筋の企みであるようだ。だがその関心は一致していて、その噂をまずは科学的に仕分けよ、というのが瀬条の指示であった。無論、流言は流言に決まっている。しかしその中には予兆が混じっている。隠り世が接近するから起きた現象がある。つまり、ミューの観測である。地政学も地理学である以上、観察が必要である。件の類の噂はその現象のたった一つの断片に過ぎない。それを綜合(そうごう)しなければ結論は導けない。そのために土玉が人間計算機をまた使おうと言い出したのである。

「思うに生きた脳よりも、水死体の脳の方がよく電気が伝わるんじゃないかと思うんだけれど」

土玉は新しい思いつきを却下されたことに未練がましいが、木島は無視を決め込んだ。

「諦めろ、ここは瘋癲(ふうてん)病院だ。サヴァンの子供はいくらでも手に入るが、水死体は扱わない」

「全く残念だよ」

本当に心から残念がっているのがおかしいが、瀬条機関でのキャリアは長いのに土玉があれこれとつきまとって助手替わりに使ってくれるのはありがたかった。それで瀬条にかろうじて居場所ができた。

仕分け屋という裏の仕事から表に戻ったものはこれまでいない。ましてその頬には死んだ女の肉が生きたまま張り付き、近頃では人面瘡のようになっている。だからまともな感覚なら寄りつきたくはない。

「子供たちにデータを覚えさせたのかい」

「ああ、大丈夫だ。地中から発せられる電磁場の変化に始まって、古文書に現われた大津波の記録や行方不明者の年度別推移。それから、流言の類。何しろ憲兵司令部が関東大震災の時から集めている流言蜚語だけでも高等学校の図書室一つ分ぐらいはあったのだから、尋常ではない量だよ」

そういう段取りを案外と土玉は手際良く苦もなくやってのける。

「それから……」

「もちろん、あの折口とかいう民俗学の先生の論文と、学生たちがとっていた数年分の講義ノートの内容も全部、暗記させた。思考するための材料は充分揃ったが、しかし、肝心の考えるための脳味噌役は誰がするのだい？　前回は美蘭ちゃんを使ったがさすがに今度はそうはいかない」

脳味噌役、つまり、いくつもの脳が導き出した結論を最終的に人の言葉に変換する人間がこの機械には必要なのだ。つまりは、もどきである。

「ぼくがやろうと思う」

木島は、雛壇（ひなだん）にずらりと並び電極のついた帽子を被せられて小刻みに身体を動かしているサヴァンたちを見て言った。

「あれこれぼくが質問するより早い気がする」

「しかし事によったら、いや、必ずや君の脳は負荷に耐えられず、気がふれる」

「ふれたっていいさ」

「それは困る」

「心配してくれているのかい」

「君がいないと誰も水死体の研究の話を聞いてくれないからね」

すると、パンパンと大仰な拍手が響いた。

「ふむ。瀬条機関には珍しく、麗しい友情ではないか」

瀬条の声である。

「しかし、問う役割と答える役割を同時にできるかね」

「問う側と答える側の誤差が生じない点でむしろ合理的です」

木島は答えた。

何より、問いかけようとすることは月が知りたがっていることだ。とすれば木島の脳に答えが流れ込むのが一番正確で手っ取り早い。

「なるほど、一理ある。とは言え、まだ当面は、君が使い物にならなくなっては困る」

瀬条は言った。当面、ということはいつかは使い物にならなくなっても構わない、という意味でもある。腹に隠さず言葉にする。それは瀬条機関全体で一致した態度である。

「……じ……自分は水死体の研究が志半ばでして」

替わりに指名されたものと思って、慌てて土玉が言うが瀬条は耳にさえ入らぬ。そして『メトロポリス』のマリアの如く全員が全く同じ顔のこの病院の看護婦に目で合図した。

車椅子に乗せられ入ってきたのは、赤い帽子を被された干涸(ひか)らびた人ともつかぬ者であった。しかし、木島には見覚えがあった。

「この方は」

「確か御前とおっしゃる方では」

自分は放免されたとわかって、安堵した明るい声で土玉が口を挟む。

「儂が瀬条機関をつくる前よりこの国の諜報や宣伝工作をやっていたと言い張る狂人だよ」

瀬条は自分の弟子だ、と木島はこの老人から聞いたことがある。

「室町時代の生まれと称しているから武内宿禰より少し若いか」

瀬条が鼻で笑う。

「確か左耳の後ろに……」

「龍の刺青があったはずだが、皺で消えていて、最初からそんなものがあったかもあやしい」

「生きているのですか」

土玉が覗き込むがぴくりともしない。

「一カ月前に瞬きをなさいました」

同じ顔の看護婦が言う。

「それじゃあ生きているかなんてわからないよ」

土玉が口を挟む。

「だったらこの男を繋いでさっさと問うてみたらよい」

「よろしいのですか」

「ふん、この木乃伊が日頃口走っていた戯言に少しでも真実が混じっているなら、儂らよりは歴史の裏を見聞きしてきたことになる。ならば問うてみればよいではないか。たった今、起きていることはあってよいものなのか、それともならぬものなのか、そもそも一体、何が起きているのかと」

愉快そうに笑う瀬条に、この男はもう答えがわかっているのだと木島は思った。

（十）未来記

それは明らかに鯣（するめ）の焼ける臭いと同じであった。

一体、人の魂が焼き切れる時というものは、もっと厳かなものだと木島は思っていた。サーカスのバルーンのように膨らんで四散した月の時とて、そこには戦慄や昂揚からなる厳粛さというものがあったではないか。だがこうやって人間の魂について考えようとする自分の神経が、そもそも麻痺している。しかもその麻痺は、不意の痛みにただ脅えて、自分で麻酔薬の注射でも慌ててしたような無様さのなせるものであることを木島は知っている。

あれ（いい）が自分に見せたものは何だったのか。

幾十もの死者たちの脳に繋がれた、武内宿禰の如く千年生きたと言えば信じる気になる木乃伊の如き老人は、土玉が交流電気を流すとレコードの早回しよりも更に速く、喋り始めた。

声というよりも空気の振動に近かった。記録のために用意した帝国議会の五人の速記者の手が追おうとするが、あまりに高速で手を動かそうとしたため、ペンが次々とふりちぎられたように天井に舞い、右手の腱（けん）を痙攣させる者もいる。言葉は言葉でなく、単語と単語は品詞単位で衝突し、まるで弁証法のように別の意味を生成し、そして、新しく生み出された意味はもはや言葉でなく、意味となる一歩手前で忙（せわ）しなくカットの入れ替わる映画のようでもあった。

喩えて言うなら衣笠貞之助（きぬがさていのすけ）の『狂った一頁』のモンタージュにも似たものだ。

その映像に木島はまるで神経で床屋の剃刀（かみそり）の刃を研がれたような感覚がして、そして吐いたのだった。幾度も吐いたのだった。


木島は女を殺す自分の姿を見た。

正確に言うなら、見たのは殺した後の光景だ。

手についた血の温もりは、牛からしぼったばかりの乳の温かさに似ている。さらりとした感じもだ、と木島は思う。

そして、足許が血の海と言うのは大袈裟だが、血だまりができていて、その赤に猫の爪のような新月から三日月の月が蒼白く映る。

血だけははっきりと赤いのである。

女と会った日は空に月はなく新月の晩だったから、出会って三日で女を殺したのか。これは新記録だ、と愉快な気になり、そして木島は他愛（たわい）もなく昂揚する。人を殺すとわけもなく愉快になる。坂の途中で、春を売っているのか、夜鷹（よたか）でもあるまいにと声をかけたら、女は月から来たとわけのわからぬことを言っていたっけ。

迦具夜姫を気取ったこの女を月に還さないのなら衣を奪い、ついでに殺すしかないではないか、と頭の中で悪戯のように思ったのは多分、ほんの数十秒前のことだ。

はぎとった衣は確かに羽根のように軽かったから天の羽衣かもしれない。

さて、この死体をどうするか。

簡単ではないか。

刻めばいい。

そして、海に流す。

月に還りたいと言った女にはひどい裏切りだが、死者の国は海の彼方にある。それがこの国の定めごととしての信仰だ。

そう決めた木島は敬虔なキリスト教徒の如き心持ちとなり、研究室の書棚の底板の下を手でさぐり小さな、しかし使い勝手のいい手斧の柄を指先でたぐりよせた。これからすることを想像すると部屋中がまるで甘い蜜の匂いで満たされたように感じる。


その甘い匂いが鯣の下品な臭いで中断し、木島はそこで醒める。そして目の前で老人が眼をくるりと反転させ白目だけを剝き出しているのを見る。

「確かめなさい」

明らかに高揚した声で瀬条が言う。

木島は慌てて老人の首筋に人差し指をあてるが何も感じぬ。

確かに魚の半乾きの干物のような感触しかない。

それから耳を口許に近づけ息をしていないか確かめる。

耳朶に息がかかることはない。

何も聞こえない。

安堵して耳を離そうとした瞬間、声がした。

「起きていることは全部、あんたのせいだよ」

そうはっきりと声がして、木島はたじろぎ後ずさりすると、老人が鎮座させられていたのは床より一段高い場所であったので、そのまま足を踏み外し転んだ。

「うひゃ」

土玉が条件反射して跳ねるように笑い声を吐く。全てに無心に条件反射するのが土玉の流儀だ。

「死人に何か囁かれたのか」

瀬条の前でささいな失態をした者は、その瞬間から瀬条の視界から消え存在しないものになる。それがこの研究所の決まり事なのに、瀬条はひどく機嫌がよく、木島を軽く揶揄するように言った。

「いえ」と思わず、木島はかぶりを振った。

今、聞いたことはあってはならないものにしたい、と心から思ったからだ。仮面を捨ててからこの世のものではないことにすっかり耐性がなくなった気がする。

「まあ、動転するのも仕方ない。あんなものを見たのだからな」

「あんなもの」

「……幻覚なのだろうが、どういう作用かはわからぬ。早回しの如き声が何かの電気信号となって脳に届き視界の中枢を刺激するのだろう」

ということは瀬条にもあの光景を見られた、ということなのか。

しかし木島の不安をよそに恍惚とした声で言うのだ。

「あれはまさしく楽園であった」

困惑が浮かんだ木島の顔を瀬条は違う意味にとって、

「まあ、地獄とも言えるがね」

と言ってメフィストの如き笑いを一瞬見せる。それでまたいつもの無表情に戻り、「記録はできているな」と土玉に言った。

「もちろんですとも」

土玉は蓄音機を指さして言った。速記者の手が痙攣することを予測して蓄音機を用意していた、と得意気に説明するが瀬条は聞いていない。

木島はぎくり、とする。あれを記録されてしまった、というのか。しかし土玉は木島の耳許で小声でこう言った。

「本当は最初の数秒を残して、レコード盤の溝はなくなってしまったんだがね」

木島は微かに安堵した。

「それで君には何が見えたのだい」

少し落ち着いた木島は聞いてみた。

「もちろん海辺を埋め尽くす水死体だよ。百恵比須事件なんてもんじゃない。幾千幾万とあろうか。その中に僕も漂っているんだよ」

うっとりとして土玉は言うのであった。

それで受けとった電気信号がどうやら人によって脳に見せるものは異なるのだ、と予測した。

しかし、

「いいえどれも同じよ」

木島の心を読み小さく囁いたのは、月の肉片に生えた唇だった。

瀬条がまるでその声が聞こえたかのように頷き、仕分けを試問するように木島を見た。

どう見えようと本質は同じことか、と思った。人の心の無意識の水位にあるものが迫り上がってきたのである。人の意識は井戸で奥底の水脈に繋がっている。

それがミューが近づいてくる証拠である。

そう木島は仕分けた。

いや、仕分けたというよりも月の心をもどいたのである。


春洋に跨がった美蘭が背を弓のようにそらし激しく痙攣する。春洋は両手首を摑み更に引く。苦痛の全てを愉悦に変える術を知っている美蘭の女性である方の生殖器は、春洋を更に奥まで導く。衆道でこの形で深く交わった時、相手の骨盤がごりごりとひどく邪魔なのだ。それがいつも春洋の心を冷めさせた。もとより折口との関係を続けたのは大袈裟に言えば原罪を贖うようなものだ。

しかし美蘭の小さな尻が春洋の上にぴたりと張り付いた時、いつも感じる違和は少しもなかった。

美蘭は声ではなくただ琴の弦のように空気を震わせ果てる。

幾度、美蘭の中に精を放ったことか。

岡田は美蘭の身体が幽（かく）り世に繋がっている、と言った。

では俺は死というものと、つまりは、エロスではなくタナトスと交わっているのかと思うと、美蘭の中にあるものがまるで死という言葉に欲情したかのように、更に奥へと精を注ごうとうごめく。そして両手で中国の絵図に描かれた桃の実のような尻を鷲摑みにし、春洋自身も大きくのけぞった。

何かが美蘭の子宮口で春洋のそれに触れた気がした。

その瞬間、部屋の隅で膝を抱えている男の姿が春洋の目に入り、思わず、身体を跳ね起こす。美蘭の身体は鞠（まり）のように跳ねて、反対側の隅に転がり、収まるところを失った春洋の陰茎が激しく痙攣し、畳の上をはしたなく汚した。

また、死というものに拒まれた気がした。

「いつからいたのだ」

「ずっと」

最初からか、と言い返そうと思ったが、春洋が感じている気まずさを部屋の隅にいるこの男、八坂堂の根津が感じるはずもない。気まずさも感じない代わり、待つことも苦痛でない。何も感じることなく春洋と美蘭の交わりが終わるのを待っていたのだろう。

「どうしたというのだ」

動顚などしていないと気を落ち着かせようとするほど、裸体で仮面だけを被りふたなりの少女と交接していた己の姿が滑稽に思えてくる。根津ごとたった今この刹那を抹殺してしまいたい衝動にかられる。しかし根津は感情のない目で見上げ、「これ」と言って一枚のレコード盤を差し出した。刻まれた溝がひどく少ない。

「何だこれは？」

「盗んできた。木島平八郎のところからだ。何故ってこれは八坂堂で持っていた方がいい」

自分の行動と理由を説明するが、簡略すぎて意味を成さない。文脈という概念は根津にはないのだ。

「まあ、レコード？」

裸体で両足を天井に向け尻を丸出しにしていた美蘭がたちまち駆けより覗き込む。

「ダンマツ……マ」

レコードのラベルの手書き文字を読み上げる。

「趣味の悪い曲名だ」

「いや音楽じゃない」

「では本物か」

戯言を言いかけたつもりが、春洋は不意に胃のあたりが不快になった。本当のことを言い当ててしまったようだ。

「人が死ぬ時の最期の声が入っている」

一瞬のことだから溝が少ないのか。

「聴いたのか」

「つまらなかった。ただの音だ」

春洋は根津と会話を続けながら平静を装いつつ夜着を整える。そして、根津に向き直り、背筋を伸ばして改めて訊く。

「何故、そんなものを盗んできた」

「だって今はあんたが木島だろう？　だったらこれはあんたが仕分けしなくちゃいけないはずだ」

「人が死ぬ時の悲鳴を仕分けてどうする？」

「だってこれは予言だ。俺にはただの音にしか聞こえぬが、あんたが聞けばちゃんと感じるはずだ」

そういえば根津には生きた人間は無機物にしか見えぬと日記に書いてあったことを思い出した。

「予言を聞いてどうする」

「だから言ったろう。仕分けるんだよ」

「しかし、そもそもあってはならぬものとそうでないものの仕分けは、瀬条機関がその都度しでかすおかしな研究の後始末のためではなかったのか」

ずっと盗み読んでいた、木島が折口の名を騙った偽小説にはそう書いてあったではないか。

「そんなのは方便だよ。だって八坂堂はあっちとこっちの境に建ってるんだ。八坂堂は一つだが、どこにでもある。瀬条機関がその名になるよりずっと前、左耳の後ろに黒い龍の入墨がある男が最初の八坂堂を建てた。だから八坂堂の主になるってことは、あっちとこっちの門番になるってことじゃないか」

「門番？」

「そうだよ。あってよいものをこっちに導きあってはならぬものを向こうに返す。それを決めるのが仕分けで、木島の名を持つ者の仕事じゃないか」

何を今更わかりきったことを、という口ぶりで根津は面倒くさそうに口を尖らせて言い捨てた。そんな権能が仮面に付いてくるとは初耳だが、成程、前の木島は死者の国から黄泉比良坂を下って恋人を連れ戻しかけたというから、そういう素養があったのだろう。

しかし、自分はどうだ、と春洋は自問する。

「ではさっそく仕分けましょう」

根津と噛み合わぬやりとりをしている間に美蘭は裸のまま、蓄音機を隣室から運んできてぺたりと膝を折って座り込んだ。

性器が丸見えになる。しかし彼女の股間にあったはずのものは誰かが仕分け、身体の内にしまわれている。そして少女のそれだけが剝き出しになっている。

「聴きたいのか」

春洋の問いに、こくりと美蘭は頷く。

「ならば何かをまといなさい」

美蘭が猫のように尻を上げ蒲団に潜り込み脱いだ下着を投げ出した。

「衣が欲しいのです」

そう声がした。

「衣なら脱いだものがあるだろう」

春洋が窘めると、美蘭は蒲団から顔を出し怪訝そうに見上げた。

自分が言ったのではない、という顔である。

「衣が欲しいのです」

声はもう一度、春洋の仮面の中で響いた。

あの女の声だ、と春洋はようやく理解した。そして、あの女とは誰のことだ、と思ったがわからない。

忌々しい。

ああこれはこの木島の仮面の記憶だと直感する。仮面に記憶が染みつき、それが自分を侵していくのかと思うとおぞましく、春洋は仮面を脱ぎ捨てようと一瞬思った。だが思い直して、自分を納得させるためにかぶりを振った。

だからといって、春洋になぞ戻りたくないだろうと。

幾人めかの木島になった方がずっとましではないか。木島であれば死んだ女の声が聞こえても当然なのだ。我慢すればいいのだ。

「聴く前に、玄関の水虎を鬼門に向けた方がいいよ」

根津が廊下の端を指さして言った。

折口がどこかで買い求めてきた水虎像のことだ。

「何故だ」

「だってここは出石って地名だろう。だったら迂闊なことをすると死者の国の門が開く」

出石とは、うつぼの如き中空の殻の中から何か幼虫の如き蟲が出てくる様を意味する、といつか折口の短い論文で読んだことがある。

なるほどそんなものは出てこないに越したことはないと、春洋は玄関に行って慎重に鬼門の方角に水虎を向ける。

戸口の方角を二匹の水虎が睨んだ形となる。

「あとは石を置けばいい、出石という地名だから石があるはずだ」

「石？」

「あっちとこっちの間を塞ぐ隘勇線替わりの丸い石だよ」

「石とはさざれちゃんですね」

美蘭が言った。

そうだった。折口と美蘭が鎌倉の水辺から攫ってきて彼女が飼うと言ってきかなかったというあの石だ。俺が庭に置いていいと美蘭に許したと、日記に書いてあったあの石のことだ。

「その娘が拾ってきた石は確かにあったが、ここに最初からあったものではないぞ」

「出石なのに石がないから、石の方から来たのだろう」

妙な理屈だが理屈になっているだけましかもしれぬ。

「それで、あの石はどうした」

「ここに」

美蘭は薄い襦袢の上から下腹部を愛でてみせる。

「私のお腹に入りたいと、さざれちゃんが言ったのです」

唖然、という言葉がこれほどふさわしいと思ったことはなかった。そして春洋は先ほど美蘭の奥で触れたものが何であったのかを察知した。

美蘭の小さな女性器が人のこぶしよりも大きなあの石を呑み込んだというのか。曲芸団か見世物小屋にそういう類の芸を見せる女がいたっけ、と思いかけ、そうか、この少女はサーカスから引き取られたと折口の日記にはあったと思い至る。

「外に出しなさい」

春洋の良識らしきものが美蘭を窘める。

「だめです。さざれちゃんは卵ですから。かえるまでは美蘭のお腹の中にいるのです」

親鳥のような顔で美蘭は言った。

「それに石は家に置いていいとおっしゃいました。だから美蘭はこのお家に参りました」

なるほど、日記に書いてあったのはこういう理屈か。

冗談ではない、と春洋は思った。腹の中でその石がかえったらどうなるのだ。想像だにおぞましいではないか。

「なあに、その大きさじゃあまだ生まれない」

根津はちらりと美蘭の下腹部を見て仕分けて言った。

美蘭は根津の視線に恥ずかし気にまつげを伏せる。春洋に見せぬ羞恥を何故、根津に見せるのか。わけがわからぬ。

「あんたはしっかりそこに座っていればいい」

縁側の一角を指さす。

「ここですか」

「そこに昔、要石があったからだ」

「何故、おまえがそんなことを知っている」

「知らなくたって石が置かれる場所は一目見ればわかるだろうに。そこだけ壁が薄いのだ」

言われて根津の指をさした先を見ても春洋にはわからない。壁とは彼岸と此岸の境という意味か。

「レコードをかけるぞ」

根津は言うと春洋の返事もまたずレコード盤に針を落とした。次の瞬間、すーっと足許を波が洗った気がして、慌てて下を見たが、居間の畳の目しかない。

気のせいかと小さく息を吐いて顔を上げると、目の前に暗い海があった。

かえってほっとした。どこの海だ。

故郷の能登半島の海にも見えるが沖縄のようにも見える。

海辺には白い衣を着た老婆たちが並んでいる。

そして、

こう。

こう。

こう。

こう。

こう。

とうなるように歌っている。

琉球王国の祝女（いわいめ）たるノロのようにも見える。

だが、よく見ればそれとは別に水辺で休んでいる男が見える。うつろに向こうを見ているその横顔は自分より一代前の、いわば先代の木島ではないか。まるで誰かを殺したかのように両手が血にまみれている。

そして、少し離れたところには折口がしゃがんで、大きな繭にも似たうつぼを拾っている。うつぼなど見たことはなかったが、うつぼであるに違いない。いくつもうつぼが水辺に流れ着いているのだ。

拾っては中を割る。するとぬるりと蛭子が砂の上に落ちる。

うつぼだから当たり前だ。

また拾っては割る。

それを折口は無心に繰り返す。

きっとあのうつぼの一つに、蛭子のように美蘭が入っていたのだと思う。

足よろの美蘭はああやって折口に拾われ養い親としたのだ。

すると今度は、春洋の後ろを二人の書生が語らいながら歩んでいく気配がする。

二人は周りの光景など少しも目には入らない。一人の男は詩を歌い、そして、もう一人の男は頷きながらそれに従う。先を行く男にのみ、スポットライトのように光が当たっている。先頭の男はそういう人生を当然と思っている。先に行く男は歩を止め、春洋の傍らを通ると水辺に行き、そして、何かを拾った。

うつぼではない。

椰子の実だ。拾った男は慌てて駆け寄るもう一人の男を振り向きそれを差し出す。

「俺たちはこの椰子の実のようにこの列島に流れ着いたのだろう」

と言う。

言われた男は、その意味のわからないまま「そうだな」と頷く。ただ、「俺たちは」と言われたのが嬉しかったのだ。そして、自分の言ったことを少しも理解しないこの男を、もう一人の男のいとおし気な微笑が包む。

この二人が誰かは春洋にもわかった。

二人をいつのまにか人の姿としてある小さな美蘭の手をとった折口が、羨望と絶望の混じった目で見ているからだ。

「うひゃひゃひゃ、水死体が来るぞ」

水辺を今度は土玉が駆け抜けていく。

「水死体？」

思わずつぶやいた春洋を、自分のことが見えていなかったはずの二人連れの書生の一方が、憐憫の目でちらりと見た。目が合った。春洋を憐れんでいた。

そして、男は海の向こうを指さした。

春洋は息を呑む。

津波であった。

津波というより巨大な壁と言った方がいい。

幾十メートルもの高さがある。

そして、それは本当は津波などではないことが春洋にはわかった。

「ひゃひゃ、水死体だ」

「蛭子だ」

「夷だ……」

「弥勒だ」

「……月……」

いくつものつぶやきとも悲鳴とも歓声とも言えぬ声が響きあう。春洋ははっきりと見る。

それは死体たちの群れなのだ。

死者たちが還ってきたのだ。

死者たちが群れなし幾千幾万と重なり津波となって押し寄せてくるのだ。

ああ、これがこれから起きることなのか。

断末魔とはこの死者たちの帰還に生者が発する声のことか。

ならば最初に仕分けることは決まっているではないか。

俺のことだ。

春洋はその群れの中に自分が交じっていないか思わず目を凝らした。自分もそこにいるはずだ、と疑いもなく思ったのだ。

津波となり重なりあった死者たちは一斉に両手を広げる。それはこちら側をあちら側が抱擁する仕草のようにさえ思えた。

死者の津波はきらきらと、まるでうろこがあるかのように光を反射する。

そうして死者の津波の先頭に死者となった自分の姿を、春洋ははっきりとみとめた。

ほれみろ。死んでもやはり戻ってこなければならぬではないか。

微かな安堵と深い絶望を感じながら、春洋は死者の群れに呑まれた。

腰の奥で何かが炸裂（さくれつ）した気がした。

その瞬間、美蘭が春洋の方に倒れ込んでくる。美蘭の細い四肢が絡みつき、そして春洋を受けとめ痙攣する。美蘭と自分はいつの間にか、また、繋がっていたのか、と春洋は美蘭が絡みついたまま離れぬので首を四方に回し確かめる。根津の姿はなかった。ということはずっと繋がっていたのか。

レコード盤は音をたてずに回っている。

ではやはり根津は来たのか。また気配を消してそこらにいるのかと闇（くら）がりに目を凝らすが、姿はない。

「未来記を御覧になりましたか」

あまえるように美蘭が耳許で囁いた。

「見た」

春洋は答える。

木島になってからこの世とあの世の境をゆらゆらと歩くような夢ばかりを見てきたが、あれは夢などではない。これから本当に起きることだ。そう確かな感覚が春洋にはある。

「どう仕分けなさいます」

また甘い声で美蘭は聞いた。

「あってはならないものだ」

春洋は迷わずに言った。

それは疑いようのないものだった。

死者たちの群れをこの世に戻すことなど認めてはならない。

そうしなければ俺は死ねないではないか。

だからそれを呼ぼうとしている者たちもあってはならないのだ。

その時、春洋の頭に浮かんだのが誰であったのか、言うまでもないだろう。


幾人の女に土車を引いてもらったことか。

無論、土車とは比喩で、あの女の形見としてのオート三輪のことである。

辻から辻へ車は引かれ、不意に女たちは車を置き去りにして消える。

すぐに次の引き手の現われることもあったたし、幾日か名もない神社とも廃屋ともつかぬ庇の下に雨ざらしにされることもあった。

それでも必ず引き手は現われた。

「この車を引くものは供養になるべし」と幾人めかの引き手であった、自分は小学校も出ていないお針子だと言った女が、つたない字で板木に書き打ち付けてくれたおかげもあるのだろう。引き手は、女学生であったり、ハンドルを杖替わりにしなくては立っていられぬ老女であったり、啄木の詩集などを思い詰めたように懐に隠す女であったが、皆、遊女であり巫女であり、つまりはどの女も、照手であった。

大杉栄であったはずの、人と骸の間の俺はそう思った。

女たちは車を引き終えると、街中でも少しも躊躇いもなく淫らに着物やスカートの裾をめくり、そして俺に跨る。

それも供養のうちなのだ、と言いたげに。

そして俺が果てると皆、天女のような微笑を浮かべ去っていくのである。去っていく方角にいつも点々と月のもののしるしが残される。月のものが女たちを照手に変えてくれるのか、と俺は納得する。これなら小栗判官も、餓鬼阿弥も少しも悪いことではないとほくそえむ。

女の月のものにどういう魔力があるのかはわからぬが、人ではない身体はずいぶんと人に近づいた。脚だけは皮はついていたが棒のままで、足よろだけは治らぬのだろうが車があるから不自由もしない。

女たちは、まとっていた思い思いの衣を俺の頭に被せていく。隠れキリシタンの如き十字架を首にかけていく者、紫の頭巾やら孫悟空（そんごくう）の如き金輪や茨（いばら）の冠まで被せられた。手首には数珠や、腕時計やブレスレットの類。ロシア正教のイコンや西洋風の蠟燭が夜になると灯されもした。昔、パリにいた時のジプシーの女にこんないでたちの老婆がいたな、そこからどこか奥羽（おうう）の方で見た土中入定（どちゅうにゅうじょう）の木乃伊もこんなふうにわけもなく着飾らせられていたな、と思う。しかし、これは仲々に様になっているぞ、昔の俺の美意識からすれば全く耐え難い恰好だがな、と呟いてみて、何だか心から人の世を救いたいと思うようになっていた。

そして最後の女が車を引く。

数学教師の如き色気のない眼鏡をかけた三十路（みそじ）ほどの女は、オート三輪の荷台から俺を抱き上げるとぎしぎしと軋（きし）む引き戸を開け、俺を湿った畳の部屋に下ろした。綿の入った蒲団の上に鎮座させられ、そして、そこで俺はそのまま生き神となるのかと思ったが、女は「ここは共産党の細胞です」と実に嬉しいことを言うのだった。

そして女は箪笥（たんす）の奥から錆びかけた缶を取り出すと、それを開けて、俺の口許に何か肉の干物のようなものを差し込んでくれた。

苦い、と吐き出そうと思ったが、わずかに湿り気をとり戻した口の裏にぴたりと張り付いて離れない。

「そのまま呑み込みなさい」

女の声はやはり照手のようにやさしかったので俺は言う通りにした。

「これは何だ」

「人魚の肉よ。昔、破裂して散った人魚の女の欠片よ」

言っていることの意味はわからぬが眼鏡越しの女の瞳が淫靡に光った。そういえばこの女とはまだやっていない、と俺は思い出し、思いの外張りのいい女の腰つきを見て久しぶりに自分から欲情するのを感じた。

（十一）鵺を流す

葦原が一面に広がっている。

東国では「悪し」に通じるのを気にとめぬのに、西国は忌み言葉で「良し」と呼ぶ。そうやって言葉をねじってみせれば、そこに新たに棲みつくものがあるのが西国の人にはわからぬらしい。遊郭を葦原に集め、悪場所を葭原と呼んだ諧謔とはまた違う。

だから何かが棲んでいる、と素顔の木島は思う。干潟の陸原に根を張り葦原をつくる。干潟の時には干上がり海からの貢ぎ物が茎に絡みつく。女も水からの宝物だ。水死体さえ恵比須と呼ぶなら何しろ生きた女だ。シュリンクスが牧神パンに追われて姿を変えたのも葦だとすれば、さて、この女を湿地まで追い込んだのは誰かということにもなる。

あの時、最初に瀬条機関に入った情報は鵺が流れ着いたというものだ。

木島はそれを調べに行かされたのだ。

鵺とは文字通り夜に鳴く獣だ。夜に鳴くのは物の怪か女だと相場が決まっているが、葦原に鳥とも猫とも人ともつかぬ鳴き声なのか、泣き声なのかが夜に響けば噂も東京にまで広がる。

それでこの種のことを一手に引き受ける係であった土玉と新入りの木島が出かけたのだ。

木島は月を大森辺りのどぶ川の中で拾ったつもりでいたが、記憶違いだったかもしれぬ。その証拠にこの葦原を前にすると、木島ははっきりと初めて月を見た時のことが思い出されるからだ。

葦原の果てに裸身で腰を下ろし、赤い目に青い月を映した女を見つけた時、木島は確かにこれは鵺かもしれぬ、と思った。全身にはフランケンシュタイン博士の創り出した怪物の如き縫い目があり、ばらばらの死体を繋ぎあわせて一つの人とする実験なども、瀬条機関のどこかの細胞（と瀬条は研究班のことを何故だか共産党を模してそう呼ぶ）が確かにしていたはずである。すると、要は実験体が逃げ出しただけだと冷めた考えもすぐに頭をよぎりはしたのだ。

その時の木島は女を殺したことを忘れていた。

本当は幾人も殺したのだ。

そして決まって川に刻んだ死体を流したのだ。畑にでも埋めれば天邪鬼（あまのじゃく）を刻んで殺した後に五穀が実ったように何か生えてきたのかもしれないが、刻んだ死体はトランクに分けて詰め込み、いくつかの肉片は小さな葦船を作り、流し雛のように川辺から水に放った。

何故そんなことをしたのかは自分ではわからぬ。

どこか近くに流れ着き、殺人事件の騒ぎになればたちまち木島にとて疑いの一つもかかるであろう。いくら身寄りのないと語る娼婦（しょうふ）もどきのカフェの女給や夜鷹の如き者たちとはいえ、誰かは女と木島が一緒にいたことを覚えている。

そうなのだ。

会う度に名も顔も違っていたが、同じ女に見えた。本当は違うが同じ女だ。殺してもまた幾月か後にはどこかで巡り会うのであった。

　一体、幾人殺したか。

　そして幾人目が月であったのか。

　葦原の果てで、おまえはそれでどこから来たのかい、といつものように訊いたら頭上の猫の爪のような三日月を指さした。

　それが木島が月という名で覚えている最後の女である。

　しかし言い訳ではないが、殺したことなどさっぱり忘れていたのだ。

　忘れたまま、月を拾い、また性懲りもなく恋をし、今度は殺す前に自死された。それは初めての経験だったので混乱した。

　考えてみればここは葦原だ。芦屋の葦原だ。鵺が流れ着くにふさわしい場所だったではないか。源頼政（よりまさ）が殺して鴨川（かもがわ）に流した鵺が流れ着いたのは芦屋の葦原ではなかったか。継ぎ接（は）ぎだらけの女が流れ着けば、それは俺が殺した女の変化したもの、恵比須の如く神が物の怪と化して戻ったものだと考えればよいものを、ヘレン・ケラーを教育したサリバン女史を気取ってみせたのは何故なのか。

「さあ、船が来たよ」

　誰かの声がした。

「君は懺悔でも儂にしているつもりなのかね」

躁病患者のように二時間ずっと話しっぱなしであった、と瀬条は木島に言った。瀬条の研究室に憑かれたように入り、土玉が慌てて追いかけてきたが、木島はまるでリラダンの小説でエジソンが発明した蓄音機を仕込んだ歌姫のように話し続けたらしい。人殺しの仔細についてであったという。蘇った記憶を声にせねば、木島の脳味噌の配線が短絡しかねなかったのだ。

確かにあの老人が見せたものを心のうちにしまっておくことが出来ず、まるで魂が蓄音機になったような気分だったことまでは覚えている。

「ここにやってきて全てを告白し始めたが、君以外は誰もが全部承知していたことだよ」

木島の愚かさへの憐憫の感情のようにも思えた。瀬条が一体、何を言おうとしているのかと木島は混乱する。

「最初から説明するとなると少し手間がかかるな」

そう土玉は言って、説明の段取りを一瞬、頭の中で整理するとすぐに話し始めた。

一瞬で整理できてしまうほどの秘密なのか。

「確か以前、君に仕分けを依頼したろう。岡山の何とかいう村での事件だ。根津を使った実験の続きだ。徴兵検査に落ち、女たちから関係を拒まれて村の住人を三十人ほど殺したと仕分けした事件だ。あれは一体、人が一度に幾人までを殺せるかの実験であったことは覚えていよう」

そうだっけと木島は思う。木島は、仮面をつけ山あいのひどく狭い村に乗り込んでいたが、さてどんな仕分けをしたのか、仮面を失くした今はっきりとは思い出せぬ。

「近代戦というものは何しろ人を大量に殺戮(さつりく)することでしか戦い得ぬものだ。大量殺人兵器を科学の力で創り出すことが、来たるべき大戦への備えであると軍の連中は言うが、爆弾や毒ガスなみに人を殺せる大量殺人者を兵士にした方が合理的ではないかと、儂はかねがね主張してきた。知っているだろう、君も。我が軍の国民性が西欧人どもから残虐であると叱責されていることを。ならばその国民性に少しばかり細工してやればよい。もっと残虐に振る舞えるようにしてやればいいではないか。大量に人を殺すことに対してある、心の中の箍（たが）のようなものを電気的に外すことがどうやら可能であることは、ドイツの研究所との共同研究で明らかになっていてね。その実験と観察をあの時は実用化のために行った」

ドイツとの研究とは、国民がユダヤ人の消滅に国家単位で痛みを感じないようにすることが課題だったっけと、木島は思う。その応用だった。そうだ、確か津山（つやま）という土地だ。木島はあの青年がそうやって故郷の村に放たれたのだということをやっと思い出した。兵役こそ丙種（へいしゅ）であったが、それは結核の病歴があったからであり、大量殺人者としては少しも問題ではない。

それにしても奴も随分と殺したものだ。

本来、人は環境に慣れ易い生き物だ。

だから人は人を壊してはならないと躊躇することを覚える。余程の殺人鬼でさえそうだ。

その躊躇を電気的に壊すのだ。

そしてやっと瀬条の言った意味を理解する。

自分もその箍が外された実験体だったというのか。

それで女を殺して回ったというのか。

「私もあの男と同じ実験台だったのですか」

それは改めて言葉にしてみるとひどく理不尽であった。

「君の場合は実験の初号ということもあって、いささか厄介でね。一回一回、電気的に箍を外さなくてはいけないし、その度にすっかりあったことを忘れてしまう。忘却することが良心とか人倫の作用であると儂は認めたくはないが、そう呼びたければ呼んでいい。電気作用の存在が確認できて有意義ではあった」

「私の実験をしていたのは土玉くんですね」

木島は自分の口からその名を出しながら、ようやく土玉が何故、いつも自分の傍らにいたのか納得がいった。

「君という存在に気づいたのは一度めに女を殺した時だよ」

隣にいる土玉が木島の言葉を受けて静かに口を開いた。

「それには僕の研究テーマから話さなくてはいけない。発端は玉の井の私娼街のお歯黒どぶから、女の切断死体が見つかった事件だ。フィルムのコマに見立ててコマ切れ殺人事件や八つ裂き事件なんていう呼び名もあったが、東京朝日新聞の奴らが使った「バラバラ殺人」という名が大衆の心には腑に落ちたようだ。探偵小説家たちが小説と事件を混合して談話を出したものだから騒ぎになってしまった」

木島は、土玉が吃音も「うひゃ」という奇声も発せず、滔々と話す語り口に少しも驚くことはなかった。あれもまた人が被るありふれた仮面であったとわざわざ納得する必要さえない。

もう木島の前で仮面を被る必要はないのである。

土玉の言う事件は覚えていた。覚えていることとそうでないことを仕分けしてみる必要があると木島は思ったので、声の端にしてみる。

「あれは春画を描いていた男が内縁にあった女になじられて殺して、確か残りの遺体は東京帝国大の物置やら陸軍火薬研究所の脇から見つかって……」

そこまで言いかけて木島は、そこで笑うしかなかった。

くっくっく、と声を立てて初めて笑った。

「大丈夫かい？　木島くん」

「大丈夫と気遣ってくれるのは友情なのかい、同情なのかい」

「会話というのは社交や作法のようなものだ。感情とは別だよ。ただ君の態度に習慣として対応したに過ぎない。申し訳ないが」

冷たい言い方だとは思わなかった。そして澄んだ意識で仕分けしてみればいい。帝大の研究所にも瀬条の出先機関がある。あの事件は、確か犯人の身内が帝大の用務を行う者であったと何かで読んだ気がする。ならば、帝大の用務員の正体も明らかではないか。

「その通りだよ。君のような仕分け屋さんとは別に、瀬条には仕掛屋というのがいるんだ。色々と工作や段取りをする職能だ。玉の井の事件は確かに今、君が考えたように僕が仕掛屋を使って仕込んだものだ。君が実験体の初号機なら、あの時の殺人犯は零号のいわば試作品といったところだ。その時点では殺人者の心の箍を外すだけの実験だった。しかし実験の対象になった男の身内に配した工作員が、遺体の処理方法として指示したのは四肢切断ではなく、別の方法だった。その方法についての説明は今は省くがね。ところが男は死体をバラバラにし、しかも土中に埋めるのかと思ったら、お歯黒どぶに遺棄した。確かに猫やら小動物の死体が浮くようなどぶ川だが、何故、川なのか。第一、殺人が神話の反復なら、死体は土中に埋められなくてはならないだろう」

土玉は殺人機械の実験の説明をしていたはずなのに、最後に妙なことを言った。

「何だってバラバラ殺人が神話と関わりがある」

「ああ、僕ともあろう者が少し話が飛躍したね」

土玉はかつての飛躍しっぱなしの土玉とは思えぬことを言う。

「殺人と神話の関係とは、瀬条教授から与えられたテーマではなく、僕の本来の研究テーマだ。無論、教授に承認されたものだがね。実は、僕の関心から言えば、バラバラ殺人というのは人類学的問題なのだ。君も知っていようが、縄文時代の女神の土偶が発見されると必ずと言っていいほど破壊されている。これは長く土中にあって何かの作用で壊れたのではなく、わざわざ壊して遺棄したような印象がある。天邪鬼からキビやクリ、ソバが生えたという昔話や、オオゲツヒメの死体から蚕や稲など五穀が化生したという神話があるが、土偶はこの神話を反復する形代ではないかと僕は考えていた。そもそも僕は殺人の多くは宗教儀礼が根源にあると以前から考えていてね。現実の殺人事件はその古層の反復なのだと。人間の心の内の人倫の箍を外した結果、バラバラ殺人者の行動にこの人類の古層が浮上したのではないかと仮説したのだ」

「驚いた。君は随分と深いことを考えていたのだね」

つまり、男は自分の意志ではなく、自分とは別の因果律によって動かされていたと土玉は言っているわけだ。

成程、人間はその因果律で駆動する機械なのだと考えてみると、木島は何となく釈然とするものがある。

「だから男が死体をバラバラにしたと報告を受けた時は、殺人が女神を切り殺し切断することで豊饒（ほうじょう）を祈る神話の反復儀式だと解釈した。儀式とは神話の反復だからね。しかし、実際にはバラバラ殺人者はそれを川に遺棄した。つまり、それは違う神話の反復ではないか、と考えざるを得ない。事件を隠蔽（いんぺい）することもできたが、僕は教授の許しを得て、新聞に自由に報道させた。世の中の反応を観察したかった。この殺人が人類の古層に根差すなら、大衆たちは熱狂するはずだからね。その熱狂は君もどうやら記憶しているようだ」

自分の人殺しは覚えていないが、他人の人殺しは覚えているというのは居心地が良くはないが。

「そこで君は君で違う実験体での検証が必要となったわけだ」

木島はそれでやっと自分の出番が来たのかと理解した。

「そうなんだ。京都の鴨川の上流で、刻んだ女の肉片を葦で作った小船で流している君を見つけたのは全くの偶然だよ。何故、土中に埋めるのではなく川に流すのだと、その場であれこれ質問攻めにしたいぐらいだった。しかし、僕は君よりもどうしたわけか水の上を流れる女の死体の行方の方が気になり、流れを追ったよ。いくつかは水の中に消え、それでも女の頬のあたりの肉片が乗った小船だけが、最後は大阪の河口あたりに流れ着くまで車で追いかけた」

頬の肉。

その一言に、びくりと月が反応した。

それで、ああ、おまえはやはり最初に俺が殺した女の欠片でもあるのだ、と木島は思った。

「さて、よいかね。君たちの議論を整理することにしよう。この世の中はいくつかの法則で動いている」

そこで瀬条がおもむろに口を開いた。

「例えば物理学的法則。あるいはマルクス主義者たちが発見しかけている経済学的法則や、ソビエト・ロシアの前衛美術家たちが見つけ出したモンタージュという情報と情報の組み合わせの方法。そして土玉君が研究の主題としようとしているそれはロシアの民俗学者どもや、少し遡(さかのぼ)ればフロイドやユングたちが見出(みいだ)した人類の古層にある神話の法則とでも言うべきものだ。あるロシア人学者は幾百ものロシア神話がたった一つの法則から成り立っていることを見つけ、フロイドやユングたちは神経症や妄想が神話の形を反復することを発見した。つまり神話の如き物語の形式もまた世界の因果律の重要な法則の一つである。土玉君の研究もこの援用であり、人間の殺人行為は神話の形式性に収斂するという仮説に基づく。人の中の人を殺してはいけないという倫理の堰(せき)を壊した時、それでは、殺人はいかなる原理で律せられるのかの研究は当然、必要となる。それが土玉君の研究テーマである」

まるで学生たちの討論を聞き、そして道筋を立ててみせるゼミナールの最中(さなか)であるかと錯覚するような穏やかな口ぶりであった。

確かに人を倫理なき殺人者とした時、その者がいかなる原理で行動するのかがわからなければ応用できない。瀬条はあらゆる研究を応用、即(すなわ)ち人の世の役に立てるのが学問の使命だとする機関だ。

土玉が瀬条の言葉を継ぐ。

「はい。バラバラ殺人の死体がオオゲツヒメや天邪鬼と同じ神話の法則なら、土中に埋められるか田畑に遺棄されるべきです。しかし、調べてみると、玉の井事件より前の東大卒の農商務省技師によるバラバラ殺人事件があり、これは瀬条が関わっていない本当の殺人事件でしたが、やはりバラバラ死体はトランクに詰められ、信濃（しなの）川に流された事例が確認できたのでした」

「つまり、土玉君が考えているのとは異なる物語の因果律が現実の殺人事件を律していると仮説が立つ」

「その仮説を教授に話し、研究を本格的に始めようとしたところで、僕は君の姿を目撃したわけだ。調べてみると、君も学徒の端くれであったことは幸運だった。殺人衝動の抑制を解除する研究の被験体も必要だった。それで君を瀬条機関の一員としたわけだ」

そこまで言うと、土玉は少し遠い目で木島を見た。

観察者の眼であった。

木島はここまであけすけに真相を話されると、瀬条に入ってからというもの、自分を覆っていた靄（もや）とも霧ともつかぬ視界の悪さが一挙に晴れた気がした。しかし、同時に瀬条だけでなく、どこか見下していた土玉と比しても自分が凡庸すぎてこの場にふさわしくない気がした。

「一体、それではぼくはいかなる神話の因果によって女を殺し、水へと流し続けたのです」

仮令（たとえ）自分が被験体でも自分という機械を駆動しているものの正体は知りたかった。

「それはまだわからぬ。僕なりに仮説はあるが、それを検証してもらうためにこうして君に戻ってもらったわけだ」

「つまりぼくはそのためにもう一度、女を殺すのか」

「そうなるね」

それが木島の復帰の理由を土玉がどこか曖昧にしていた理由かと悟った。

実験体としてまた人を殺せと言われては良いとは言いかねるが、恐らく抗いようはないのだろう。だから幾度も女を殺したのだ。

ならばこのまま流されるしかないのか、と思いかけたところで、頬がまた痙攣したかと思ったら、明瞭(めいりょう)な声となったのである。

「協力するなら条件があります」

懐かしい月の声がはっきりとそう言ったのだ。

「口唇だけでなく声帯に類するものが発生しているのかね。それとも木島くんの声帯を借用しているのか」

月の言った中身よりも、月が喋ったという事実にまず土玉は反応した。

話し方はすっかり知性的だが、好奇心の転がり方はやはり土玉である、と木島は思い、くすりと笑ったつもりが頬の月が代わりに笑った。

「どうやら君の方にも声帯があるらしい」

土玉は月を「君」と呼び、その口唇を観察しようとして人差し指を近づける。

「痛い、噛まれた」

土玉が慌てて指を引く。八重歯の跡が第一関節に徴(つ)けられている。

「噛み切られなかっただけ感謝することだ。性格のきつい女は嫌いではない。望みがあるなら聞いてやる」

瀬条は愉快そうに笑って月を見据える。見据えたのは月だが、視線が行く先は同じだから、木島は自分が見据えられたも同然である。

「おっしゃいなさい。自分の口で。木島さん。あなたがずっと望んでいたことがあるでしょう」

それは木島が瀬条の仕分け屋となってもずっと瀬条機関を離れなかった理由であった。瀬条にいればいつか叶（かな）うと思っていた望みである。

月が頬の上で木島を促す。

「言いたまえ。大抵のことならこの瀬条は叶えられる」

甘言としか理解しようのない口調で瀬条は言う。

「教授の申し出に乗らぬ手はない」

土玉からさえも言われ、木島の中で初めて自分の意志のようなものが、ことり、と動いた気がした。いや、人に促された時点で本当は自分の意志などではなく、ただの詐術なのかもしれぬが、しかし、それはずっと言いたかったことだ。

「月を……」

小声でぼそりと言った。

「聞こえぬ」

「聞こえないな」

「聞こえないわ」

土玉どころか、月までもが責める。

木島は決意し、小さく息を吸った。

「月を蘇らせて下さい」

そうはっきりと言って、顔を上げ、瀬条を見た。瀬条の眼鏡には、高揚した木島の顔が映っている。

自分の顔でない気がした。

いや、自分はこういう顔だったのかと初めて思ったと言った方が正確だ。

「とうとう言ったな」

瀬条の顔に歓喜が一瞬にして満ちた。

そこでようやく、ああ、嵌められた、と木島は思った。

木島はどうやら土玉の言う因果律で動き始めてしまったのだ。


そして木島はまたあの葦原に来たのだ。

月を拾ったという葦原である。土玉と一緒である。

小船で葦を掻き分けて進んでいくのである。

「蛭子神を祀る夷神社が西宮(にしのみや)、そして、葦船に乗せられた鵺の死体が流れ着いたのが、この葦原だ」

「『平家物語』によれば、近衛(このえ)天皇の時代、京の都に、頭は猿、身体は狸、尾は蛇、手足は虎の鵺なる変化が出たが、源頼政の矢に討たれた。死体は「空舟に入れて、流されけるとぞ聞こえし」とある。流れ着いた先は諸説あるがね」

「そして月もここで見つかった」

「なるほど、つまりぼくはその故事に倣って鵺を流したのかい。それがぼくを律する神話の法則か」

「そうではない。鵺の説話そのものがいくつもあるから。『平家物語』の出来事だって法則の変奏に過ぎぬ」

「つまり、ぼくのやったことも変奏の一つだと？」

「ああ。しかも君は変奏の名手だった」

勝手な言い分だと思った。しかし、人殺しをさせたのは土玉だが、切断して川に流したのは確かに自分ではある。

「それでぼくは一体、何人女を殺したのだい？」

まず、それを知っておきたかった。殺した時の細部は鮮明に覚えているが、幾人殺したのかは判然としないのだ。

「僕が知る限り五人だ。月は六人目の女だが、自死したから殺した数には入らない」

「そうか。記憶がまた曖昧で一人の女を繰り返し殺した気がしていた」

「殺人衝動を起こさせるには、君の場合、毎回、電気的操作をしなくてはならなかった。いわば最初に戻してやり直しということになるから、同じことの繰り返しをしているように感じていたのだと思う」

木島は自分が最初の月を拾ったという葦原に目をやる。その葦原の上に小島のように小さな森が浮かんでいる。

「いわゆる鎮守の森ってやつだ。明治の終わりの神社合祀（ごうし）で村々にあった鎮守の森は姿を消した。代わりに靖国に国全体の死者を祀ればいいという乱暴な話に今やなっている。あの杜は他所にあったものを瀬条がここに運んだものだ。手つかずで残っていた鎮守の森を丸ごと、それこそ土地の表面の粘菌類まででも南方熊楠氏に倣って運んできた。何しろ粘菌まで含めて一つの装置として完結しているのだからね。つまり瀬条機関をもって初めて可能な小宇宙的世界だとも言える。日本人の信仰そのものの本質が凝縮された箱庭でもあるといったところだ。折口信夫博士の知遇を得ていた君に今更説明すべきことでもないが、日本人の魂は鎮守の森に戻る、とされているからね」

「あの樹は椨か」

木島は森の中心に世界樹の如くある、常用樹の名を尋ねる。

「ああ、鎮守の森には大抵あるね。折口博士の愛人でもある弟子の、藤井君と言ったっけ、彼の生家の近く、気多大社の入らずの森の古代林も椨だったね」

「たぶの木のふる木の杜に入りかねて木の間あかるきかそけさを見つ……」

折口の歌を詠じてみせたのは月であった。

「君の頬の肉は仲々に教養がある」

土玉は皮肉でなく言う。

「しかし、私たちはあの杜に入るとしましょう」

月が入らずの森に掛けて言う。

そう言って月の見た先の椨の森から、わずかに赤い祠が覗くのを木島は見た。月も見た気がした。それで木島は月に目が生えたことに気づいた。今や月の目でも木島は見ているのだ。

小船は浮島のような鎮守の森の端に寄せられる。そして石段を上って祠の前に立つ。葦原の祠の扉を開け、御神体である丸石をぐるりと回すと、床の隠し扉が現われる。それはこの杜の厳かさと比すと西欧の怪奇小説のようで陳腐にも見えた。

「なあに、却ってこういう絡繰りじみた仕掛けの方が世間には気づかれにくいものさ。周辺には陸軍の研究所があると言いふらしてある。地元の人間はまるで、君が仕分けしてきた、あってはならないものとしてここを見なしているようだから、誰も近づかぬが、念には念を入れてね」

石の階段に一歩足を下ろすと、湿気がたちまち濡れた布を纏ったかのように水分の重さとなって、身体の動きを鈍く感じさせる。そして息を吸い込む度、この世のものではないものの呼気を吸い込まなくてはならない気がして、思わず口許を手で覆う。

この杜は息をしているのである。しかしそれは生者の息ではない。

月は平然としている。

階段は奥底まで続く。

「これは月を蘇生させようとした時の曽根教授の研究所と同じ造りだね」

木島はまずそう思い当たる。

「ああ、あの時は飛鳥時代の古墳の石室をそのまま使った。確か名もない地方豪族の円墳しか手に入らなかったはずだ。曽根先生の政治力ではそれが限界だ。頼んだ相手が格下すぎた。しかし今回は瀬条教授の肝入りだ。この研究所の石室は盗掘が全くされていなかった、皇室の系譜上もはっきりしているある女性の墓所と推察される前方後円墳のものを、そのまま運んできたのだ」

不敬という概念は共産主義者よりも唯物的な瀬条機関には当然ない。石室も装置の一つに過ぎない。

石室に入ると水底にいるような息苦しさが一挙に消えた。

そして目の前に広がった光景に「ほう」と木島はうなった。

四方が極彩色の壁画で飾られているのである。

「しかし奇妙な。虎、蛇、猿、犬とは」

四つの壁に描くなら四神、つまり白虎、青龍、玄武、朱雀、あるいは鳳凰、亀、龍、麒麟の「四霊」がふさわしい。しかし謎はすぐに解けた。

「ふん。この石室は東西南北に対し四十五度傾けて建ててあったというわけか。北東で寅(とら)、つまり虎。南東の巳(み)で蛇、南西の申(さる)、つまり猿。そして北西の戌亥(いぬい)で犬。鵺とはその四種の獣の合成物だという説があるが、随分時代が下った後の俗説だと思っていた。しかし、鵺が流れ着いたとされる場所には仲々の趣向だろう。全部合わせれば鵺になる」

無論、趣向などという気の利いたものではない。これも装置の一部なのだろう。

「それより足許が気にならないかね」

土玉が口笛を吹くと、石室の照明が消えた。

替わりに足許から青白い透過光に照らし出された。

木島は言葉を失い、そして、床に頬擦りをするように這いつくばった。

「……つ……月」

足許には厚い硝子が嵌め込まれ、水槽になっていて、そこに月が漂っていた。

月の恵比須であった。

月が月である証拠に、抉られたように頬にだけ肉がなかった。

木島の頬にある間は月の頬の肉であるのだ。

「君の実験で四散した肉片は回収して、君に内緒で保存させてもらった」

「ぼくは月の肉片を海に流した気でいたよ」

「またも葦船で流したので今回は悪いが回収したよ。切断して海に流した肉片が海の中でどうなるか、観察する必要があると僕は考えていたからね。それがこの水槽だ。海水が循環してエラに似たもので呼吸しているが、意識もないし、厳密に言えば生命活動もない。細胞単位でだけ生きている。それより不思議なのは、四散した時の傷は跡形もなく繋がったのに、元からあった傷はそのままだってことだ」

木島はその意味を測りかねる。

「さっき言ったろう。君は五度、別の女を殺した。そして、六人目に君の前に現われたのが月だ。しかし、彼女は六人目であると同時に全てでもあった」

木島は殺した女たちを一人一人、今や鮮明に思い浮かべることができる。

確かに幾度も女を殺し、切断し、海に流した。

何故だ。

それはどの女も月に還りたいと言ったからだ。

それなのに海に流した。

むごいことをした。

その殺した女たち一人一人の姿が全て月に重なる。それは記憶の操作のせいなどではない、と木島は思い、そして、六人目であり、全てであることに矛盾しない唯一の答えに到達する。

「月は殺した五人の女たちの肉片が一つになった女だったのか」

「そう。君は五人の女を殺し、女たちは殺された後、一人の女となって遣(や)ってきた。つまり月は君が殺した五人の女の鵺のようなものだ」

だから、土玉は月が見つかった時、鵺だとうっかり言ったのか。

「月の肉片から採取した細胞を検査したところ、五種類の異なる遺伝物質を確認した。ナチスの人種検定用に開発してやったものだが、遺伝物質の特徴で人種ばかりか個人も特定できる」

それは、本当は木島も気づいていた。月を抱く度に本当はそう感じていたのだ。何故なら愛撫する場所ごとに月の肌の感触が違っていたのだ。その一つ一つに触れたことのある気がしていた。

「つまり、五人女を殺すことで、どうやら君は六人目に月という鵺を呼び寄せた」

そんなことを企んだ覚えはなかった。しかし自分は自分の心など与(あずか)り知らぬ因果律で動く機械なのである。

「全くそんな興味深い現象を瀬条機関が見逃すはずはないだろう。死体の破片を繫ぎ合わせ再生させるなんて、フランケンシュタイン博士以来の科学者の夢ではないか、と瀬条博士はいたく興奮された。それが自然に起きたのなら何が起きるのか、観察させてもらうのは当然だろう。月と君は愛し合い、ここまではいつもと同じだが、月は自死してしまった。そして君は月を蘇らせようとし、失敗した」

あの月の死体が破裂する様さえも観察の材料に過ぎなかったというのか。

「それを君はずっとただ観察していたのかい」

「観察は科学をする心の基本だからね」

土玉からよもや心という言葉が出るとは思わなかったが、確かに正体の定かでない因果律で人を殺し続ける自分より冷静な観察者である土玉の方に、心はともかくも理性があることだけは確かだ。

「うん。そして改めて月が鵺として戻った原理を解明しようと、この死者の再生装置を考案してみたというわけだ。曽根教授のやったように強引に黄泉比良坂の封印を解くような真似はせずに、海そのものに死者の再生の仕組みがあるというのが水死体研究の僕の成果なんだ」

「ただの水死人ならこれで蘇生できたはずよ。あなたたちが回収して忽然と姿を消した百恵比須たちが皆、海の底で生き返ったようにね」

「やはりね。あの水死体たちは市井に紛れて生きているのか。愉快だ」

土玉は水死体の行方を知って嬉しそうである。

「しかし、君をもう一度生き返らせるにはどうしたらいい？」

土玉は自問する手間を省いて月に訊いた。

「六度目をやり直せばいい。六度殺して、七人目の月を呼べばいいわ」

月は躊躇いもなく言う。まだ殺せと言うのか。

「しかし、この水槽の中の君は蘇っていないから殺しようがない。難問だね」

土玉がまた月に訊く。

「私と同じ存在を身替わりに殺せばいい」

「成程、殺人というのは大抵、身替わりの山羊を殺すようなものだから、殺す相手は置き換えられる」

土玉は奇妙な理屈を自分で言って納得する。土玉の中では筋が通っているのである。

「それでこの月の身替わりに殺す女に心当たりはあるのかい?」

土玉は今度は木島を振り返る。そう言われても思い当たるはずがない。

自分で考えよ、ということなのか。替わりに月が答えてくれると思ったが、無言のままだ。

殺した女たちは一体、どんな女であったか、と目を閉じ考えてみる。

一人目の女は京都の清水寺に向かう三年坂で足を挫いているところに、声をかけたのだ。京都の撮影所の駆け出しの女優だった。

二人目の女は東京の紀尾井坂で履き慣れぬ靴で足に肉刺をつくってしまって泣き顔だった女子学院の生徒だった。アメリカ合衆国の国章の鷲のロゴの入った袖で、一目でわかった。

三人目の女は麻布の暗闇坂で昼でもその名の通り坂を覆う竹藪の陰に立っていた幽霊のような夜鷹の女だった。はだけた着物の膝頭を擦りむいていた。竹藪に連れ込まれ、見知らぬ男に犯され、いっそ死のうかと考えていたと言ったが、素性は最後まで知れなかった。

四人目の女は香川の金比羅宮の本宮まで七八五段、更に奥宮まで五八三段の一三六八段の石段を二百も行かぬうちに息を上げて座り込んでいたカフェの女給だ。悪い男との縁を切りたいと言ったので、それは京都の安井金比羅宮の勘違いだと教えてやったら泣きそうな顔になった。

五人目の女は銀座の松屋のエレベーターで足を踏み外して木島が受けとめた。陸軍の少尉の新妻だった。

ああ、そういうことか、と木島は思った。

全部同じだった。

月だけが坂で拾わなかったが、木島が土玉に急かされて月の許に来るのが早すぎただけかもしれぬ。

第一、月も水に浸ったまま座っていて、仲々立とうとしなかった。

すると、杖をつき足を引きずる少女の姿を陽炎のように思い出した。

「足よろの」

よろけそうな華奢な足の印象を言の端にしてみる。コルセットや革のベルトで全身をきしきしと縛りつけた少女。

「そう。まるで蛭子に手足が生えたかのような、あの娘よ」

月が言った気がした。

なるほど、あの娘も同類か。月を殺していたらその後に来るはずの女が美蘭だったのか。

だから自分はあの少女を殺すのか、と心の中で木島は納得した。

「どうやら答えは出たようだね」

土玉に言われて木島は目を開く。

多分、瞬きするほどの間であったはずだ。刹那という時間の長さを木島は初めて実感した。

「殺す」

木島は答えた。また記憶を消されもう一人、殺人機械として女を殺す予定だったはずだ。だったら、せめて自分の意志で殺すと決めたい。

「なるほど。君は自分の意志で神話の因果律に従おうというわけか。全く以て興味深い」

土玉はもはや観察者であることを少しも隠そうとしない。

ことり、と、機械の歯車が一つ動いた気がした。

それにしたって、俺は一体、どんな神話の因果律に従おうとしているのか、と木島は思った。

「沖縄のある地では神に仕える巫女(みこ)となる「いざいほふ」において七つ橋という橋を渡らせる。これは一種の貞操試験であり、巫女となる女が一人の男にしか仕えていないことを示すことであり、七度生まれ変わっても一人の夫に仕えることを儀礼的に証明するものであると仮説できよう」

春洋はそこでふうと一息をついて、教室を見回した。学生たちが万年筆をノートに走らせている。その間を少し開けてやらなくてはいけない。

折口が姿を消し、そして木島となってしまった自分まで居なくなってしまえば、慶應も國學院も講座が立ちいかなくなってしまうことにやはり気が回ってしまう。それで、仮面のまま教壇に立ち、春洋として折口の代講に立ってみたが、学生が怪訝そうに教壇を見上げたのは瞬時のことでしかなかった。

そもそもがどちらの大学でも折口の教室は浮いていた。そこに木島だ、美蘭だと奇妙な一行が加わっていて、第一、あの仮面を被っているのは、日替わりで春洋と折口だとまことしやかな噂さえあったのだから、生者なのに死者となって忌み名を名乗る折口が、能面もどきの面を被ってみせたところで許容し得る範囲なのかもしれぬ。せいぜいコカインが過ぎて、探偵小説趣味の方で奇行が出たと、弟子である自分もろとも一方的に学生たちに納得されてしまったのだろう。

それにしても七度生まれる、か。

七生と書き、それは永遠の意味だ。

近頃は七生報国などと勇ましいスローガンを目にする。しかし、自分は七度生まれてもあの師に尽くすのだろうか、と春洋は思った。多分、自分は一度きりしか生まれておらぬし、いつどう死ぬかはもうぼんやりとわかってはいるが、この生は一度きりでいい。それで充分だと思った。

ペンの音がする。

美蘭が最前列で、例の日記を書いているが、これももう誰も気にとめぬ。

だが、春洋には気配がしていた。

いや、気配だけではない。

師がいかに奇妙な人物でも、その学問的評判で教室はいつも満員となる。その満員の教室の中に死者の数が増えている。

無論、今は生きてはいる。

しかし折口が生きて死者の名を名乗ったように、生者でありながら死者の列に並ぶものが日一日と増えているのに、春洋は気づいていた。この教室にいる学生とて実は気づかぬうちに死者の列に並んでいる。あるいは死者が戻ってきて教室に交じっている気配さえする。

自分と同じようにこの先、起きる戦さで死ぬ学生らが、恵比須として素知らぬ顔で戻ってきているのかもしれぬ。

それは死者の国が近づいてきているからだ。

近づいて、この国の隙間という隙間に煙幕のように入り込み、生者が死者の国によって充塡（じゅうてん）されつつあるのだ。

引き金を引いたのは、春洋の知る限り、死者の恋人を生き返らせ生者の側に引き戻そうとした木島と、生きて死者の名を名乗った折口だ。

それであらゆるものの境が混乱している。生と死、今とこの先、私と私でないもの、そして現実と物語。もし、この仮面が仕分け屋の証しなら、随分と厄介な時に自分は仕分け屋になってしまったと自嘲してみる。

しかし一体、それらを仕分ける必要はあるのか。むしろ、正しい形に向かいつつあるのではないか。折口が消え、一人の学者となってみて、春洋はそう自分で考えてみた。

不意に足許で別の気配がした。

殺気とは違うが、鋭い気配である。

教卓の下に根津が潜んでいたのだ。

「どこから入ったのだ」

窓を差す。

二階だぞ、と聞き返すことはこの男には無駄である。

「美蘭を殺しに来る」

根津は小声で言った。

「元の方の木島が殺しに来る」

根津は続ける。

驚きはしなかった。

「何故だ？」

人を殺すには理由がいる。

「美蘭を殺すと月が蘇る」

わからぬ理屈を根津は言う。

「月を生き返らせてどういう意味がある？」

髪を切って死者を装った折口が、髪を伸ばし生者に戻っても何の意味もなかったように、それも無意味な気がした。

「知らぬ。だがあの女はずっと月に還りたいと言っていた」

小声で根津は言った。

「月に還る」

何故かその言葉が春洋の心に響いた。そして、呟いた。

気がつくと、美蘭の隣の学生が「月に還る」とノートに筆記を始めていて、もう根津の姿はない。

春洋の呟きを講義と思ったのであろう。

では行きがかり上、迦具夜の話でもするか。

確かあの姫は月で科を犯し流された貴種ではなかったか。

それでは貴種流離譚の講義としよう。

そして春洋はこう暗唱を始めた。

かぐや姫は、罪をつくり給へりければ、かく賤しきおのれがもとに、しばしおはしつるなり。罪の限り果てぬれば、かく迎ふるを、翁は泣き嘆く。能はぬことなり。はや返し奉れ。

そうだ。迦具夜は罪人だった。

それにしても罪とは何であったのか。

（下巻に続く）

根津しんぶん

風が乾いている。大陸の風だ。男は小型の撮影機を構え、市街地を囲む城壁を見下ろす丘の稜線（りょうせん）に焦点を合わせる。

死臭（ししゅう）が混じる。肉が焼ける臭いだ。市内で死人を焼いているのだろう。胃液が逆流しそうになるのを抑える。

大陸に連れてこられて以来、累々（るいるい）と並ぶ死人を促されるままカメラに収めてきた。内地では死人の山を描いた小説が伏せ字だらけで刊行されて、すぐに発禁となった、と噂に聞いた。

なかったことにするのに、何故（なにゆえ）、わざわざフィルムに収めるのか。軍人のやることは理屈に適っていないと思いながら、しかし、理屈にあわぬ怪奇の類（たぐい）を迂闊（うかつ）にも映画にしようとして呪われた己（おのれ）の粗忽（そこつ）さを今更悔やむ。

多才と言えば聞こえはいいが、むらっ気だけが取り得でどんなシャシンでもこなしたが、行く先々で自分の責任ではないのに撮影所や監督の内紛に巻き込まれた。撮りたいシャシンがあるわけではなかったが、ある時から、カメラを覗（のぞ）くとあってはならぬものが写り込むようになった。化け物とも霊魂（れいこん）とも、既にある言葉がさっぱりと当てはまらない異形（いぎょう）の何かだ。それがあたかもそこにあるようにレンズ越しに見えるようになった。そういう類をカメラに収める術があると近づいてきた男の甘言にうっかり乗ってしまったのだ。己の人生ときたら、全てがうっかりのみで転っていく。

その勢いで、と言うと語弊があるが、ドイツあたりでは怪奇映画が芸術ともてはやされ、その風潮に便乗した文士たちの興した会社に誘われて、侏儒が死人の腕を抱いて現われるという映画を引き受けた。そもそもありもしないものをトリックの類で撮影する虚仮威しで客が呼べると見込んだだけの映画だったが、仕込んでもいない、奇怪な生き物がカメラ越しに彼だけに見えるのはいささか辟易した。試しにこっそりと数コマだけカメラを回して現像したらはっきりと撮れている。

結局、耐えられなくなって中途で放り出して出奔した。現場を放り出した監督という不名誉な称号はついて回り、元々、器用なだけの何でも屋だが、これといった長所もない上にトーキーの波にあっさりと置いていかれた無声映画の生き残りのような旧派の男に、まっとうな仕事が映画の世界にあるわけもなかった。そして大陸で記録映画をまとめて撮るという文化映画会社に、撮影助手という名目で雇われて、一回りは年下のプロキノ崩れの監督の下働きとして海を渡った。文化映画などと小洒落た名で呼ばれたが、要はプロパガンダ映画だ。

そしてまた逃げたが、「またか」とさえ思う者はもういなかった。記録映画は宣伝戦の武器として活用されることが国策で決まっていたから、転向の届けさえ出せば若い世代は元共産党員でもいくらでも仕事にありつけた。無声映画の生き残りとは待遇が違う。とうとう、大陸で路頭に迷ってしまった。

ところがひょんなことで、ありえぬ話を映画にして、しかも放り出してきた経歴が買われてこの仕事にありついた。

「お前のような奴が撮影したと知ったら、仮にフィルムが世の中に洩れても誰も本当だとは信じない」

国民党の工作員を偽装しているのか、大陸浪人の革命家気取りなのか、男を雇うと言った軍の男は中山式の服を着ていた。孫文が日本の学生服から思いついた服装で、孫文の日本名が中山だからそう呼ばれる。

外地で身を隠すのは簡単だったが、逃げてきたはずの映画の看板がどこに行っても目に入ったのが癪に障った。それに耐えられずに気がつけば南京で阿片漬けになりかけていたのだ。

そして突然、侵攻してきた日本軍が映画館を破壊して回るのをぼんやりと見ていた。人が山ほど殺されたのにそれよりも映画館の方が気になって、つまりは現世よりも映画という虚にしか関心がいかぬ自分を嗤うしかなかった。

焼け落ちた映画館をいくつも見て回り、映画を撮らねばいけないと何故だか思った。内地を出奔する時に全てを置いてきたが、百貨店で買ったパテベビー、玩具式のカメラだけカバンに潜ませていた。プロキノの連中がこの玩具のカメラを革命の武器だと宣伝していて、労働者の運動に関心などはなかったが、労働組合の上映会に潜り込んで出来上がったシャシンを見て、撮影機としてはそれなりに使えることは確かめていた。

そのカメラを阿片の抜けきらない頭と身体でとり出して、壊れた映画館に向けると累々と横たわる死人の傍らで蠢くものが案の定、映った。カメラを下ろした裸眼には死体しか映らない。いや、そういう人の形のものだけは何かそこにあるのだが、物としての屍と奇妙な生き物が対になると初めて死体は死体と感じられた。肉眼が捉えるつもりのない死人とその周囲をうろつく数珠のような存在をパテベビーの文字通り玩具のようなレンズは捉えるのだ。

　それでようやく自分の撮るべきものを悟って死体の山を写して回った。

　出自の定かでない男が、フィルムを回してうろついていれば軍の連中にたちまち捕縛されるのは当然だ。あってはならぬものを撮っている自覚はあったから、口封じに殺されてここで運命が尽きるのかと思えば、そうではなかった。そのまま嘱託（しょくたく）なのか軍属なのか身分は定かでないが軍に雇われて、そして、もう少しましなカメラを渡されてそのまま死人の様を正確に記録せよと言われた。

　新しいカメラ越しに見ると、死人の死に様が尋常でないことに改めて男は気づいた。

　銃で撃たれたのでも銃剣で突かれたのでも日本刀で斬られたのでもない。最初は獣に食われたのかとも思った。男は以前、北海道の開拓村で羆（ひぐま）に人が襲われた時の記録を読んだことがあるが、柔らかい内臓を求めて女の腹の方が食われていたり、手足がちぎれて四散するといった様とは全く違った。何しろ誰一人首から上がないのだ。

　軍人たちが手慰（てなぐさ）みや度胸試しで捕虜（ほりょ）を日本刀で斬首することはよくあったが、切り口が全く違う。明らかに食いちぎられているのだ。

　しかし、質問は許されなかった。

　そしてこの日の夜、中山服の男から突然、撤収が告げられた。お前は内地に連れてはいかれぬ、と言われた。カメラと死人のフィルムをとり上げられて、幾許（いくばく）かの金を握らされ放り出された。とり上げられていたパテベビーは私物として返された。そのまま逃げてどこかに流れればよかったのに、男はこっそりと中山服を着た男とその手下の一行を追った。

そして丘の稜線の端に中山服が立った。そこまでをフィルムに収めたところだ。男が再びカメラを上げると、そこには隊列を組んでいたはずの兵士の姿はなく、等間隔に案山子(かかし)がいくつも稜線の上に並んでいて、それは男の肉眼でもカメラ越しでもはっきりと見えた。

折口信夫(おりくちしのぶ)があの娘とともに姿を消したのを見計らって、藤井春洋(ふじいはるみ)は出石(いずるいし)の家に久しぶりに戻った。玄関の扉を開くとつんと雌(めす)の匂いがした。大人の女が生理の前に発する匂いだ。あの娘ときたら年格好は幼いのに匂いだけは一人前だと、春洋は嫌悪する。その匂いに春洋が敏感なのは、元はと言えば折口信夫博士の女嫌いによって習得させられた後天的な癖(くせ)である。それをアルコホルをたっぷり染み込ませた雑巾で家の隅々まで拭き落とす。

風呂には湯が張ったままで、匂いの源はこれかと思ったので、タイルの浴槽(よくそう)や壁は更に丁寧に亀の子束子(たわし)で擦り、タイルの目も一筋一筋歯ブラシで削ぐように清めた。歯ブラシは折口のを使った。使った後でばらけた毛先を無理やり整えて洗面台に戻しておいたのは嫌がらせであった。

そして新年の若水汲の時のように清められ、黴菌(ばいきん)一匹おらぬ家に改めて満足した。

「黴菌も先生もいない」

わざわざ黴菌と折口を並べて口にして春洋は一人笑った。

折口信夫の許(もと)を仮面の男・木島平八郎(きじまへいはちろう)が出入りするようになって久しい。そして陸軍中尉の妻と称する少女が預けられるに至って、すっかりこの家に春洋は居場所を失っていた。

仮面の男と少女だけでない。陰謀を大声で語る斜視の大佐やら、間欠泉の如く一定の周期で奇声を上げて笑う度の強い眼鏡の男らが勝手に上がり込む。そして大声で密談を始めるのである。大声で密談というのは文字に記せば大いに矛盾しているが、文字通りなので他に言いようがない。

腹が立つのは、彼らの眼中に春洋が全くないことだ。それは比喩ではなく、本当に目に入らぬのだ。歓迎したくない客とはいえ師への訪問者であるから茶を出し、時には夕餉をふるまうこともあるが、給仕する春洋の存在に彼らは全くの無頓着で、ただ茶碗や皿が付喪神の如く手足でも生え、勝手に動いてそこに配膳されたとしか思っておらぬようだ。それでも部屋の隅に何か言いつけられればすぐに応じられるように正座して待つよう身体が躾けられた春洋の存在を、示し合わせたかのように一同は無視するのである。それでひどく傷ついてすっかり拗ねた気持ちになった。

やがて密議や陰謀がまとまると一行はやはり春洋を無視してそそくさと家を後にする。勝手なものである。

とうとう春洋は腹に据えかねて出奔した。

しかし、折口は春洋を捜すでもなく蹇の少女とのままごとめいた生活を楽しむ始末である。それで更に臍を曲げたが、ようやく折口の呪縛から春洋は解放された気も同時にした。

出奔といっても出石の家の庭から居が覗ける隣家の二階を間借りしたのだ。家主の老婆の耳が遠く、歯の一本もなく何を話しているのかわからぬから、所在が彼女の口から洩れようがない。洩れたところで言葉にならぬのだから都合がいい。

その二階の障子に一つ穴を開け、日がな一日、まるで明治青年のように煩悶し、じりじりと身を焦がすような思いで出石の家を間諜（かんちょう）のように見張りした。

そして折口と一行が出かけると家に戻る。そうやって折口が不在の時だけ家にいるのが習わしとなった。

つまりは留守番である。奇妙なことに藤井春洋はその留守番という役割が気に入っていた。

それは不安だがわくわくする時間である、ということに気づいたのである。そして留守番である以上、春洋は来訪者を待つのである。

すると、

「しんぶんやでござい」

と、玄関先で待っていた声がした。その声に厳粛だった無人の家の気配がたちまち華やぐ。親戚が子供のための土産をあつらえて不意に訪問してきた気分になる。

廊下を回って玄関に迎えに出ようとすると、既に来訪者は客間の二人掛けのソファーに泰然と腰を下ろしている。塞の少女の嫁入り道具であり、元は清朝（しんちょう）様式の子供向けの寝台である。家人の返事のある前に入り込むのはいつもの癖で、折口はそれを嫌っていたが、相手の懐（ふところ）に何のてらいもなく入る術（すべ）は、人との距離を測ることばかりに慣れた春洋も最初は戸惑ったものの、慣れれば扱い易かった。

気楽であった。

そして気楽であるというのは折口邸でついぞ感じたことのない気分であった。

「しんぶんやでござい」

もう一度、茶色のしわだらけの裾（すそ）のズボンと襟（えり）なしのシャツ、その上に紋付（もんつき）といういつもの出で立ちで「高いところから失礼します」と落語家のように言い、人懐こく春洋を振り返った。

初老に差しかかったその男は岡田建文という。

関西の方の新興宗教の元幹部らしい、動物電気を利用したと称する怪しげな治療器具を売り歩いているなどという噂があったが定かではない。折口の師にあたる柳田國男の編纂する叢書に憑き物についての報告を一冊書いているが、学者ではない。在野の人で不思議な現象をあったように語る。これが門下の者なら柳田の逆鱗に触れる。柳田の学問では怪異は人の心が生み出す心意現象であって、妖怪変化は民俗心理の研究材料であっても、本当にあったこととは断じて認めないからである。

しかしこの岡田翁だけは例外で、柳田の許を年に幾度か訪ね幇間のようにふるまい、そして仕入れてきた奇譚の類を披露すると、気むずかしさではかつての明治文壇中を辟易させた男がこの時だけは相好を崩すのである。奇譚とは件の子が生まれ大きな戦争が始まると予言したといった類の、柳田の言うところの世間話である。朝日新聞の論説委員でもあった柳田國男は、その世間話なるものを現在の風聞、醜聞に熱心なジャーナリズムの悪しき雛形と考えていた。だから岡田は自ら「しんぶんや」とわざわざ名乗るという頓知を利かせた。それはかつて明治文壇の一員になりたいと柳田の伝手を頼った佐々木鏡石が「お化け問屋」を名乗った媚びの売り方にも似ている。

だが岡田には柳田への媚びはない。ただ喜ばせることが好きで進んで幇間としてふるまっている。だから柳田も気前よく新聞代を弾むのである。新聞代とは何かしらの小遣いのことである。

その岡田が折口の不在を見計らって出石の家に出入りするようになった事情はいずれ語るとして、まるで春洋の退屈の頂点を察したような上手い塩梅で訪れるのだ。そして歓迎されるされない以前に応接間に座り込み、折口の戻ってきた時のために用意だけはしている羊羹やら大福やらの箱を勝手に開けるのである。今日はといえば大福の粉にむせて大仰に咳をして、あからさまに茶を所望する。老人のわがままの類には一通り慣れている春洋にしてみれば腹も立たぬ。

「ああ、死ぬかと思った」

茶を含み、うがいをしてこくりと飲む。下品極まりないが、不快ではない。

そして春洋は岡田がどんなことを言い出すのかと期待を隠さない。

それを察して岡田が切り出す。

「青ゲットの話を知っているかね」

もったいぶらず本題に入るところが岡田のハナシの長所の一つである。

「つい最近の話だがこの青ゲット、軍人さんの留守宅に提灯一つで現われ、本家で不幸があったとまず軍人さんを連れ出し、次にその人手が足りぬとその家の婆さん、そしてかみさんをわざわざ二度、訪ねて連れ出した。幼い娘もいたんだが、これは留守番をしていた隣家の者が怪しんで、娘は熱を出して伏せっていると同行を拒んだ。次の日、家の裏手の川に停めてあった小舟の船縁が血まみれなのが発見された。ほどなくかみさんと婆さんの死体が下流に流れ着いた。かみさんははらわたが食われたようになかった。婆さんの方は太ももをかじられていた。青ゲットの男がいなければ熊に食われたで済むが、何しろ三度も目撃されている。そして旦那の行方がようとして知れない」

と岡田はそこで一呼吸入れて、大福を一つ蛇が卵を丸呑みするように頬張り、ヒゲの周りが餅取り粉で真っ白になる。

「というハナシなんだが春洋さんはどう思うかな」

岡田は春洋を春洋さんと呼ぶ。

はるみでなくシュンヨウと直截に発音する。それは、自らの名の信夫をのぶおでなくしのぶ、そして春洋に対してもシュンヨウでなくはるみと呼ぶ、その公然化した関係から束の間、解放してくれる気がしてそれが岡田を気に入っている理由の一つでもあった。

「その田舎者の人喰いは福井あたりの出ではないですか」

春洋は苦笑いして言う。そして今回もしんぶんやに魂胆がありそうなことに心が既に弾んでいた。

「おや、こいつは迂闊だった。春洋さんは福井の出だよね」

明治の終わりに起きた福井の一家殺人は青ゲットなる耳慣れぬ不気味な名と相まって同郷の昔語の一角に収まっていた。

「まさかその青ゲットがまた出たという話ですか」

動き始めた好奇心を悟られぬように表情を取り繕う。

「そのまさかです」

岡田翁はぐいと春洋に顔を近づけ大仰に両手を広げる。

「今回も福井で軍人さん一家が近頃殺されたっていうのは本当だ。大陸で随分と非道なことに手を下したって話でね。それで心を病んじまって家族を皆殺しにした。ところが困ったことに軍人さんも死体で見つかり、首から上がない。それが青ゲットの仕業だっていう世間話になった」

「自分で自分の首を刎ねるというのも難しそうだ」

「自分で刎ねたとしたって肝心の生首がそこにない」

「どこにもか」

「さっぱりと」

「それで人喰いか」

「いかにも」

春洋は気がつけば右手の甲に顎を乗せ考え込んでいる。岡田の世間話に引きずり込まれている証左である。そしてそう簡単にハナシに乗るものかと思い直し春洋は駆け引きを愉しむように探りを入れる。

「しかしそれにわざわざ青ゲットと名付けるとは誰のどういう魂胆だい」

今度は春洋の方が岡田の方に身を乗り出し、にらめっこのような格好になる。

「尾ひれを付けるために青ゲットを引っぱり出したというわけか」

「あたしが答えにくい質問をわざわざして自分でお答えになるのは人が良いのやら悪いのやら」

「何にせよハナシは世間に転り出た」

「左様でございます」

春洋は軽く探りを入れる。

「問題はどう転るかだな。そういえば青ゲットは噂の途中から赤ゲットに変わったハナシもあったのではないですか」

返る答えは饒舌である。饒舌なのは煙に巻くためである。

「はいはい、赤マントという少し前に流行った世間話と混ぜこぜにもなったハナシもあったとか。赤マント騒動は紙芝居屋が芥川龍之介の「杜子春」を翻案して、赤マントの怪人物が靴磨きの少年を弟子入りさせるという他愛のない話に尾ひれが付いて転った。なまじ「アカ」のマントなんで、紙芝居といえば最下層の労働者階級の仕事と相場が決っているから、彼らを組織して細胞化せんと非合法共産党員が潜り込み、社会を動揺させるのではないかと一部が神経を尖らせた。その二番煎じと言っちゃそれまでなんだが、マントでなくゲット、つまりはブランケットであるところが少し趣向が違う。明治の頃は東京見物に着た田舎者が洒落ていると思い込んで赤ゲットを羽織っていて、お上りさんの意味だったってのは今更春洋さんに説くのも憚られるが」

　そこまでを口に大福を入れたまま喋り、それで咀嚼の替わりなのか、茶でごくりと喉に流し込んで、

「さて、どう考えましょう」と春洋の次の反応をうかがう。

「それには世間話の素がわかれば予測もし易い」

「なるほど、民俗学は科学ですからね」

　狐憑きの類を電気で説明する岡田に言われると誤解されかねないが、民俗学とはつまりは民俗の変遷の法則を過去から知り未来を予測する科学である。

　岡田はおもむろに懐から小さく折り紙の如く畳んだ紙をとり出す。よく見れば新聞紙であるとわかる。

「あたしのようなしんぶんやが、本当の新聞に当たるのもみっともいいもんじゃありませんが、こいつは明治の世から今に至るまでの新聞紙をまとめて思い切り大きな力で畳んで小さくしたものです」

　そういつもの法螺話の口上を述べる。

　岡田はその畳まれた新聞に、左右それぞれの人さし指と親指を差し込む。

すると花弁のように開く。

「子供の頃、こんなのを作って占いなどをしたものですが、こいつは日本の遊びに見えて意外やフランス語ではココットっていう名で、更に辿れば、Himmel oder Hölle、つまり天国と地獄というドイツあたりの占いらしい。こっくりさんがプランシェット盤が元なのと同じですな」

余計な蘊蓄を披露するのは目の錯覚を誘うためだろうか。「ええと、どこに行ったかな」と呟きながら折り紙の花弁を開いたり閉じたりする。

「あったあった。東京朝日新聞の明治三十九年二月十五日」

そういって指を止める。

「ほらこれだ」

開いた面に小さな記事がちょうどすっぽり収まっている。

「親子三人殺される（福井）三國町の加賀村吉親子三名殺害され母子二人の屍体は神保川に漂着したるも夫の死体は未だ不明なり」

岡田は新聞を読み上げる。どういう仕組みかわからぬが、春洋はいつものその趣向にただ苦笑いする。

そして首を傾げる。

「福井の者なら一度は聞かされた明治の頃の青ゲットの殺人鬼の事件だが記事には青ゲットの名はない」

「左様です。当時は青や赤どころかブランケットを着ていたという話さえない」

「つまり自分が囲炉裏端で聞かされた赤だ青だマントだブランケットだというのは、全て風説のなせるわざか。そういえば青ゲットが三度現われたというのも昔話の定石たる三の繰り返しにハナシの型が自然と嵌(はま)ったからか」

桃太郎の家来でも三人兄弟の話でも、三度繰り返されるのがハナシの約束事だ。

春洋は一人で納得する。

「おっしゃる通りです。そして今度のハナシも世間話として成長し始めております」

「世間話に本当を隠すというういつものアレか」

含んだ言い方を春洋はする。

「青ゲット話に似せたのは本当を隠す魂胆でしょう。青だ赤だゲットだと言えばたちまちそっちの方に噂は転って本当のことが見えなくなる。何しろこれも噂の内かもしれませんが、殺されているのはそろって軍人さん、そして首から上が食われたようにない」

「それで人喰(ひとく)いか」

「いかにも」

「うさん臭いにも程がある」

春洋は顔を顰めては見せるが心は躍っている。

「左様でございます。ところが、このしんぶんやのところにこの青だか赤のブランケットの小鬼退治の斡旋(あっせん)をしてくれと話が持ち込まれましてな。いかがでしょう」

岡田はさり気なく人喰いを小鬼と言い換える。正体が人の外にある者だと暗示する。

岡田はそこまで話すと大きなげっぷをした。それが話の終わりの合図である。世間話といえどハナシはハナシ、昔話と同様に祓わねば終われぬのだ。

終わらねば呪われる。

「引き受けよう。どうせまた逃げた噂の類だろう」

無論、引き受けるつもりで世間話をしばし愉しんだだけである。

「御明察」

岡田は照れ隠しに額をぴしゃりと叩いた。

岡田が決まって持ち込むのはさる事情から市井に逃げた噂の捕獲である。最初からわかっている。そのあたりの事情はいずれ語る。

動くと決めた春洋は躊躇わずに立ち上がる。

そもそも断るという選択は春洋にはない。それは、半分は仮面の男らと探偵ごっこにうつつを抜かす折口への対抗意識であり、己の学問がどの程度、実学として通じるのかを試したい気持ちと、それからしんぶんやが後で郵便為替で届けてくれるそれなりの報酬をへそくりにすれば、いつかこの家を出て行けるのではないか、という実利的な思いもあった。

出て行って自力で運命を変えねば、自分はやがて始まる戦争で無残に死ぬと決まっている。石窟の中で折口の「死者の書」のように天井から滴る水に一人腐っていくのである。春洋はそういう自分の終わりを故郷の入らずの杜に迷い込んだ時に予知夢として見てしまったのである。

「それでは行きますか」

岡田に促されて春洋は「外出着はこれしかないのだ」と弁明するように言って、折口信夫の一味の学徒の証しである黒マントの内ポケットに、あれがあるのを確かめて、ばさりと纏うのであった。

「さて、人喰いというからにはあいつを連れていくことにしよう」

春洋は人喰いという一致を口実にもう一人の留守番の同士をまず訪ねることにする。人喰い同士で話がわかるというわけでもないし、人喰いの話でなくても連れていくことが既に習いとなっていた。

岡田と連れ立って例のだらだら坂を上った。坂を上ろうとする度、迷うと折口が殊更神秘めかして言う坂だが、丸石、つまりは石神の脇を右に行けばよいだけの話だ。だから先を行く岡田はためらいもせず右を行く。

すると坂の上にはポツンと小ぶりだがモダンな二階屋が見える。陽炎に揺らぐこともないのは冬だからだろうが、二階のステンドグラスのマリア像に陽の光が反射する。

坂が急で岡田が幾許か息を切らせたことを除けば難なく目的の場所に立つ。扉の小窓に嵌め殺しのステンドグラスにアール・ヌーヴォーふうに八坂堂と描かれている。ミュシャの模倣に溢れた明治の文芸誌の表紙の如き趣向で、一体、誰の趣味なのかと思う。

その銀座あたりのカフェに今もありそうな意匠の扉を春洋は開く。たちまち鍾乳洞にも似た冷気が洩れる。先に行っていた岡田がちゃっかりと半歩下がっているのはそれを殺気ととることもできるからかもしれぬが、山ほどの本が陽光を遮り、二階屋とはいえ先端式のコンクリートの壁が含んだ湿気を冷気に変えているからに他ならない。

「いるか」

春洋は声をかける。

「いる」

と天井から青年というにはまだ幼い声変わりをしていない男のソプラノの声が、少し間を置いて木霊のように返ってくる。天井の長押と窓枠に足をかけ、懐には仕込み杖を後生大事に抱えている。白いシャツに黒い学生ズボンだが、学生ではなく、ただの一張羅だ。

根津という木島の飼い犬である。

根津は春洋の様子をうかがう。正確にはその背後をうかがい、目を凝らす。

そして春洋の袖を引くように立っている〝妹〟を認めると、わずかに表情を緩ませる。土間にひらりと降りる。〝妹〟といっても人の形さえしていない。何者かもわからぬ。ただ根津が心の中で勝手にそう呼んでいるだけの存在だ。

しかも、春洋に確かに憑いているのだが、国学者の弟子でありながらおよそ霊感などとは無縁の春洋は気づかない。とにかくこの〝妹〟の存在が根津が春洋に示す寛容さの理由に他ならない。

だから実は根津は春洋に心を開いているわけではないのだ。

「木島さんは」

「あんたの先生と出かけた。俺が留守番だ。わかっているくせに訊くな」

しかし妹の姿を久しぶりに見たので声は弾む。

「噂を狩りに行く。来るか」

「行く」

二つ返事である。妹が一緒なので断る理由はない。

「留守番はいいのか」

「誘っておいて訊くな。どうせここには誰も来られぬ」

来られるのは多分、木島と折口の冒険に同行している蹇の少女と斜視の軍人と奇声を発する水死体研究者、そしてこの春洋と岡田ぐらいだ。後は坂の入口が見つけられず足を棒にするだけだ。

「さて、次に噂といえば」

「当然、彼のところでしょうな」

岡田は阿吽の呼吸で返す。


「毎度、毎度、迷惑なんだよ」

黒紐で綴じられた書類が何十列もの書棚に並ぶ。その一番奥の机の前で清水はうんざりした顔と声で一行を迎える。心底、嫌がっているのだ。

憲兵司令部は少し前に麹町区の旧仏国大使館跡に新築され移転したが、清水のいる第二分室は王電の早稲田駅脇の踏切にへばりつく木造の二階屋にある。根津はその入口で「待て」と春洋に命じられる。不満そうな顔をしたが、ここの主の清水と根津は折り合いが悪い。

ここで日本中の憲兵隊から寄せられる「民心動向調査」、つまり流言を日報にまとめ更に月報とするためにカーボン紙で写し替えるのが清水の罰ともいえる仕事だった。

「ここに日本中の流言があるわけかい」

岡田はいつもと同じことをいい、いつものように興味深そうに棚を覗いて回る。

「来たるべき大戦は宣伝戦、情報戦と喧伝されるわりに随分と扱いが悪いね」

春洋も同じ皮肉を繰り返す。春洋は清水にはタメ口である。

「扱いが悪いのは俺が二・二六事件の決起に参加し損ねて、それが咎められてどっちの派閥からも冷遇されているからだよ」

清水は事実として伝える。ここは誰が誰に同調するかを探り合う時代に誰にも同調せぬと決めた男が流謫された場所だからである。

「第一、陸軍が本気なら、出征する兵士の衣服にサムハラなる奇妙な漢字もどきを書けばよいとか、わけがわからん噂を集めて何の役に立つ」

清水は吐き捨てるように言う。

「民俗学の心意現象の調査にはなりましょうな。ちなみにサムハラってのは岡山にある神社の名です。有名な津山三十人殺しがあった村の近くの神社で、大阪の商人が分霊して戦争を見越して御利益を謳って一儲け企んでいるという話ですな」

「これが木島ならサムハラという訳のわからぬ漢字もどきは実は神社の碑に刻まれた神代文字だと言い出しかねない」

意外にも清水がまぜっ返す。

「お詳しい」

「そういうインチキの類がナチスに倣って戦意高揚に使えると信じているうちに本気で信じ込んで、常識の側に帰ってこれなくなった奴らも随分といるんだよ」

事実である。二・二六事件に名を連ねた軍の指導者にもモーゼの十戒石なるものに入れ込んだ者がいて、それが清水が決起に醒めた理由の一端でもある。

「そのうち、弾避けは蒟蒻が効くという噂が出回ります」

「何だそれは。どこが出所だ」

「あたしです。蒟蒻の業者に頼まれて流しました。日支事変以来、戦争が他人事でなくなってきたのか戦争絡みは専らうけがいい」

「これ以上、俺の仕事を増やすな」

清水は不快感を隠すつもりは全くないので心底うんざりした声で言う。

「それで今日は何を売りに来た。よほどの中身でもない限り、金は払わぬぞ」

岡田はどうやら憲兵隊にも噂を売っているとうかがえる。

「近衛文麿内閣に出入りしているナチスドイツの新聞記者、ありゃ、ソ連のスパイですよ」

岡田はとんでもないことを言う。

「馬鹿か。そういう本物の諜報はここでは扱わん。扱うのは化け猫や件や……」

「人喰い鬼の青ゲット」

春洋が絶妙の間合いで言葉を挟む。

「ふん、売るのではなく買いに来たか。全く妖怪変化の報告書に機密の判を厳かに押さねばならぬ身にもなってほしいが、それは無理筋の噂だ」

清水は暗に憲兵隊や軍が関わっていると洩らしてくれている。

「では、化け物屋敷が憲兵隊に焼かれたというこっちの噂もその筋かい」

春洋は机の上のカーボン紙を勝手に引き剝(は)がして言う。春洋は何故か清水には傲慢にふるまえるのだ。

「勝手なことをされては困る」

と清水は怒ってみせるが、春洋の好奇心を無碍にはしない。

「軍の方針だ。芸能なら化け猫の出る芝居、落語の真景累ヶ淵(しんけいかさねがふち)あたり、あるいは大衆小説なら江戸川乱歩の怪奇小説あたりがこの先、公序良俗の見地からお咎(とが)めの対象となる。その先駆けだ」

「いやはやしんぶんやの商売が上がったりだ」

岡田は嘆くふりを大袈裟にするが、目が笑っている。公が怪奇を取り締まれば岡田のしんぶん売りの商売が流行らぬはずがないからだ。

「結局、くだらぬ噂が国策と貴様のおかげで何倍にも増えるわけだ」

「しかし累(かさね)の幽霊話を取り締まったって何の国策に反するんだか」

と春洋が今度はわかってかまをかける。

「まっこと、死んだ人間が動いたって国策に反しようがない」

岡田もいささか皮肉を込めて重ねる。

「ふん、お前たちは瀬条機関(せじょうきかん)の動く死体による大陸での虐殺事件の話をしてるんだろうが、なまじ伏せ字だらけの小説を工作用に掲載させるから、余計な臆測が臆測を呼んでたまったものではない。動く死体のことなど公にできぬから、派手にやってくれた虐殺ごと、あってはならないことにせねばならぬ身にもなってほしい」と嘆く。

「死んだ人間が動くのは全て禁止と言ったって、累や化け物屋敷まで取り締まらずとも」

岡田は更に探るように言うが、「これ以上、探りを入れても何もないぞ」と春洋ではない相手には清水はつれない。

すると春洋がカーボン紙の下の書類を一枚、抜いて「これもらっていくぞ」とひらひらさせた。

「待て、それは化け物屋敷の一件の報告書で、第一、複写はまだ作ってなかったはずだ」

「君と岡田さんの話す間に片付けたよ。なあに、ちゃんとカーボン紙は二枚重ねにして君の分も複写しておいた」

春洋は折口のいる間は毎夜、その論文の類を口述で筆記していたから、書かれた文字の上をただちになぞることは造作もないのである。


「さて、何の変哲もない神社仏閣であるな」

岡田は呟く。

春洋、そして岡田に根津は報告書にある化け物屋敷の小屋が掛かっていたという都内某所の神社に来た。富士塚、要は富士山を模した小山が境内に作られていて、春は桜の名所でもある。人寄せも信仰の内と割り切って化け物屋敷も許したのだろう。鳥居を潜って小山を螺旋状に登り富士塚の頂上に立つと、その背後は神社の所有なのか稲が刈られたばかりの田んぼが広がる。その一角に焼け跡が見える。化け物屋敷はこの裏手の一角にどうやら建てられていたらしい。

「しかし禁止はともかく、小屋まで焼くというのは行き過ぎてはないか」

春洋は言い富士塚を降りて確かめにいく。鳥居が嫌いで鳥居の前で不安そうに待っていた根津が慌ててついてくる。焼け跡を目で見て、小屋といっても組んだ細木に莚(むしろ)を回した程度の粗末なものだと知れた。

「こんな掘(ほ)っ立て小屋でどんな化け物を見せたんだか」

春洋が首を傾げると焼け跡の灰を引っかき回していた根津が何かを見つけた。仕込み杖の先で引っかけて春洋に突き出した。妹が恐がって春洋のマントの陰に隠れてしまったので、根津は失敗したと思い肩を落とす。

「まさかお前の好物の人の肉ではあるまいな」

根津には皮肉は通じないから、短く「違う」とだけ答える。

「ふむ。セルロイドの焼けた臭いだ」

岡田が鼻を鳴らす。

「映画のフィルムか」

春洋は呟く。

「キネマか？」

根津の声が弾む。キネマは根津の唯一の楽しみであり、木島のいない時はライオンフィルムのパテベビーの映写機用フィルムが擦り切れるまで回している。

「ふむ、フィルムの穴から見ればたしかにパテベビーだ」

パテベビーとは撮影用のカメラと鑑賞用の映写機があり、映画や漫画映画を短く編集したものが家庭での鑑賞用フィルムとして売られている。

「一体、何の映画やら」

すると「ほれ、こんな文言が」と岡田が焼け跡の中から半焦げになったビラを発掘した。ビラというには粗末で、墨の手書きで「怪奇映画「一寸法師」」とある。

「しかし陸軍さんの取り締まりにしては杜撰だな。焼け跡が丸ごと残されて、フィルムやビラの欠片が残っている」

岡田が首を傾げる。

「いや、清水たちが取り締まるのは映画や化け物屋敷でなく噂だ。ビラやフィルムを残せば怪奇映画の類が国家の意に反するとむしろ伝わる」

「そうか。化け物屋敷が焼かれてそれが陸軍さんの仕業と市井に噂になるのが肝心ってことですな。その仔細がさっき手に入れた報告書に書かれているってことですか」

「はい。実に要領よくまとめてある」

風説のまとめ方が上手いと誉められても、きっと清水は腹を立てるに決まっている。

「しかし映画の中身が気になる。「一寸法師」といってもまさかお伽話ではないでしょう」

よく出来たと誉めたばかりの清水の報告書に映画の中身どころか題名もないのは隠しているということだ。

「確かそういう類の小説が江戸川乱歩にありましたな。明智小五郎の登場する怪奇趣味の探偵小説が」

探偵小説という言葉が不意に岡田から出てきて、春洋は顔をしかめる。人喰い、噂を得意とする者と続けて訪ね歩いたまでは良かったが、三つめの訪問先は気に食わぬ。お伽話の三の繰り返しの罠に自分で嵌った気がして腹が立つ。

「探偵小説といえば折口信夫博士ですな」

春洋の心の内を知ってか知らずか、岡田はその名をわざわざ口に出す。鬼の居ぬ間に洗濯ならぬ詮索するつもりが、わざわざ鬼に報告に行くようなものである。折口信夫の探偵小説趣味は案外と知られていないが、書庫の一角は探偵小説で占められる。シャーロック・ホームズを原書で読んだだけでなく、ルブランの「ルパン」に登場した偽ホームズ、ヘルロック・ショルムズの探偵小説に苦言を呈する一文まで残してもいる。

「折口信夫博士はどちらにおられる」

聞きたくもない名を岡田はまた言う。

「常陸（ひたち）の石船神社（いしふねじんじゃ）に行かれたはずです」

行く先と泊まる予定の宿はいつも律儀（りちぎ）に書き残してあった。追ってきてくれまいかと懇願されているようで不快だったから破り捨てればいいものを、懐に忍（しの）ばせているのが自分で情けない。宿には無論、電話もある。

「わざわざ先生に訊くまでもあるまい」

「いいや、三度誰かを訪ねれば大抵のお伽話は答えに行き着く。この流れを断ち切るのはいただけませんな」

岡田がわかっていてこの繰り返しを持ち出したことを悟って春洋は苦い顔をする。

話の行方を追うには話の法則に抗ってはならないのだ。

空気を読まぬ根津が声を弾ませる。

「自働電話を探そう」

鼠色の六角形の箱は春洋にしてみればさながら基督教の教会の告解室の如くであった。春洋はひたすら詫び、折口は春洋が出先まで電話をしてきたことを延々となじり、そして次に用件を知ると、せっかくの勉強の時間に探偵小説などに読み耽る淫靡な趣味はいただけぬとまたなじる。

その足許でしゃがんで根津が十銭銅貨を握りしめている。市内は五銭だが市外は三分で五十銭である。自働電話には五銭と十銭の別々の投下口があって、五銭ならばチーンとゴングの音、十銭なら螺旋状の鐘のボーンという音で交換手に知らせる仕掛けであって、その音が大好きでたまらぬのだ。しかもこの遊戯が妹にもおもしろいのか、根津が銅貨を投下する様子をじっと見つめているのだ。

春洋はといえば、ひとしきり肌に声がまとわりつくようなおぞましさに悪寒さえしたが、ようやく乱歩作品の小説に「一寸法師」はあるがそもそも乱歩は今まで映画になったことはなく、この作品も途中で監督が降板していると教えられた。最後は脚本家の直木三十五が完成させたという。直木三十五は三十五で止めるまで三十一から誕生日ごとに名に一を足して名乗っていたがようやく三十五で止めたあとの話である。苦労して知れたのはその程度であって、考えてみれば日比谷の図書館で新聞に当たればわかったことだ。第一、岡田の持参している折り紙細工だってそんな記事ぐらい探し出せる道理だと気づいた頃には銅貨が尽きた。

「ああ」と小銭が掌中にもはやないことを根津は嘆いた。

春洋は耳だけでなく首筋にまでまとわりついたままの折口の声をかぶりをゆすってまず振り払い、そして少し心を整えて聞いたことを岡田に話した。

「監督が途中で放り出したとはいえ、こんな掘っ立て小屋で映すのはおかしいですな」

岡田は首を傾げる。

「ひょっとすると映画「一寸法師」は隠れ蓑では」

そう言って半焼けのビラを指先で擦ると「新編」と小さく書かれていることに春洋は気がついた。

「新編というところに趣向がありそうですな」と思わせぶりに岡田は言う。

「それにしても手がかりはここまでか」

「なあに、あたしだって何のあてもなく春洋さんをお誘いしたわけではない」

岡田はそう思わせぶりに言うと、口先を尖らして小さく息を吐いた。

「何をしたんだ」

「口笛ですよ。御覧になればわかるでしょうに」

「音がしなかった」と春洋が問うと、

「した」と根津が反論した。妹もこくりと頷いたので根津は嬉しくて赤くなった。

「何を赤面している。妙な奴だ」

「音には周波というものがございまして、子供のような若い耳には聞こえます」

そう岡田が言った時には周りを餓鬼の群れに囲まれていた。

無論、それは本物の小鬼ではなく岡田の口笛に反応した子供の群れだった。餓鬼に見えたのはその身なりのせいで寺社の軒下に住みつく類の浮浪児であった。

「捨て子に迷い子、サンカの子に神隠しに遭った子供、都会はそういう誰の子でもなくなった子供らのたまり場ですよ。そしてその子らはあたしのようなしんぶんやにとっては世間話を集める大切な情報源です」

改めて言えば世間話とは柳田が噂や流言に名付けた別の名である。怪奇だけではなく、広く世の中、世間についての未だ文字になっていない情報を言う。

「ほれ」と岡田は気前よく一人ずつに十銭を配った。

そして、一人が何やら耳許で囁いた。

「おもしろい世間話が手に入りましたよ」と岡田は無邪気に笑った。

瘋癲病院ともう昭和の世では使われなくなった墨書きの看板が朽ちかけている。折口が木島と出入りしたことのある瀬条機関なる陰謀団の息のかかったこの種の病院は世田谷の方と聞いていたから青山のことは違うはずだと春洋は思う。

「何でも有名な歌人が院長だったのを手放して海軍さんがあれこれ工作するのに使っているようです」

物騒なことを岡田はさらりと言う。しんぶんやと自称するだけあるが、きな臭くうさん臭くもある事情はおしなべて詳しい。しかも行く先で事件に出くわす都合の良さもしんぶんやとしての勘なのか、わかって偶然を装っているのか詮索しても判然としない。

そして実際、何やら寂れた外観とは裏腹に敷地の中が騒がしいのである。自転車を押して入ったもののすごすごと門から出てきたのは交番の巡査である。何事もなかったというよりはお呼びではないと追い返された様子だ。

その証拠に入れ替わるように黒いトヨタAB型フェートンが開いたままの門に滑り込む。

「軍人さんですな。公用車はトヨタAAが主流ですが、ABは専ら軍用車に転用されていますからな」

岡田がしんぶんやとしての博識で推理するが、何のことはない、いつもの苦虫を嚙みつぶしたが如くの表情でその軍用車から降りてきたのは午前中に訪ねたばかりの清水であった。

根津は清水の横顔にううと、威嚇するように唸り、口許から人より鋭い犬歯がこぼれる。木島の周辺に出没する人間のうち根津は、清水にだけは敵意を剝き出す。敵意というより犬同士の縄張り争いかもしれぬ。それで司令部の分室を訪ねた時は表で待たせておいたのである。

「憲兵がお出ましとは、軍関係のただならぬ事件でも起きた様子ですな」

岡田は言うと車を降りた清水の後にすっと並び、春洋、根津も続き、そのまま病院の中に入る。強い塩素の臭いが鼻をつくが、それはここが清潔な証拠でもある。瘋癲病院とはいえ梅毒の類が原因でも人は狂う。壁には触らぬ慎重さが必要だと春洋は思い、そこまで考えて折口の潔癖病がすっかり己のものになった自分が疎ましくなる。

岡田、春洋、根津の三人を引きつれる形となった清水に廊下や病室とおぼしき部屋の前で警備に立つ憲兵隊員は次々と敬礼する。堅いリノリウムの床に軍靴の鋲が当たって高い天井に響く。軍艦の甲板用の建材だが抗菌性があるので病院向きではあるのだ。

　そこでようやく清水は振り返る。

「黙っていればよくもまあ平気な顔をしてここまでついてこれたものだ。お前たちも不審と思わなかったのか」

　廊下の左右に並ぶ憲兵隊員を叱責するが、困惑した顔しか返ってこない。不審に思わなかった、つまりこいつらと歩いていても馴染んでしまっているということかと、清水は腹を立てるより先に自嘲(じちょう)する。

　清水は怒りはおろか、恥も絶望もあらゆる負の感情はとうに擦り切れた。ただ自嘲だけが彼を支配するようになって久しい。

「しんぶんやとはいえ耳が早いな。まあ、いい。こういう馬鹿げた事件はあんたらの見識も役に立つかもしれぬ」

　二階に上がると根津が鼻をひくつかせる。

「…死人がいる。食っていいか」

「食うな。それにもう食われている」

　苦り切った顔が根津を睨む。

　春洋は病室から洩れる強い臭いに反射的に息を止め鼻腔(びこう)に入らぬようにする。血の臭いを拒んだのではない。何か未知の臭いに身体が拒否反応を示したのだ。

　春洋は慌ててポケットの中から干し肉を一切れ根津の鼻先にかざす。するとただちに奪い、そして嬉しそうにしゃぶる。

「まさか人肉か」

根津を知る清水は訊く。

「折口先生の好物の牛の干し肉だ」

「ふん、国文学者らしからぬ嗜好だ」

春洋もそう思う。

「さて、それで人喰いということは青ゲットかい？」

「わかりません。ただこの男は青ゲットが来ると脅えておりました。そして悲鳴を聞いて駆けつけると、このあり様(さま)です」

病室の入口の憲兵隊員が即答する。

「俺以外の質問に答えるな」

「まあ堅いことは言わずに、ちょっと拝見させていただきましょう」

否と言わせぬ妙な貫禄が岡田にはある。

「好きにしろ」

清水が扉の前から半歩、右に動く。

「ほう」

岡田は大仰に驚嘆(きょうたん)の仕草を見せるが、目だけは冷静である。

春洋はさすがに顔をしかめる。

死体は寝台の上に仰向けに横たわっている。

まず、首から上がない。

そして寝間着が引き千切られ、そして腹にもぽっかりと穴が空いているのだ。

「内臓器がない」

春洋は人というのは内臓がないだけで物のように見える存在なのだと冷静に思う。

「食われた…というのは腹が空だからですか」

「素人が見ればそうなる」

清水は含みをもたせた言い方をする。

しかし、その先を言わない。

それが春洋の好奇心をくすぐる。春洋はこの病室のような光景をかつて見たような気がしていた。しかし、人の死体ではない。

ああ、そうだ、と春洋は思い当たった。見たのではなく読んだのだ。

山の民が狩猟で仕留めた獲物の腹を裂き、はらわたを祭文（さいもん）とともに山の神に捧げる様を書いた本だ。

柳田國男がまだ自分の学問が定かでなかった頃に残した本の光景だが、明治の自然主義文学、つまりは写真や映画の如き写実的な表現を真に主導した時期の文章である。素人の写真などより文ははるかに写実に迫る。

その一文で柳田は獲物の解体を解剖（かいぼう）と表現した。医学書のような物言い（ものいい）が新鮮であった。

そう思い出したことが春洋の観察眼を鋭いものにした。

腹が十文字に鋭利な刃物で裂かれている。そこからはらわたなどの臓物（ぞうもつ）が引き出されている。

そしてよく見れば、その臓物の切れ端（はし）が死んだ男の指にへばりついていることに気づく。

そして臓物の行方を目で追うと、窓の前にまるで供物のような塊としてそのままあるではないか。

「まさか、これは切腹」

春洋は思わず唸る。

「ふん、気がついたか」

清水が言う。春洋が続ける。

「武士の切腹で晒しを巻いた腹に短刀を触れるや介錯が首を落とすのは形骸化した姿だ。本質は神に腹の肉を捧げ、自らを供物とする儀礼だ。その元を辿ればマタギが獲物の内臓を神に捧げる儀式に行き着く」

それは折口の説というよりは春洋の仮説である。だからこの光景から狩りの儀式を思い出せた。

「ふん、俺はそこまであんたらの学問に詳しくない。だが、俺は軍人として同じような教育を受けた。敵の手に落ちるとわかって自害する時、銃砲も毒薬もそれどころか介錯する者もなく自死する時は自ら内臓をかき出して死ね…と言われた」

その死ぬ機会に一向に恵まれぬ清水はまた自嘲する。

「使ったのはそこに転がっている医療用のメス。もし、はらわたをかき出して神に捧げたなら、それではその神とは何でしょうな」

岡田が興味深そうに死人を診断するように見つめる。

「青ゲットの男ということでしょうか」

春洋が答える。そして自問自答するように続ける。

「いや、神に内臓をかき出し捧げたのはこの者がよほど何かを恐れていて、死んでも秘密は守るという誓いではないのか」

「ほう、大胆な仮説だ。しかし、それでは首がない説明がつかぬ」

清水の反論に春洋は言葉に窮する。ではやはり人喰いか、と思うが口には出さない。すると、

「この男が何故、ここにいるか知っているのか」

清水がどこまで春洋らが事情を察しているか探りに来る。

「あなたの報告書にあった軍人さんでしょう。外地の作戦で大量虐殺した兵士が内地に戻ると正気に戻れぬ者がいて家族を殺した。そして青ゲットが殺しにくると妄言を吐く狂人がこの瘋癲病院に収容された」

「全く盗み見の名人だな。これで四人めだ。福井が最初で、同じ様に三人殺されたのでさすがに面子があって先に保護したが、結局殺され、四人めだ」

「それで一体、何を隠しておられるのだ、憲兵さんは」

岡田の問いに清水は正直に首を振る。

「わかっているのは大陸で秘かに実験があったということだ。大量に人を殺す新しい兵器だ。殺されたのはその実験に立ち会った者だ」

「ああ、南京で使われた瀬条機関の電気で動く死体兵士の実験ですか」

岡田は探りを入れる。春洋も折口からその奇態な実験を聞いたことがあったが、事情通の岡田の口から改めて聞かされると信憑性がある。

「いいや、それは関東軍、陸軍の筋だ。昼間、言ったろう。俺はそっちの工作に辟易していると」

「ほう、では海軍さんかい。すると厄介だね。何しろ戦艦建造に持衰を人柱にしていたような連中だ。瀬条機関の科学至上主義とはちょっと違ってそれはそれで厄介だ」

困った顔をしつつ、岡田は嬉しそうである。

「ああ、海軍の筋だが流言を連中が使った以上、こっちはこっちで怪奇を取り締まる方針がある。この病院も海軍の息がかかっていて、実験に関わって気が触れた者の隠し場所だが、一応は噂の絡む事件だから憲兵隊がこうやって来た。しかし、やってきた憲兵隊員が俺だってことの意味はわかるだろう」

「形だけということか」

春洋は言いにくいという素振りも見せずに言う。

「そうだ。しかし、それにしたってあの報告書からここまで読んで先回りしたのはさすがだが、結局、遅かったってわけか」

「いいや、それは買いかぶりだよ。ぼくたちは所在知れずの映画監督がここに連れ込まれたっていう噂を耳にした」

「そんな噂は初耳だ」

「そりゃ出所も流れる川も違います。あんたのところに届くのは水で言ったら神田上水、あたしの方はネズミの死体が流れてくる、まんがののらくろが菓子箱のふたに乗って流されていたドブ川のようなものだ」と岡田。

「なるほどな。確かに俺のところに聞こえてくる噂は常民の贅沢を批判しながら輸入物の一流品が食卓に並ぶ文士や大学教授が出所だ。要は仲間の足をこの時局に乗じて引っ張ろうというさもしい連中だ」

だからか、出所の違う噂は清水の琴線に触れた。

「しかし、ここに連れ込まれたってことはやっぱり海軍筋か。陸軍は化け物語の類を戦意を低下させる風説として排斥する方針だ。敵の諜報戦にも利用されかねぬから噂や風説自体を取り締まらねばならぬと考える。ある意味、明瞭だ」

「しかし、海軍は違うと」

春洋が言外の意味を清水に問う。

「俺に言わせるな」

「それでは連れ込まれた映画監督に訊いてみよう」


しかしと言うべきか、やはりと言うべきか、男が監禁されているはずの部屋はもぬけの殻であった。

怪死事件の騒動に紛れて男の姿は消えていた。

「さらわれた、ということか」

そう判断する材料はないように思える。

「どうやら男は逃げたらしい」

春洋は部屋を一瞥して言った。先ほどから観察眼が研ぎ澄まされているのが自分でもわかる。

「証拠は何だ」

試すように清水が訊いてきた。

「これだよ」

春洋はベッドの脇のホーローの盥（たらい）を指さす。紙片が一枚浮いている。

「何だ、酢のような匂いだが」

岡田がいぶかしげに言う。

「現像液ですよ。サイアノタイプ、即（すなわ）ち青写真です」

写真にも凝り性の折口の手伝いで現像を手伝ったことがあるので嗅いだことがある匂いですぐにわかった。

「しかし青写真って、あんた…子供の日光写真の類だろう。すると盥に浮いているのは印画紙であるということになる」

そういって岡田は「現像液ってのは触っても大丈夫なものなのかね」とおそるおそる印画紙を紙で摑み上げる。

そして窓にぺたりと張りつける。

すると青色に発色した写真が浮かび上がる。

「こりゃ驚いた」

そこには輪廓（りんかく）は曖昧だが青マントを羽織った男の姿がこちらを睨んで写っている。

「しかし、あんた…これは」

岡田は思わず青写真と春洋を見比べる。

「どこで撮ったのか、青ゲットの正体は青写真に写った春洋さんにしか見えぬのだが」

「黒だろうが赤だろうが、青写真である限り、青マントにしか写らない。他愛ないな」

清水は冷静である。

「しかしこの写真、どうして男が逃げた証拠になる」

「いいですか。この部屋のどこかにカメラがありますか」

「そりゃなくても当然、ネガ一枚で充分の日光写真で……しかもネガは見当らぬ」

そこまで言って岡田は愕然とした。

「よもやこいつはカメラなしで撮せるアレかい？」

「つまり、念写というやつです」

春洋はきっぱりと言い切った。

「どういうことだ」

さすがの清水も頭が混乱している。

「話を整理するとこうなるね。青ゲットの噂の正体は驚くことに春洋さんだった」

岡田はそこで一息ついて春洋を見て感心したような顔をする。ハナシを追う前から春洋はハナシに取り込まれていた。それが岡田が春洋に見出した素質であった。

「しかし、当然だが春洋さんが犯人というわけではない。海軍さんが大陸で行った人でなしの実験に関わった軍人さんの口封じを誰かがして回っていて、それと逃げた活動屋さんを追いかけていたのはことによると同一人物かもしれぬ。そして口封じされている秘密は自分を供物としなきゃいけないほど恐いものらしい。その死体の様から人喰いの風説が生まれたが、流したのは事実を風説に変えたい海軍さんで、逃げている活動屋さんはハナシの行方を追う春洋さんの動きを念写で探っている」

岡田はしんぶんやらしく仔細を要領よくまとめる。

「しかし、病室の慌てぶりを見ると、何か別のものを写そうとしていきなり青ゲットに見えるぼくが写ったんで慌てて逃げた、ともいえる」

春洋は異論を述べる。そもそも春洋は青ゲットの正体が自分だったことに納得していない。そして青写真を睨み気づく。

「もう少し印画紙をよく見てみたまえ」

春洋は改めて紙片を丁寧に現像液にくぐらせる。

すると青ゲットの向こうにもう一つ、二重写しで浮かび上がるものがあった。

「ほれ、見たまえ」

そこには十字架のように棒を交叉させた上に、布袋が被せられている奇妙な人形が写し出されていたのである。

「何でしょう」

「どう見ても案山子(かかし)です」

春洋はきっぱりと答える。

「案山子？　するってえと、青ゲットの春洋さんが活動屋を追っているのはわかるが、活動屋が案山子を追いかけるかその逆か、さっぱりわけのわからん構図となる」

岡田はそこまで言うとさすがに袋小路に入って行く先を見失ったと両手を上げて見せた。

だが春洋は信じない。春洋はいつもの誰かがマントの袖を引いた気がした。姿も気配もない誰かによる、答えにかすったという合図である。

春洋は岡田のしらばっくれた顔にあった隙を見逃さなかった。

「そろそろ岡田さん、とぼけ通すのは止めにしないか。最初からぼくに追わせていたのはこの案山子だろう」

「ありゃ、バレましたか」

岡田は春洋にあっさりと白旗を揚げる。

「それは食えるのか」と耳慣れぬ語に根津は身を乗り出す。

「棒と藁（わら）と布袋だから食えない」

「つまらぬ」

たちまち関心が失せる。

「というわけで噂の種は例の外道（げどう）案件でございます」

そこで岡田はにんやりと大飛出（おおとびで）のように破顔一笑し初めてその素である食えない顔を見せた。

春洋とて最初からわかっていたが、そう結論付けられると改めて身構える。自分が追うものの正体を正しく知らねば噂を捕獲するどころか食われるのだ。

外道の側に落ちる。そしてそうならない正しい知識があるのはあの場所しかない、と思う。

背丈ほどもある薄（すすき）の中に身を潜めていると、庭先から犬がけたたましく吠えた。根津が逃げるように戻ってきて薄の中に転がり込む。

「モリを手懐けるように干し肉を渡しただろう」

　モリとは犬の名である。

「オレが食った。返さんぞ」

　春洋に咎められた根津は口をくちゃくちゃとさせ、慌てて飲み込む。

「肝心のものは持ってきたか」

　春洋は呆れて訊く。

「ちゃんと持ってきた」

　根津は胸を張る。

「何もコソ泥のような真似をせずとも、頼めば見せてくれるだろう」

　岡田は呆れる。

「そういうわけにはいかぬ」

　春洋がそう言うにはわけがある。

　根津が忍び込んだのは柳田國男の別邸である。成城の駅前から続く薄の原の端にある。薄の原の一軒家というのは箱根の仙石原の折口の別荘と同じ趣向だ。そういうどうでもいい些細な部分でこの師弟の趣味は無意味に重なる。

　別邸は二階屋で、上階にホテルのように寝室が二つと最小限の生活の用意がある。一階は全て書庫である。つまり宿泊施設付きの図書館という趣向だ。家族は本宅に置き、犬と本に囲まれ暮らす。稀に満州に流離したという秘密の弟子が出入りしているとの噂があるが、折口は春洋が柳田という人にもその学問にも近づくことを許さない。

嫉妬である。

だから折口の不在時に柳田を訪ねようものなら、柳田は柳田で折口の耳に入るように吹聴(ふいちょう)し、弟子を疑心暗鬼にさせ愉しむのである。

「面倒なことよな」と岡田は同情して言う。

「柳田先生と折口先生の門を自由に行き来できるのは岡田さん、あんたぐらいのものだ」

無駄ではあるが春洋としては皮肉ぐらいは言いたい。

「それで何と書いてあるのだ、妖怪名彙(めいい)には」

岡田は急ぐ。話のたどりつく先が近いのだ。

「妖怪名彙」とは即ち怪異現象の検索カード、今で言うデータベースである。柳田國男は列島の民俗文化を一項目ごとにハガキ大のカード一枚にまとめ、列島の歴史そのものを検索可能なデータベースにしようとした。その柳田がドイツでヒトラーが台頭し民俗学がナチスの国策科学となる時代に突如として収集を始めたのが妖怪名彙であった。それまで否定していた怪異の収集を突如初めて、世相や国策にどういう角度でねじれてみせたのか、凡人にはわかりかねた。

「さて、読んでみよう」

岡田はカードを月明りにかざすが読めないので懐からマッチを出して擦る。

すると「セコ子」という項目が浮かび上がる。

「案山子のカードではないのか」

春洋は不審がる。

「カードを探していたらじいさんが起きてきて、何をしているかと訊かれたから案山子の紙を探していると言った。そうしたら「こっちだ」とこれを寄越した」

悪びれもせずに言う。

バレた以上は春洋は折口の叱責を覚悟せねばならなくなった。

「何と書いてある」

春洋は目を細めて焦点をカードに合わせ読み上げる。


左衛門佐殿領分の山にセコ子と云ふ者有り。三四尺程にて目は面の眞中に只一つあり。其外は皆人と同じ。身に毛も無く何も着ず。二三十づゝ程連立ちありく。人之に逢へども害を爲さず。


「何だこれは」

さすがのしんぶんやの岡田も絶句する。

「セコ子などという妖怪は聞いたこともない」

春洋も困惑する。

「確かにこのセコ子とやら、頭の中で絵にして見れば山の中に一列に並んでいれば案山子に見えなくもない。ほれ、ちょうどあのように」

岡田が指をさす。

薄の原に囲まれた柳田邸の反対側は、一転して一面に田んぼが広がる。

そこに案山子がまさに点々と立っているのである。

風情がある、と一瞬思った。

だが刹那、春洋が感じたその情緒は次の瞬間には強烈な違和感に転じる。何故なら一直線に並んだ案山子はそのまま揃って数メートルずつこちらへと迫るのだ。その得体の知れぬ違和はたちまち恐怖に変わるが、舌が乾いて口蓋の上にへばりついているので悲鳴にはならず、代わりにめりっと舌が剝がれる音がした。

根津は腰を落とし仕込み杖に手をかける。くちゃくちゃと干し肉をせっかちに噛むのは脳神経を活性化させているからだと春洋は思う。

案山子は数えれば四体、春洋の手前で二手に分かれ先頭の二体が突然跳ねて一同の背後の地面に刺さる。同時に後ろの二体も自ら跳ねて稲藁の残る水の引いた田の畦に規則的に刺さる。

根津は動かない。翻弄されているからではなく、相手を見極めかねているからだ。加えてこの場を支配しているのは春洋が感じている恐怖だけではないからだ。それとは逆のひどくゆるい気配が根津の行動を躊躇させている。

空気を乱しているのはこの場に三人しかおらぬのだから岡田と決まっている。実際、岡田は案山子に近づき、頭の上の笠を取って裏を確かめたり腕の替わりの棒を指ではじいたりして「ふむ、よく躾けられておる」と感心したように呟く。

「やれやれ、さすがにしんぶんやの岡田さんだ。セコ子を見ても動じない」

そう言って稲掛けの後ろから男が声を出す。

ひどく小さな男で、片目を瞑(つぶ)りもう一方で玩具(パテベビー)カメラを構えている。わずかに足を引き摺っている。

「あんたまさか、一寸法師？」

思わず春洋は乱歩の小説の題名を口にする。

「いいや、セコ子の親玉といったところだ」

「詳しいねえ、あんたらは。見込んだ通りだ。噂を立てれば噂で掻き消そうと海軍さんが躍起となる。そして手に負えなくなればあんたたちに持ち込まれる」

どうやら話を青ゲットで装ったのはこの男であったと春洋は悟った。

「青ゲットの話を持ち出せば福井の出の春洋くんがまんまとかかるとまで計算したか」

「青写真で春洋さんを青ゲットに見立てるという頓知も中々だろう。あそこに春洋さんが来なければ青ゲットの噂はもっと信憑性を持って広がったはずだがあんたらに追いつかれた以上、仕方ない」

「うむ、趣向を凝らした演出であった」

岡田は愉快そうに小男を持ち上げる。

春洋にしてみれば得体の知れない恐怖の意味もわからぬまま話のだしにされているのだ。

その理不尽さをどこにぶつけていいかわからぬが、しかし次の瞬間、再び根津が殺気を孕(はら)む。

人の気配がしたのだ。一人ではなく、そもそもがやがやと気配を消すでもない。

「おっと首を刎ねないでおくれ。大切なお客さんだから」

一寸法師は人声のする方を振り向くとおおいと手を振る。

「何を始める気だ」

さすがに春洋の問いに怒気が混じる。

すると一寸法師は一同の方に向き直り「映画だよ」と言うや、たちまち稲掛けの稲束が案山子と案山子の間を埋めていく。

そして一対の案山子の手が伸びて繋がって、するするとスクリーンが降りてくる。

「ほれ、即席の映画館の出来上がりだ」

春洋は唖然（あぜん）とする。陸軍が取り締まって焼いたという某寺の境内と同じ掘っ立て小屋の映画館である。

「これも仲々の趣向だ。講談も寺の中で莚で四方を囲んだ高座から始まったんですからな」

「わかってるね」

岡田の蘊蓄（うんちく）に一寸法師が相好を崩す。

そして気がつけば小屋の中にぞろぞろと人が集まってくる。

「ほら手伝いな」

懐から紙の束をとり出すと、今度は袖からとり出した矢立（やたて）の筆に墨壺（すみつぼ）の墨を含ませるや、すらすらと文字を書いていく。

一寸法師は根津に有無を言わさず紙束を渡す。たった今、書いた即興の手書きのビラである。

「駅前でもたっぷりビラを撒いたので、随分集まったが、残りも配っちまっとくれ」

チラシには「江戸川乱歩原作　新編一寸法師」とある。

「新編とはどういう趣向かね」

と岡田は興味深そうに言う。

「あたしが途中で放り出したシャシンは撮影は大半終わっていたから写っちゃいけないものが写っていた部分だけ捨ててあとは直木三十五が適当に繋いだ」

「それを監督であるあんたが編集し直したというわけか」

岡田は巧みに話を聞き出そうとする。

「いいや大半は大陸でパテベビーで撮った新作さ」

「つまりあなたの正体は」

ようやく春洋の思考が冷静さをとり戻す。春洋は折口の名を騙った木島なる男の日記を盗み見たことがあったが、折口は常軌から逸している人々に釣られて踊っているようで、ああではいけないと春洋は自分に言い聞かす。

「聞かなくったってわかるだろう。このシャシンの監督・志波西果っていうチンケな男だ。無声映画の時代はちっとは有名だったんだが、トーキー映画だっていうんで入れ込みすぎて「一寸法師」で行き詰まって逃げ出したのが運の尽き」

「それは無理からぬこと。そもそも小説の方も作者の乱歩が出来が気に入らずにふてくされ姿を消したという噂だったではないか」

と岡田は不名誉な噂を慰める別の噂を引き合いに出す。

「だが失踪している間に乱歩ブームが起き、あたしはといったらそれからは鳴かず飛ばずで傾向映画にもプロキノにもついていけず、お国が始めた文化映画っていう国策映画に売り込んだが、ナチスドイツ式の記録映画の技術がいるって言われてトーキーにもついていけない人間が途方に暮れていたら海軍さんから声がかかって南京攻略戦でカメラを回さないかって話に最後はなった」

「そこであんたは見てしまったわけか」

春洋が男の言葉を引きとる。

「見てしまっただけでなく映画に撮っちまった、撮っちゃいけない海軍さんの実験をね」

そうして撮ってしまったものを思い出して男は身震いする。

「これは世の中に隠さなきゃいけないと思ってあたしは逃げた。そして、実験に立ち会った海軍さんの証言をフィルムに撮ろうとしたが、みんな何に憑かれたんだか気が触れたように腹をかき切って死んでしまう」

男はここまで来て尚もとぼけたが何に憑かれたのかは春洋には想像がついた。男は続ける。

「奴らが追っ手を出すのはわかっていたから先回りして、こうしてあんたらの行く先を読んで待っていたのだよ。念写のヒントは気が利いていたろう」

「…君の念写の力はまさか海軍の福来友吉研究所で」

「おっとその名を出しちゃいかんだろう」

岡田が春洋を制する。だが男は予言だけでなく、そこであった目に見えぬものまで写す力を得てしまったことを春洋らに明かす。

「何にせよ、あたしのシャシンが写した真実をあんたらしんぶんやに見せたい。そして世の中に本当のこととして流してくれ」

そう言って男はパテベビーを抱えたままスクリーンを向いた。

「まるでソビエトのカメラを持った男の如くだ」

男は撮影用のパテベビーのカメラのハンドルを回す。

「ふむ。撮影用と上映用が一体の最新式らしい」岡田が感心する。

スクリーンには「一寸法師」のタイトル、そして志波西果とさっき名乗られた男の名が映し出される。

しかし、その後に映し出されたのはこの世のものとは思えない、真実として語られても誰も信じぬ光景だった。

大陸とおぼしき荒涼とした丘の稜線に忽然と数体の案山子が現われる。稜線の上に整然と並ぶ。すると何十人かの人の群れが軍人に銃剣を突きつけられ現われる。軍人は一様に士官用の紺の半マントを着ている。

「考えてみれば青マントとは海軍さんの半マントの紺色であったか」春洋はようやく青ゲットの謎かけに釈然とする。

「だからこそ青ゲットの誰でも知っている世間話に潜ませ、却って海軍を連想させぬようにした」

春洋は謎解きをする。

「おかげであたしには春洋さんを念写した青いマント姿に海軍さんの亡霊が追ってくるようにも見えたよ」

「ふん、幽霊に喩えられても嬉しくない」

「しっ」と根津がいらだつように諌める。根津は映画であれば何でも大好きなのだ。

その根津が釘づけになったスクリーンの中で海軍士官らに整列させられたのは後ろ手に縄をかけられた者らである。その容貌から中国人とわかるが、服装は商人ふうのそれや中山服やまちまちで女や子供の年齢をかろうじて過ぎているとおぼしき者も映っている。

「便衣兵、つまり軍服でなく私服で偽装した国民党政府の軍人ということになっている」

志波が言葉を添える。

「俘虜なのか、日支事変の」

春洋は嫌な予感がした。

「いかにも」

志波は短く肯定する。

次の瞬間、稲穂をかけただけの小屋の中に失笑が起きる。

不気味に並んだ案山子の笠が一斉に宙に舞うと、その下に一つ目が現れて目を見開いたのである。

それがいかにも作りもののトリックに見えた。映画の中では便衣兵たちも緊張が崩れ困惑して笑いかける者もいる。

春洋も困惑する。最初、案山子に感じた恐怖と齟齬があるのだ。

「それ、そうやって人知を超えたものを見ると頭は勝手に作りものと決めつける。それが海軍さんがあたしのような乱歩の映画の作り損ないを噂の記録係と火消し役の双方に選んだ理由だ」

失笑は次第に困惑に変わる。

案山子たちが俘虜たちに一斉に襲いかかったのだ。

そして一つ目の下に牙の生えた赤い口が開くと、便衣兵を頭から呑み込み、そして首を左右に振ると首から下だけの死体が崩れ落ちたのである。

次々と案山子は人の頭を食う。

首を食いちぎると血潮(ちしお)が泉のように上がる。それを浴びてようやく残る者は何か不条理なことが我が身に迫ったと逃げまどうが、後ろ手に数珠(じゅず)のように繋がれているので列ごとに将棋倒しとなり、身動きがとれぬまま、一人一人食われるのを待たねばならぬ。

それをカメラは淡々と映していく。観客は身動きできず、ただスクリーンに見入るだけである。

「こ…これが海軍の外道兵器か」

「そうです。あたしが世間に伝えたかった真実だ。それでカメラごとフィルムを持って逃げたのですが、あの案山子ども、あたしが片方の目でカメラを覗き込んで残る目を閉じた姿を一つ目と見間違えて仲間と思ったのか、一緒についてきやがる。まあ、生まれつきの塞っていうのも一本足の仲間とされたのかもしれぬ」

「決して見たものを口外せぬと軍人どもが自ら腹を裂いてまで誓った神とは奴らか」

さすがの岡田も唸るしかない。

「しかし誓ってみせたところで奴らはパクリと死人となった軍人さんの首を食うのは忘れない」

男は人としてわずかに残る憐憫(れんびん)の情をもって言う。

「あれは…鬼か」

春洋は頭を整理したくて問う。

「さあ何でしょう」

「…一つ目に片足の人喰いは確か『出雲国風土記』に出てくる目一鬼(まひとつおに)があった。阿用郷(あよのさと)で山田を耕す男を目一鬼が食いその姿を藪に身を潜めている父母はただ見つめているしかなかったが、藪の笹の葉がかすかに動いて揺れ、それで男は親が自分を見すてたと「動(あよ)、動(あよ)」と泣いた、という」

春洋は理性を超えた光景を折口ゆずりの国文学に当てはめようとする。理性を保つために折口の学問をよすがにしてしまうことが皮肉である。

「笹ではありませんが、日本軍の大砲で崩れた城壁の陰に身を潜めて狂わんばかりの親や子や夫や妻とおぼしき者を幾人も見ました。その声にならぬ泣き声は今もあたしの耳にへばりついております」

そこでフィルムが終わり、カラカラとリールの空回りする音がした。

「これであたしが捕まっても、これだけの人間が関心を持って来てくれた。これで真相は世の中に流れるでしょう」

志波はほっとしたように言う。

「そうかな?」

春洋は志波の安堵に冷や水を浴びせるように言う。

「そりゃ、あたしみたいな人間の映画だ。信じぬ奴だって多かろうが、これだけ見てくれれば少しは…」

そう言って志波は場内の観客らをぐるりと見て愕然(がくぜん)とする。

「こいつらは…」

その後の言葉が続かない。この者たちを何と呼んでいいかわからなかったのだ。

首や手足が人にしては不自然に曲がっている。そして首筋から頰にかけて、あるいは袖先から覗く手足には銅線がミシン目で縫われている。

「折口先生の偽日記に出てきた動く死体か」

春洋は顔を顰める。

「はめられたね、監督さん」

春洋は志波に言う。

「斬るが不味いから食わぬ」

言って根津が春洋の前に立ち、仕込み杖に手をやる。春洋でなく妹を護るのである。

「瀬条の開発した動く死体だ。死人の手足を銅線の電気の刺激で動かす」

春洋が木島の日記を思い出して仕組みを説明する。

「海軍さんの一つ目小僧に対して陸軍さんは電気人間と来た。非合理と合理、相変わらず水と油じゃの」

「岡田さん、呑気に言ってられないぞ」

そう言って春洋は鼻腔を動かす。

「油…重油か何かか」

四方から火の手が上がる。

「あん時と同じだ。陸軍さんはあたしとフィルムとこいつらを全てなきものにしたいんだ」

志波は炎にカメラを向けて言う。

「そんなものまでフィルムに収めるつもりか」

「逃げようにも動く死体とやらに周りを囲まれている」

志波は諦めきった顔で言う。

すると、根津の手許が光る。

仕込み杖を抜いたのである。

「食べられそうもないが斬っていいか」

剣の切っ先が炎に揺れる。

「斬れ！　しかし多勢に無勢だ。第一、斬ってもこいつら死ぬのか」

そう言い終わる前に剣の刃が一閃し、動く死体が一体、倒れる。

「何をした」

「首の後ろの銅線を斬った。脳と身体は銅線で繋がっているから斬れば身体に命令が行かなくなる」

「何故知っている」

「木島の日記に書いてあった」

どうやら春洋だけでなく根津も例の偽日記をむさぼり読んでいたのである。

「それなら話が早い」

志波が案山子に「奴らの首を食え」と命じた。炎の燃え移っていた四体の案山子が四体の動く死体に飛びかかる。

ぶちりと銅線の切れる音が次々とする。

根津も剣を振り下ろす。

そして四人は小屋が焼け落ちる前に飛び出した。

振り返ると案山子が動く死体の首をかじったまま燃えている。しかしまだ動く死体の数は減らない。

ゆらりと一体、動く死体が立ち上がる。

「どうやらこいつが動く死体の統率役らしい」

春洋が言う。

「ではこいつを倒せば…」

と案山子に命じかけて志波の手が止まる。

志波はその動く死体を見て「あんたは」と驚きと憐憫の混じった声で思わず呻く。男は志波を雇ってくれた中山服の男であった。

「殺されるぞ」

春洋は叫んでマントの内から例のもの——矢立をとり出す。正確には矢立に模した短銃である。

「正面からじゃ首の銅線は切れぬぞ」

「首から身体に電気が行かねばいいのだろ」

そう言って無造作に動く死体に近づき銃身の先を額にぴたりと当てて撃つと、ぐしゃりと音がして頭蓋骨がはじけた。中山服の男が崩れ落ちる。

動く死体の動作が止まった。

「あんた、カメラは？」

岡田が志波に言う。

「しまった…」

小屋を振り返るが、メラメラと燃えている。

「セルロイドのフィルムだ…一瞬で燃えてしまう」

志波は膝から地面に崩れ落ちる。

「すると、もうフィルムは残っていないのだな」

そう言質をとるかの如く言って立っていたのは清水である。憲兵のカーキ色のマントを纏っている。

「最後は青マントじゃなくてカーキ色のマントの登場ってわけか」

「まあ動く死体が出てきたんだ。最後は陸軍さんが始末する段取りだったか」

岡田は嘆くように言う。

「所詮は軍人同士…うまく連携がとれている」

皮肉を込めて春洋が言う。

「たまたまだ。海軍は外道を兵器として開発し、それをカモフラージュするため奇怪な噂を流し、陸軍は科学しか信じぬから不合理な噂も実験もあってはならないものにする」

「まるであなたがこの一件の黒幕のように思えるよ」

春洋は清水に皮肉を込めて言った。

「それは買いかぶりすぎどころか、あまりにもあんたは世の中の仕組みを知らなすぎるということになる」

清水のずっと苦り切った顔でいてそのまま歪んでしまった口許に、ただ一つ残った感情の証しである冷笑が浮かぶ。

「ああ、これであの外道の実験はなかったことになるのか」

絶望する志波に「それであんたはどうする？」と清水は訊いた。

「どうする…って？　一方で海軍に刃向かい、こうやって今は陸軍に盾突いたんだ。どっちにせよ命はないか、あっても一生牢屋暮らしだ」

「ところが言ったろ、陸軍と海軍は仲がひどく悪い。どちらかに駆け込めば命も助かり仕事もある」

「しかし外道の証拠はあんたが燃やしちまったろう」

志波が恨めしそうに言う。

「いや、一匹残っている」

そう言って清水は春洋を振り向く。

「懐の中のものを出せ」

「バレたか」

春洋は掌に乗るほどの案山子をとり出す。

「あの焼け跡に行った時に勝手に入り込んだ」

「勝手に？　よく言う。あんたの懐にさっきの矢立銃、つまり矢立の墨壺に模した銃があった」

「そういえば春洋さんは柳田先生のカードを最後まで読んでくれなかったが」

岡田が言うと、春洋はカードを懐から出す。

「何でも出てくる懐だな」

志波が感心したように言う。

そこにはこうあった。


大工の墨壺をことの外欲しがれども遣れば悪しとて遣らずと杣ども語りけり。言葉は聞こえず。


「なるほど、妙なものが好物なんだな」

岡田は感心する。

「ああ、矢立ならあたしも持っている……」

志波がポケットから引っぱり出す。

「これさえあれば映画の演出の思いつきを紙などなくても壁にでも掌にでも書き留められる。即席のビラも作れる。スタジオの床の俳優の立つ場所に×を書いて示すこともできる」

志波は言った。

「どうやらそれがあんたに案山子どもが付いてきた理由のようだな」

その志波の矢立に小さな案山子がくんくんと反応して、ひょいと飛び移った。

「おかしなものが写るカメラはフィルムごと燃えちまったが、そいつが残ったわけですな。だったら答えは一つだ。あんたの逃げ込む先は海軍さんだ」

岡田が仕分ける。

「海軍はあんたみたいな奇怪な作家をこれから集めるらしい。陸軍の下請けで文化映画を撮るよりはあんた向きだ。あっちに引き渡してやるから来い」

そう清水は付け加えると、申し訳なさそうな顔の志波の腕を有無を言わさず引っぱった。清水はこの世に居場所を失くした志波に幾許かの同情をしている様子だ。

カーキ色のマントを翻して軍用車に消える。

「ということは、最後に案山子をとられたので結局、噂は狩れなかったのか」

春洋は岡田に訊く。

「いいや、春洋さんの活躍でしんぶんやとしてはたっぷりと話の種は仕込めました。お礼はこの話を売って私の方から致します」

どうせ売り込む先は柳田國男なのだろうと春洋は諦める。

「それであの案山子はどうなるんだい？」

「元は実験で祇園精舎（ぎおんしょうじゃ）の後ろ戸を開けてしまって外道を野に放ったのは海軍さんですよ。あれ一匹なら海軍さんの能力者が自力で封じられるでしょう。まあ雑魚一匹でも回収できてよござんしたよ」

結局、食えないしんぶんや岡田建文にまたもいいようにされたと、いささかうんざりした気分で春洋は家路につく。

そして出石の家の門の前に立つと、華やいだ気配が戻っているのに気づく。折口が戻ってきたのである。あの蹇の少女の気配もする。

春洋はそのままふてくされて踵（きびす）を返して、隣家の二階に身を潜める。結局、そこが春洋の唯一の世間なのであるが話す相手はいないのだ。

さて。

木島平八郎は厄介な仕分けを終えて久しぶりに八坂堂に戻った。

すると根津が珍しく本棚の隅で机に向かっている。

「何をしている？」

木島が問うとさっと紙をシャツの中に隠した。

「しんぶん」とかろうじて読める文字が見えた。新聞遊びかと木島は気に留めなかったが、平仮名でしかも半分近く鏡文字の辿々(たどたど)しい文字の「しんぶん」から書き起こして勝手に接ぎ木(つぎき)したのがこのハナシであるのは言うまでもない。

つまりはこれも世間話の類である。

（終）

本書に於いては作中人物・出来事・場所・説話等、全て虚構の側に仕分けられます。現代のコンプライアンスを基準とした時、必ずしも適切でない表現が含まれる場合、作中の時代背景や世界観の描写には不可分であることから著者の責任に於いて底本のままとしています。

作中に引用される資料については『木島日記　もどき開口　下』に出典を挙示します。

本書は、『木島日記　もどき開口』（KADOKAWA、2017年）を底本として修正を行い、分冊して出版したものです。「根津しんぶん」は、書き下ろしです。

装画　森美夏
装丁　円と球
フォントディレクション　紺野慎一

木島日記　もどき開口　上

2023年4月24日　第1刷発行

著者　大塚英志

発行者　太田克史
編集担当　太田克史
編集副担当　前田和宏
ブックデザイン　円と球
校閲　鷗来堂

発行所　株式会社星海社
〒112-0013
東京都文京区音羽1-17-14 音羽YKビル4F
TEL 03-6902-1730
FAX 03-6902-1731
https://www.seikaisha.co.jp

発売元　株式会社講談社
〒112-8001 東京都文京区音羽2-12-21
販売 03-5395-5817
業務 03-5395-3615

印刷所　凸版印刷株式会社

製本所　大口製本印刷株式会社

ISBN978-4-06-531620-7　N.D.C.913　381p　19cm　Printed in Japan